Lemberg 1936. In den Wäldern vor der Stadt werden mehrere schreckliche Morde an jungen Frauen verübt. Die Polizei vermutet, dass ein verrückter Serienmörder dahintersteckt, denn die Leichen tragen kleine, eigens für sie angefertigte Hufeisen. Auch Jakob Stern, der Sensationsreporter vom ›Kurier‹, ist dem »Schmied vom Wald« auf der Spur. Immer wieder verlässt er seine junge Frau, um in das Dorf Rowy zu fahren. Er besticht die Dorfbewohner, damit sie ihm Einzelheiten über die Opfer erzählen. Immer fantastischer werden die Geschichten, die er zu hören bekommt, immer unwahrscheinlicher die angeblichen Motive des Täters. Eine der Spuren führt bis nach Italien, zum Monte Gargano und der Foresta Umbra ...

Paweł Jaszczuk wurde 1954 in Ostróda geboren. Er hat bereits mehrere Romane veröffentlicht.

Paweł Jaszczuk

Der Teufel von Lemberg

Kriminalroman

Aus dem Polnischen von
Barbara Samborska

Deutscher Taschenbuch Verlag

Der Verlag dankt dem Book Institute –
The © POLAND Translation Program in Krakau
für die freundliche Unterstützung der Übersetzung

Deutsche Erstausgabe
September 2009
Deutscher Taschenbuch Verlag GmbH & Co. KG,
München
www.dtv.de
© 2004 Paweł Jaszczuk
Titel der polnischen Originalausgabe:
›Foresta Umbra‹
© 2009 der deutschsprachigen Ausgabe:
Deutscher Taschenbuch Verlag GmbH & Co. KG,
München
Umschlagkonzept: Balk & Brumshagen
Umschlaggestaltung: Wildes Blut, Atelier
für Gestaltung, Stephanie Weischer
Umschlagfoto: Sabine Wild (www.kunstwild.de)
Satz: Greiner & Reichel, Köln
Gesetzt aus der Palatino 9,72/12,25˙
Druck und Bindung: Druckerei C. H. Beck, Nördlingen
Gedruckt auf säurefreiem, chlorfrei gebleichtem Papier
Printed in Germany · ISBN 978-3-423-21157-4

Das Spital der Barmherzigen Schwestern vom heiligen Vinzenz von Paul befand sich in Lemberg in der Theatinergasse 1 in einem alten Ziegelbau, der an eine Schule gemahnte. Am Donnerstagvormittag erschien dort Jakub Stern, Kriminalreporter beim ›Kurier‹, um Material für seine Sensationsreportage zu ergattern. Stern hatte sich auch schon einen zündenden Aufmacher ausgedacht. Er schwankte allerdings noch, ob die Bezeichnung »Mörder« nicht doch zu milde wäre. Vielleicht doch besser »Sadistischer Schlächter«?, überlegte er. Oder noch treffender – »Teufel«?

Von diesen Fragen umgetrieben, lief er an der Pförtnerloge vorbei und verharrte in der Eingangshalle. Er sah sich um, lauschte, hob witternd die Nase. Der beißende Lysolgeruch, vermischt mit den Ausdünstungen schweißgetränkter Nachtwäsche, beflügelte seine Vorstellungskraft. Stern stürzte los. Im Nu war er zwei Etagen hinaufgerannt und stand nun vor der Tür des Isolationszimmers, das sich gleich hinter dem ärztlichen Untersuchungsraum befand. Schon wollte er hineingehen, aber die Kühle der Messingklinke dämpfte seinen Eifer. Um seine Aufregung zu bezwingen, schöpfte er einmal tief Atem und öffnete dann behutsam die Türe, die ihn von dem Geheimnis trennte.

In dem Krankenzimmer, das er betreten hatte, bemerkte er lediglich die allernotwendigste Ausstattung: einen hölzernen Tisch mit einer blauen Wachstuchdecke, zwei Hocker, einen Kleiderständer aus Metall, den Waschtisch mit einer Blechkanne und einen leinenbespannten Paravent, der das Bett abschirmte.

Stern machte drei Schritte in Richtung Fenster, durch das man auf den Unionshügel hinausblickte, und als er sich umwandte, fand er sich Auge in Auge mit der erschrockenen Patientin wieder.

»Ich …«, begann er zögernd, »bitte, ich wollte mich nur erkundigen …«

Er sprach zunehmend leiser, bis er schließlich verstummte.

Zofia Widacka, eine ansehnliche Brünette von etwa dreißig Jahren, zog sich, als sie den Eindringling erblickte, rasch die Bettdecke vor den Leib und drückte sich an die Wand. In ebendiesem Moment blitzte der bandagierte Stumpf ihres linken Beines hervor, und Stern bedauerte, dass er keinen Fotoapparat bei sich hatte. Die heftige Reaktion der Widacka ließ keinen Zweifel zu: Es würde an ein Wunder grenzen, wenn er irgendetwas aus ihr herausbekäme. Trotzdem versuchte er es noch einmal. Aus Gründen der Diplomatie stellte er sich kurz vor, um dann jedoch gleich darauf, wie von ungefähr, zur Sache zu kommen.

»Verraten Sie mir ein paar Einzelheiten, bitte«, bat er fast flehend. »Sie müssen sich doch noch an irgendetwas erinnern. Sie haben sein Gesicht nicht gesehen, aber … vielleicht hinkte er.« Absichtlich, um die Frau nicht zu verletzen, gebrauchte er diese neutrale Bezeichnung. »Vielleicht war sein Tonfall unnatürlich. Sie haben sich doch bestimmt gemerkt, wie er ausgesehen hat. Frauen achten ja sehr auf die Kleidung. Ich bin sicher …« Er öffnete sein Notizbuch. Er schraubte die Füllerkappe ab, machte sich bereit zu schreiben. Er musste dringend einen Text abliefern, und allein das zählte für ihn. Er zog einen schrägen Strich, unter den er die Worte der Widacka notieren wollte. Als er den Blick wieder hob, sah er grüne, weit aufgerissene Augen, also begann er ganz vorsichtig: »Glauben Sie mir, ich werde nicht an diese schmerzlichen Erinnerungen rühren. Beschreiben Sie mir einfach nur jenen Tag. Es war heiß. Wenn die Hitze unerträglich wird, sucht man Kühlung im Walde, das weiß ich. Deshalb haben Sie sich für ein Weilchen abgesondert, dorthin, wo …«

»Lasst mich endlich in Ruhe!« Die Frau begann plötzlich laut zu weinen.

Stern verlor die Geduld. Er war schließlich allein. Der Plural bedeutete, dass ihm bereits ein Konkurrent von einer anderen Zeitung zuvorgekommen war, und diese unerwartete Erkenntnis machte ihn wütend. Er fühlte sich auf perfide Weise hintergangen.

»Von Ihren Aussagen hängt das Leben anderer Menschen ab!«, sagte er, an ihre Vernunft appellierend. »Ich weiß, Sie haben versucht, den Weg zu finden, und da … hat dieser Irre Sie angegriffen.«

»Nein, nein, nein!« Die Widacka verbarg ihr Gesicht in den Kissen. »Lassen Sie mich in Frieden!«

Ihr gellender Schrei alarmierte das Krankenhauspersonal. Vom Korridor her stürmte, den Scheuerlappen schwingend, eine Putzfrau herein, dicht gefolgt von einer Ordensschwester.

»Was zum Teufel ist hier los?«, herrschte die Putzfrau ihn barsch an.

»Wie um Gottes willen sind Sie hier hereingekommen?«, fügte die Schwester vorwurfsvoll hinzu und bekreuzigte sich. »Verlassen Sie sofort das Zimmer!«

Die Putzfrau holte mit dem nassen Lappen aus. »Mach, dass du wegkommst! Raus!«

»Immer sachte!«, erwiderte der Reporter abwehrend und presste sich an die Tür. »Ich werde gleich alles erklären.«

»Scher dich fort, du miese Ratte, aber schnell!« Sie war

nicht gerade wählerisch in ihren Ausdrücken. »Du meinst wohl, du bist in einer Kneipe in der Armeniergasse!«

»Ganz im Gegenteil«, entgegnete Stern. Er setzte eine amtliche Miene auf und gab sich als Polizeiinspektor aus. »Dieser Besuch verlangt Diskretion von mir. Ich kann nicht länger im Dunkeln tappen. Ich muss Daten sammeln, Fakten zusammenstellen und aus diesen scheinbaren Kleinigkeiten sein psychologisches Porträt erstellen, glauben Sie mir. Ohne ihre Hilfe werde ich weiterhin auf der Stelle treten, also …?«

»Da ist nichts zu machen. Der Arzt erlaubt es nicht!« Die Schwester blickte ihn streng an und runzelte die Brauen unter der Haube. »Frau Widacka hat durch euch schon genug gelitten. Man sieht ja, dass euch nichts heilig ist.«

»Apropos heilig«, ergriff Stern, der immer mehr in die Rolle des Kriminalisten schlüpfte, wieder frech das Wort, »ich kann ein hervorragendes Beispiel dafür liefern, dass …«

Er biss sich gerade noch rechtzeitig auf die Zunge. Er wusste, morgen oder übermorgen würde er wieder hierherkommen müssen, und es würde ihm nur die Arbeit erschweren, wenn er es sich jetzt komplett verscherzte. Was hat man da schon für eine Chance, dachte er verbittert, wenn man gegen einen Putzlappen oder gegen eine Haube, groß wie ein Stiertuch, antreten muss.

Wie dem auch war, er musste die Segel streichen. Er schob Füller und Notizbuch in die Tasche zurück. Auf dem Weg zur Tür warf er noch einen letzten Blick auf den verbundenen Fußstumpf der Widacka. Wem nützte wohl die Information, dass die Barmherzige Schwester ein schiefes Gebiss und die rothaarige Putzfrau Brüste wie Kanonenkugeln hatte. Solche Nachrichten brachte man schließlich nicht auf den Titelseiten der Lemberger Zeitungen, dachte er, als er grußlos davonstürmte und die drei erbosten Frauen sich selbst überließ.

Dieser Tag brachte keinerlei neue Erkenntnisse, und das erschütternde Thema der Morde von Rowy war noch immer nicht abgeschlossen. Eile war geboten. Die Lemberger Ratsherren verlangten nach Fortschritten in den Ermittlungen. Leseranfragen aus der gesamten Republik trafen ein, was nur bewies, dass er mit seiner Artikelserie einen Nerv getroffen hatte. Nun musste man das Eisen schmieden, solange es heiß war. Auf der ersten Seite wohl dosierte Beschreibungen von Blut und unnatürlich verdrehten Leichen einflechten. Eine Arbeit wie jede andere auch. Stern hatte sie im Laufe der Jahre geradezu lieben gelernt, nachdem er erst einmal die letzten Hemmungen überwunden hatte. Vielleicht war er deshalb auch so erfolgreich? In der Redaktion galt er als Guru. Man suchte seinen Rat und versuchte, es ihm nachzutun. Es gab aber auch welche, die der blanke Neid zerfraß. Die dachten, dass sie ebenso wie er ein Recht darauf hatten, ihre Initialen oder sogar ihren vollen Namen unter einen Text zu setzen.

Die letzten Tage hatte Stern dazu gebraucht, seine Informanten zu hätscheln, ja, ihnen regelrecht Honig ums Maul zu schmieren. Die Zusammenarbeit mit der Polizei gestaltete sich miserabel. Wie aus reiner Bosheit war Inspektor Zięba, der Spezialist für Serienmorde in ihrer Woiwodschaft, mit einer Delegation der Stadt nach Gdingen gefahren. Warum ausgerechnet nach Gdingen und nicht nach Kolomea, wusste der Zeitungsschreiber allerdings nicht. Die Ansichtskarte mit dem Dreimaster und der humorigen Aufschrift »Ich bin auf Fang, ahoi!« hatte seine Laune auch nicht gerade verbessert.

Stern gab sich einen Ruck. Er hatte nicht die Absicht, vor dem Inspektor zu kapitulieren. Er raffte seine Notizen vom Schreibtisch in der Redaktion und nahm sie zusammen mit den Bildern mit nach Hause. Am Nachmittag sortierte er das Material in seinem Arbeitszimmer im ersten Stock und legte es zu einer makabren Patience aus. Die Bilder waren mit der neuesten Weltex aufgenommen, deren Blitzlicht vom Korpus aus bedient wurde, und machten ihn richtig stolz. Um solch gestochen scharfe Abzüge hätte ihn so manches Fotoatelier beneidet – wäre da nicht das abstoßende Motiv gewesen. Genau diese schaurige Dokumentation brachte ihn noch mehr ins Grübeln. Was hatten diese eisenbeschlagenen Füße zu bedeuten?

Eine Botschaft? Ein Protest? Vielleicht auch der Hilferuf eines unrettbar Wahnsinnigen? Der einen Hammer, Nägel und Hufeisen mit in den Wald nahm und schon zweimal jenes Ritual vollzogen hatte, das einem das Blut in den Adern gefrieren ließ.

Es ging auf sechzehn Uhr zu. Stern zog die Schublade auf und holte ein seltsames Bündel heraus. Auf dem Tisch lag ein metallischer Gegenstand, in einen einfachen Leinenlappen gehüllt. Dieses rätselhafte Päckchen, das er im Wald gefunden hatte, ließ er allerdings rasch wieder in der Schublade verschwinden, als Kasia ins Zimmer trat.

»Papa, du arbeitest, ja?«, zwitscherte sie und lief zu ihrem Vater. »Wir wollten doch Deg ausführen. Hast du das schon wieder vergessen?«

»Aber nein, ganz und gar nicht. Ich habe mir nur eine kleine Änderung unseres Planes überlegt«, setzte er nachdenklich hinzu.

»Was denn für eine?« Das kleine Mädchen sah beunruhigt zu ihm auf.

»Ob wir nicht auf den Friedhof fahren sollten?«

»Wirklich, Papa? Heute? Nach dem Spaziergang wollten wir doch in den Zirkus!«

»Der Zirkus Forum ist noch ganze zwei Wochen hier. Wir fahren zu Mama auf den Friedhof, denn heute ist ihr Geburtstag. Was meinst du?«

»Wenn du unbedingt möchtest …«, erwiderte sie.

Stern schob hastig mit der Rechten die Bilder zusammen.

»Papa räumt nur auf, und gleich können wir los, Liebes ...«

Mit der Linken zog er seine Tochter an sich. Er gewahrte den Geruch des gestärkten Kleidchens und des Milchbonbons, das Kasia im Mund hatte.

»Möchtest du auch eins?« Sie schüttelte die blecherne Kanold-Schachtel und nahm ein eingewickeltes Bonbon heraus.

Jakub nickte und öffnete den Mund. Er hörte, wie das Papier beim Auspacken raschelte, und das köstliche Bonbon landete weich auf seiner Zunge.

»Du bist so süß wie ein Bonbon!«, sagte er zärtlich, während er die makabren Bilder mit der Hand zu verdecken suchte. »So, mein Mäuschen, nun lauf! Papa kommt dich gleich holen.«

Als Kasia das Zimmer verließ und dabei spielerisch von einem Bein auf das andere hüpfte, stützte sich Stern auf den Sessel. Er schob das Bonbon unter die Zunge und rief sich die Ereignisse ins Gedächtnis, die vor einem Monat Rowy erschüttert hatten. Die Erinnerung nahm ihn völlig gefangen. Das erste Opfer, ausführlich im ›Kurier‹ beschrieben, war Olga Kurzęcka gewesen, die im Forsthaus der Familie Daniluk gewohnt hatte. Im fünften Monat schwanger, hatte sie mit ihrem Mann bewusst diese einsame Idylle gewählt, um zu Kräften zu kommen. Kristallklare Luft, unvergessliche Ausblicke und herzliche Menschen – all das sollte die Geburt ihres ersten Kindes vorbereiten. Ihr Mann, ein Ulan, der im Regiment von Jarosław stationiert war, hatte sogar eine Woche Urlaub bekommen.

Warum hatte Olga Kurzęcka sich im Wald verirrt? Hatte der Spaziergang durch die unbekannte Gegend ihre Nervosität verstärkt? Gewiss, es kommt vor, dass ein Waldweg dem anderen gleicht, und dann verliert man schon mal die Orientierung, dachte Stern, während er durchs Fenster auf die ersten roten Blätter ihres baumreichen Viertels schaute. Und er dachte weiter, dass die Frau sicher hinter sich das Knacken von Zweigen gehört haben musste. Daraufhin war sie wohl völlig in Panik geraten. Hatte sie sich umgedreht? Und wenn ja, was hatte sie in den letzten Sekunden ihres Lebens gesehen? Bei dem Gedanken lief es ihm kalt den Rücken hinunter.

Die Kurzęcka drehte also ihren mit einem prächtigen Zopf geschmückten Kopf dorthin, woher das Geräusch kam. Sie musste sich in Richtung der untergehenden Sonne wenden, überlegte Stern. Warum hatte sie sich überhaupt so leichtfertig von ihrem Mann entfernt? Musste sie vielleicht ihre Notdurft verrichten? Hatte sie sich hingekauert und ihre Röcke gehoben? Oder vielleicht hatte sie auch beschlossen, noch mehr von den reifen Brombeeren zu sammeln. Laut Aussage ihres Mannes aß sie schon immer gern Brombeeren. Deren Aroma hatte etwas Anregendes für sie. Natürlich war der im Dickicht verborgene entartete Mensch auf eine ganz andere Art erregt gewesen.

Und so hatte sich der nette Spaziergang von einer Sekunde auf die andere in einen Albtraum verwandelt. Hatte jene Lichtung ihr Angst eingeflößt? Dort wuchsen Fichten, ausladende Ahornbäume und Zwergbuchen. Bäume, die die Luft mit ihrem Duft erfüllten und labenden Schatten spendeten. Ähnlich wie die Bäume, die gleich unter Sterns Fenster hinter dem üppigen Magnolienstrauch ein dichtes Spalier bildeten – nur dass diese vom Gärtner brutal zurechtgestutzt waren. Ja, aber dort um Olga Kurzęckas Füße wucherte statt des geschorenen Rasens dichtes Gestrüpp: Hirschzungenfarn, Schöllkraut und Waldsauerklee. Auch Pimpernuss wuchs dort, die die Perlen für die Rosenkränze zur Kirchweih lieferte.

Olga Kurzęcka trug bei dem Ausflug mit ihrem Mann eine cremefarbene, langärmelige Bluse, einen Rock mit Schottenkaro, durchsichtige Strümpfe mit Naht und rote Stiefel. Nur ein Städter ging in einem solchen Aufzug in den Wald. Der provozierende, hinten geschlitzte Rock reichte bis zur Mitte der Waden, und ebendiesen Rock und einen am Wegrand liegenden Stiefel hatte der Sohn des Försters gefunden.

Stern, der telegrafisch vom Ehepaar Daniluk alarmiert worden war, hatte sich sofort auf den Weg gemacht und war schon eine gute Stunde später in Rowy gewesen. Er stand nur ein paar Schritte von der Leiche entfernt, wo er eine Zigarette zwischen den Fingern drehte. Es überraschte ihn, dass er in diesem Moment das Bedürfnis verspürte zu rauchen. Obwohl ein warmer Juliregen herunterkam, schien die Sonne. Unbeholfen tappte er durch das dampfende Unterholz. Es wäre schon komisch, wenn man sich hier mitten im Sommer einen Schnupfen holte, schoss es ihm durch den Kopf. Er machte einen Bogen um den Leichnam und verscheuchte den Gedanken rasch wieder. Da die Polizei auf sich warten ließ, griff er nach seinem Ronson-Feuerzeug. Er öffnete die versilberte Kappe, betätigte mit dem Daumen das Rädchen und zündete sich an der willig aufflackernden Flamme zufrieden seine Zigarette an. In dem Moment, als er den Rauch einsog, kam ihm der unpassende Gedanke in den Sinn, dass der Ort, an dem er stand, geradezu prädestiniert für den Vollzug eines finsteren Rituals war. Zumindest ihm persönlich schien dies so, als er sich in die Rolle des Mörders versetzte.

Während er noch so darüber nachdachte, trat er näher an die Leiche heran und versuchte, mit der linken Hand einen Dornbusch beiseite zu drücken, der ihm die Sicht verwehrte. Und dabei entdeckte er durch Zufall einen in einen Leinenlappen gewickelten Gegenstand. Instinktiv ließ er ihn in seiner Tasche verschwinden, um ihn später, wenn keiner es mitbekäme, in Ruhe zu untersuchen. Dann griff er achtlos, noch ganz unter dem Eindruck seines Fundes, nach einem dornenbewehrten Zweig, und ein spitzer Dorn drang unter den Nagel seines Zeigefingers ein.

Der plötzliche Schmerz brachte ihn wieder zur Besinnung. Ein Blutstropfen färbte das weiße Papier seiner Zigarette rot. Stern warf sie zu Boden und trat sie im feuchten Moos mit seinem eisenbeschlagenen Absatz aus. Dann steckte er den Finger in den Mund und versuchte, mit den Zähnen den abgebrochenen Dorn unter dem Nagel herauszuziehen. Diese diffizile Operation hinderte ihn jedoch nicht, aufmerksam die Polizisten zu beobachten, die Farne, Gras und Zweige von der Leiche entfernten.

Die Natur hatte sich, gleichgültig gegen alles, auf ihre Weise des Körpers der vierundzwanzigjährigen Lehrerin bemächtigt, deren Verschwinden ihr Ehemann mit einiger Verspätung drei Tage zuvor gemeldet hatte. Er hatte auch bestätigt, dass der von Würmern angefressene und von Füchsen zerfetzte Leichnam der seiner geliebten Frau war.

Einer der Polizisten drehte mithilfe seines Schlagstocks und mit unverhohlenem Abscheu den Leichnam um, sodass das entstellte Gesicht der jungen Frau sichtbar wurde. Da schrie der junge Ulan gellend auf, vertrieb mit seinem Schrei eine Schwarzdrossel von ihrem Haselzweig und fiel in Ohnmacht. Dies bewahrte ihn vor einem noch schlimmeren Anblick, denn ihm blieb nun zum Glück ein makaberes Detail erspart: die geschwollenen, von losgetretenem Moos und Tannennadeln bedeckten Füße der Toten zierten blutverschmierte Hufeisen, mit denen ihre Fersen beschlagen waren.

Selbstverständlich waren die Insekten bei diesem Festmahl im Walde die Ersten gewesen. Ihre Larven waren mit Leichtigkeit in das weiche Gewebe der Augen und der Nasenflügel eingedrungen, bevor sie zu anderen Körperpartien übergewechselt waren. Grüne, fette Fliegen mit durchsichtigen Flügeln flogen schläfrig von den von Füchsen angenagten Waden auf, als der Polizist versuchte, sie mit einem frisch abgebrochenen Zweig zu verscheuchen. Und noch ein weiteres Detail verdiente Aufmerksamkeit und war perfekt auf dem Foto eingefangen – ein Juchtenkäfer mit glänzendem Chitinpanzer. Der riesige Käfer schleppte sich träge zu dem blutigen Brei hinüber, in dem es von Larven nur so wimmelte. Stern hatte schon einmal ein ähnliches Exemplar gesehen. Als Grundschüler hatte er es auf dem Markt hinter dem Theater entdeckt, wo die Fleischer unter einem großen Haufen von Spänen das Eis lagerten, mit dem sie im Sommer ihre Ware kühlten. Damals hatte er panisch die Flucht ergriffen.

Spuren des Verbrechers wurden nicht gefunden. Das lag daran, dass die Gaffer aus Rowy und zahlreiche herbeigeeilte Waldarbeiter den Waldboden in einem Umkreis von über zehn Metern zertrampelt hatten.

Nachdem man ihn aus allen erdenklichen Perspektiven fotografiert hatte, wurde der Leichnam der Lehrerin um siebzehn Uhr auf einem von der Firma Styx angemieteten offenen, schwarzen Citroën nach Lemberg abtransportiert. Dahinter holperte, in Sichtweite, der von Brodacki gesteuerte dunkelblaue Tatra des ›Kurier‹, in dem außer Stern noch Leutnant Olaf Kurzęcki saß, die ungeteerte Straße entlang.

Der Reporter war zufrieden mit dieser Platzverteilung. Sie hatten nicht zugelassen, dass Kurzęcki mit seiner Frau fuhr und sie betrachtete. Ihr Körper war von zahlreichen Wunden und Verletzungen verunstaltet. Aus einigen drang immer noch Körperflüssigkeit, in anderen hatten sich bereits Larven eingenistet, also verströmte der Leichnam, obschon in Wachstuch und Decken gehüllt, einen widerlichen Leichengeruch, der die Aasfliegen anlockte.

Stern war in seiner Reporterkarriere schon mehrfach mit dem heiklen Problem des Leichentransportes konfrontiert gewesen, ebenso wie mit den Vorbereitungen zur Bestattung. Zygmunt Lauba, ein bereits im Ruhestand befindlicher Mitarbeiter des Begräbnisinstituts in der Nähe des Lemberger Krankenhauses, hatte ihn in diese Dinge eingeweiht. Lauba hatte seine Kunst bei Hans Füler, einem brillanten Chirurgen am Hartmannspital in Wien, gelernt. Er verstand sich meisterhaft darauf, fehlende Körperpartien zu ersetzen, mit ein paar Schnitten seines Skalpells krampfverzerrte Züge zu glätten und auch einen Leichnam für eine vielstündige Reise vorzubereiten, ganz zu schweigen von hygienischen Eingriffen wie Waschen, Frisieren und Pudern, die ebenfalls eine Kunst für sich waren.

Lauba unterstrich, dass dies eine ungemein delikate Aufgabe sei, und dass mangelnde Sachkenntnis alle Anstrengungen zunichtemachen konnte, weil dadurch mitunter an der toten Materie nicht wiedergutzumachende Schäden entstünden. Bei diesen in vertraulich leisem Ton vorgetragenen Ausführungen fielen Stern Laubas dicke, wulstige Lippen auf.

Hinter Podhorce, als links von der Chaussee schon die Hügel von Zniesienie auftauchten, brach Kurzęcki sein Schweigen und wandte sich an Stern mit der Bitte, der »Fall« seiner Frau möge nicht in die Presse gelangen.

»Sie wissen schon, die Familie, und außerdem, bitte halten Sie mich nicht für kleinlich, bin ich Berufssoldat, also die Moral ...«

»Natürlich, ich verstehe, die Moral ...«, erwiderte Stern, obschon ihm die Worte des jungen Offiziers grotesk erschienen. »Ich werde mit dem Chefredakteur sprechen. Ich versuche alles, was in meiner Macht steht.«

Er log. Er konnte und wollte ihm dies nicht versprechen. Kurzęcki brachte ihn aus dem Konzept. In seiner Reportage hatte er ihm reichlich Platz zugedacht. Jetzt hörte er ihm mit wachsender Ungeduld zu und zählte die Sekunden bis zur

Stadt. Er überlegte, warum er eigentlich Mitleid mit ihm empfinden sollte. Im Hinblick auf die Karriere oder die Moral? Noch so eine Angelegenheit und noch so ein Fall von Mitgefühl. Wie viele würden wohl noch folgen? Hunderte, vielleicht sogar Tausende menschenunwürdige Situationen hatten ihm bereits als Stoff für seine Geschichten gedient. Und was hatte er am Ende davon gehabt? Seltsam, dass ihn selbst bisher noch nie einer bedauert hatte!

Während er auf das blaue Schild mit dem weißen Kreuz zurückblickte, das eine Kreuzung markierte und nun allmählich in der Ferne verschwand, überlegte Jakub Stern, wann wohl der nächste Überfall erfolgen würde. Wann der Mörder, den die Forstarbeiter den »Schmied vom Walde« getauft hatten, wieder von sich reden machen würde.

Als draußen laute Rufe ertönten, fiel Stern seine Tochter wieder ein. Er verließ rasch sein Arbeitszimmer und verschloss die Tür. Als er in der Diele anlangte, bemerkte er Anna. Sie saß im Wohnzimmer, in die Lektüre ihres ›Światowid‹ vertieft. Als er zu ihr hintrat, blickte sie von ihrer Illustrierten auf, sagte jedoch kein Wort. Und selbst, als er ihre Hand an seine Lippen hob, schwieg sie hartnäckig.

»Kommst du mit?«, erkundigte er sich und blickte ihr in die Augen.

»Ihr habt eure Geheimnisse, da braucht ihr mich nicht.«

»Aber ...«

»Schon komisch, dass du dich plötzlich wieder meiner erinnerst.«

»Entschuldige bitte, ich war beschäftigt.«

»Hat sich mal wieder einer aufgehängt?«, fragte sie spöttisch. »Vielleicht haben sie ja auch jemanden bestohlen? Wie dem auch sei, was ist das schon für ein Unterschied? Unsere Telefonnummer kennt ja schließlich jeder hier im Ort. Da kann man uns getrost noch um Mitternacht aus dem Bett klingeln. Stern, der Starreporter von Lemberg ... Meine Güte, wie mich das alles anödet!«

»Nun mach aber mal einen Punkt!«

»Nein, ich habe die Nase voll! Ich habe lange genug auf dich gewartet, jetzt hab ich keine Lust mehr, ich werde mich ein bisschen hinlegen.«

»Bist du mir etwa böse?«

»Schluss jetzt!« Wutentbrannt schlug sie auf die Armlehnen ihres Sessels. »Ich kann es nicht ertragen, wenn du mich so ansiehst.«

»Wie denn?«

»Genügt es nicht, du Genie, wenn ich es seltsam finde? Du stellst schon dieselben idiotischen Fragen wie sie. Geh, sag ich. Los, geh schon! Dein Katrinchen wartet.«

Sie wandte sich wieder ihrer Klatschreportage über die Rassekatzenausstellung bei den Grafen Dzieduszycki zu.

»Du willst also wirklich hierbleiben?«

»Nun, ich habe eben genau wie du spontan meine Pläne geändert. Seit einer Woche erzählst du, dass du mit Kasia in den Zirkus gehst. Angeblich hast du ihr sogar dein Wort gegeben ...«

»Ich habe schon genügend Zirkus zu Hause!«

»Hör auf, mir das Wort im Mund herumzudrehen! Im Übrigen habe ich keinen Bedarf, mich von euch bis ans andere Ende der Stadt schleppen zu lassen, nur um noch einmal an alles erinnert zu werden. Aber anscheinend liegt dir ja sehr daran!« Sie sah ihn vorwurfsvoll an.

»Nun red keinen Blödsinn!«, schnaubte er wütend. »Heute ist ihr Geburtstag. Du willst mir doch wohl nicht verbieten, dass ich an so einem Tag zum Friedhof fahre!«

»Bitte schön, fahr doch, fahr, Jakub!«, fauchte sie giftig. »Ich fühle mich schon seit heute Morgen unwohl, und jetzt bekomme ich auch noch euretwegen Kopfschmerzen.«

»Schon wieder?«

Sie lächelte bitter, den Blick auf die grelle Toilettenartikelreklame der Firma Ihnatowicz geheftet.

»Also, was ist, kommst du mit? Ein kleiner Tapetenwechsel würde dir bestimmt guttun.« Er gab nicht auf.

Sie schien nicht geneigt, ihm zu antworten. Demonstrativ griff sie nach den Tabletten mit dem eingestanzten Hahn, die auf dem kleinen Tischchen neben ihr lagen. Sie schob eine in den Mund und trank einen Schluck Wasser aus einem Keramikbecher, um sie hinunterzuspülen.

»Wir wollen zwei Gräber besuchen. Was ist denn daran so schlimm?« Er wurde laut, nun seinerseits von Verbitterung erfüllt.

»Nichts. Schließlich ist sie deine Tochter, ich dachte nur ...«

Stern verspürte den dringenden Wunsch, diese Unterhaltung zu beenden. Er hatte von Anfang an gespürt, dass sich das Blatt dabei gegen ihn wenden würde.

»Wir sprechen heute Abend noch darüber«, sagte er verärgert, riss den Hut vom Haken und stürmte den Gang hinunter. »Kasia? Wo hast du dich bloß wieder versteckt?«, rief er und sah sich im Garten um. »Kasia, jetzt komm endlich!«

Sorgloses Klein-Mädchen-Gekicher drang hinter der Magnolie hervor, und Jakubs zufriedene Rufe machten Anna wütend. Jetzt hätte sie es ihnen gerne gezeigt ... Sogar alle Tabletten auf einmal hätte sie geschluckt, nur um seine Aufmerksamkeit zu gewinnen. Ihre untergründig gärende Wut drohte sie nun gänzlich zu übermannen. War sie denn überhaupt eine richtige Ehefrau, wenn sie ihm nicht einmal ein Kind gebären konnte? Von Anfang an war sie sich nicht sicher gewesen, ob sie Jakub überhaupt liebte. Schließlich war er volle zehn Jahre älter als sie und hatte die sieben vorhergehenden mit einer anderen Frau verlebt.

Sie fuhren mit der Straßenbahn die Hetman-Wälle entlang. Ein Luftzug drang durch das offene Fenster von der vorderen Plattform herein und ließ Kasias Rattenschwänzchen lustig flattern. Der blaue Waggon mit seinen wenigen Fahrgästen schaukelte hin und her und quietschte auf den ausgefahrenen Gleisen. Auf der rechten Seite tauchten der Unionshügel und das Hohe Schloss auf. Und hier bemerkte Stern, wie ein kriminelles Lemberger Subjekt zur Tat schritt. Ein Taschendieb, das Jackett über den Arm gehängt, vermutlich ein Kumpan von Wasiński, zog mit berufsmäßigem Geschick einem nichtsahnenden Zeitungsleser das Portemonnaie aus der Tasche. Das kostbare, hinter der Tarnung erbeutete Pfand wanderte sofort weiter zu einer unauffälligen, dürren Halbwüchsigen.

Stern hatte nicht die Absicht einzugreifen. Er wusste nur zu gut, dass sich auf dieser Welt neben den anständigen Menschen eine Unzahl von Zuhältern, Huren und Dieben herumtrieb, die wie Wölfe dazu bereit waren, ihr Territorium von unerwünschten Eindringlingen zu säubern. Auf Schritt und Tritt versuchte das Böse, das Gute zu überlisten. So war es, und so würde es immer sein. In der Kazimierz-Wielki-Straße quietschten die Stahlräder entsetzlich laut auf den Schienen, und Stern beachtete das Diebesduo nicht mehr weiter. Die nächsten bekannten Haltestellen glitten vorbei: Legionów, Bernstein, St. Anna, dann bog die Bahn nach rechts in die Janowska-Straße ein.

»Papa, sie mag mich nicht«, sagte Kasia laut.

»Wer?« Stern löste seinen Blick vom blumenübersäten Galgenberg.

»Na, sie.«

Beunruhigt blickte er auf seine Tochter hinunter, die sich am Geländer festhielt.

»Hast du dich etwa mit Ala Piątkowska gestritten?«

»Papa, von der rede ich nicht, sondern, na, du weißt schon ...« Sie beendete den Satz nicht und setzte eine geheimnisvolle Miene auf.

»Doch, doch, sie mag dich. Du musst einfach nur nett zu ihr sein.«

»Bin ich doch.«

»Nicht nett genug. Sag doch wenigstens einmal ›Mama‹ zu ihr.«

»Warum?«

»Sieh mal, sie denkt, dass ...«

»Und du?«

»Was, ich?«

»Magst du sie denn, Papa?«, fragte das kleine Mädchen unumwunden.

Stern wandte den Blick ab.

»Wir sollten sie lieb haben«, erklärte er geduldig. »Sie ist deine neue Mutter und meine Frau, Kasia.«

»Meine Mutter?«

»Ja, richtig. Sie ist jetzt deine Mutter. Nenn sie nicht ›Stiefmutter‹, wenn du über sie sprichst. Wenn sie das hört, fühlt sie sich gekränkt.«

»Warum hat sie dann den Minister aus meinem Puppentheater fortgeworfen?«

»Unmöglich. Der ist bestimmt irgendwo verräumt.«

Doch Kasia gab sich mit dieser Antwort nicht zufrieden.

»Papperlapapp! Das war meine schönste Handpuppe.«

»Ich mache dir einen neuen.«

»Nein, den kann man nicht ersetzen. Sie wartet doch nur darauf, dass sie wieder etwas von meinen Sachen in den Müll werfen kann.« Das kleine Mädchen fing an zu schluchzen.

»Mama hat es doch nicht mit Absicht getan. Ich verspreche dir, der neue Minister wird hundert Mal schöner als der alte.«

Stern blinzelte, von der Sonne geblendet, die sich über dem ehemaligen Flugplatz durch die Wolken schob. Noch ein kleines Stückchen, und sie hätten ihr Ziel erreicht. Die

Straßenbahn hielt gegenüber dem Eingangstor des Friedhofs, vor dem Blumenfrauen standen und ein unrasierter Brezelverkäufer mit seinem Bauchladen. Jakub öffnete mit einem energischen Ruck die Tür des Waggons. Er ergriff Kasias Hand und half ihr, die steilen Stufen hinunterzuklettern. Hinter ihnen strömte eine ganze Horde von Leuten, mit Spaten, Rechen und Gießkannen bewaffnet, aus dem Wagen.

Stern erstand bei einer Blumenverkäuferin einen Rosenstrauß sowie vier Grablichter und bei dem unrasierten Mann eine Schnur Brezeln.

Das Grab von Agnieszka, der ersten Frau des Reporters, lag an der dritten kiesbestreuten Allee, rechts vom Prozessionsweg. Kasia war, ohne auf ihren Vater zu warten, schon auf dem kürzesten Wege dorthin geeilt. Als er die Grabstelle erreichte, hatte sie bereits das herabgefallene Laub von der Granitplatte aufgelesen. Sie warf verwelkte Blumengebinde und angerußte alte Grablichter in den Holzkasten neben der steinernen Stele mit dem trauernden Engel. Sie hatte das schon viele Male getan und sich dabei gefragt, ob dem trauernden Engel nachts nicht kalt sei. Jetzt holte sie den Steinkrug mit dem leicht grünlichen Belag aus seinem Versteck hinter einem Wacholderbusch hervor, um am Brunnen Wasser zu schöpfen. Auf halbem Wege blieb sie reglos stehen, weil sie ein Eichhörnchen erspäht hatte, das mit seinen zwei übermütigen Jungen zwischen den Gräbern umhersauste. Als sie schließlich mit dem Wasser zurückkehrte, kam sie unwillkürlich wieder auf das Gespräch in der Straßenbahn zurück.

»Ich soll also jetzt ›Mama‹ zu ihr sagen?«, fragte sie, während sie den Rosenstrauß ins Wasser stellte.

Stern tat, als habe er die versteckte Klage nicht gehört. Er beugte sich über das Grab und entzündete drei Grablichter mit seinem Feuerzeug. Er stellte sie in einer ordentlichen Reihe auf und blickte zufrieden auf die Goldbuchstaben, die auf dem grauen Granit glänzten. Zum wiederholten Male las er Agnieszkas Sterbedatum. Unwillkürlich summierte und teilte er die Zahlen, als könnte ihm das Ergebnis dieser Operationen eine Antwort auf die Frage nach dem Sinn dieses völlig überflüssigen Todes geben.

»Gut, dann sage ich eben von jetzt an ›Mama‹ zu ihr, aber nur, weil du es so willst.« Kasia riss ihn aus seinen Gedanken. Dann kniete sie vor dem Grab ihrer Mutter nieder, zog das Gebetbuch der Salvatorianer-Patres aus der Tasche ihres Kleidchens und begann inbrünstig zu beten. Als sie sich wieder erhob und sich den Kies von ihren knochigen Knien wischte, hatte sie die Gedanken ihres Vaters erraten. Sie fasste ihn bei der Hand und zog ihn zu Peterchens Grab hinüber.

Im östlichen Teil, an der Trennmauer zum jüdischen Friedhof, lagen die sterblichen Überreste des acht Monate alten Fötus, getauft von einem Priester, den man dafür bezahlt hatte. Die auf der quadratischen Sandsteinplatte aus der Steinmetzwerkstatt Berier eingravierte Inschrift war eine Lüge: »Peter Stern wurde nur drei Tage alt. Gott hat ihn zu seinen Engeln geholt.«

»Wie war er, Papa?«, fragte sie, während sie das Tontöpfchen mit dem Grablicht auf die Platte stellte.

»Klein. Sehr klein«, entgegnete er und entzündete den Docht.

»Aber du hast ihn gemocht, weil er so lustig war wie ich?«

»Ich habe ihn genauso geliebt wie dich, Kasia«, erwiderte er, wohl wissend, dass er die wahre Antwort auf diese Frage niemals kennen würde.

Als sie nach Hause zurückkehrten, war die Sonne schon hinter Kleparów untergegangen. Stern hängte seinen Hut an den Haken in der Diele und nahm die Brezelschnur aus der Tasche seines Jacketts. Er legte sie auf den Küchentisch, für den Fall, dass er zur Arbeit musste, bevor Kasia aufstand.

Er konnte nicht schlafen. Ein albtraumhaftes Konzert marterte ihn. Zwei, vielleicht auch drei Grillen zirpten seit einer halben Stunde unter dem im Dunkel verborgenen Magnolienstrauch. Er hatte ihn einst für Agnieszka dorthin gepflanzt, und nun erinnerten ihn diese heimtückischen Insekten lautstark daran. Aber es war nicht zu leugnen, Agnieszka war nicht mehr da. Seit ihrem Tod waren sechs Jahre vergangen.

Nur allzu gut hatte er den Schmerz in Erinnerung, den er nach ihrem Ableben empfunden hatte, und den wochenlang andauernden Trübsinn. Er hatte keine Anrufe entgegengenommen, sich einen Bart stehen lassen und angefangen, zu viel zu trinken. Nur die Arbeit hatte ihn letztlich vor dem völligen Verfall gerettet. Der Chef des Kulturressorts hatte ihn mit voller Absicht zu einer Vernissage im Dzieduszyckischen Museum geschickt. Stern hatte einen Spezialauftrag bekommen: ein Interview mit Tytus Czyżewski. Die Fragen zur sogenannten visuellen Poesie des Malers sollten hinterhältig sein, und sie waren es auch. Der Text und eine hässliche Karikatur – der Künstler bohrte in der Nase – waren anschließend unautorisiert in der Sonderausgabe des ›Kurier‹ erschienen. Ein Streit entbrannte, der in einem Prozess gipfelte, den die Zeitung gewann. Dank dieser kostenlosen Werbung erhöhte sich die Auflage, und Stern hatte zudem einen persönlichen Erfolg zu verzeichnen. Einen ganz persönlichen Erfolg, denn abgesehen von dem Skandal nahm auch sein Privatleben eine Wende.

Als er Anna kennenlernte, sagte er sich, dass er ein ziemlicher Glückspilz sei. Die langweiligen, abstrakten Figuren auf den Gemälden verblassten vor dem lasziven Augenaufschlag der jungen Studentin. Anna hatte ihn seither oft und oft an jene Szene erinnert. »Weißt du noch? Ich hatte ein Glas Champagner in der Hand und habe dir absichtlich den Blick auf diese futuristische ›Madonna‹ verstellt. Du kannst es nicht abstreiten, ich habe dich mir damals ausgesucht.«

Stern kehrte im Geiste zu ihrem ersten Rendezvous zurück. Sie hatten sich in der Nähe ihres Hauses verabredet, am Strzelecki-Platz, von dem aus sie, ins Gespräch vertieft, bis zum Alten Markt gegangen waren. Dort hatte sie dann ein Sommerregenguss überrascht. Bedrohlich bleierne Wolken waren von Łyczaków herangezogen, die schwere Tropfen mit sich brachten. Sie hatten gar keine andere Wahl und suchten völlig durchnässt Zuflucht im spanischen Restaurant Sevilla.

Kleine Rinnsale liefen aus Annas Haaren direkt in ihren Mund. Ihr Baumwollkleid klebte ihr am Leib, und sie sah unglaublich verführerisch aus. Draußen regnete es noch immer in Strömen, zudem zog nun ein Gewitter auf. Bei jedem Blitz blinzelte das Mädchen lustig und blickte Stern fragend an.

Die romantische Situation brachte sie einander näher. Jakub rief den Kellner und bestellte zwei Portionen flambiertes Schaschlik und rubinroten Wein. Sie redeten. Schauten sich in die Augen. Aßen und tranken. Jakubs Autorität imponierte Anna. Sie sah in ihm Erfahrung und Rückhalt. Er war so ein Mann, wie sie ihn unbewusst suchte. Jakub fand in Anna das, was er verloren hatte: Nestwärme und eine Freundin.

Für sie allein spielte der zaundürre Gitarrist an jenem Abend. Und nur sie beide traten auf die Schatten, die der Kristalllüster warf. Eng aneinandergeschmiegt hauchten sie sich beim Tanzen Zärtlichkeiten ins Ohr. Er hatte ihr damals nicht gleich offenbart, dass er Witwer war und eine kleine Tochter aufziehen musste. Schließlich hatte er es natürlich doch erzählt, allerdings erst einen ganzen Monat später.

Jener Abend hatte sich aber noch aus einem anderen Grunde in sein Gedächtnis eingegraben. Als sie sich nach dem Tanz wieder an den Tisch setzten, hatte Anna seine Hand genommen. Sie hatte getan, als sei sie eine Wahrsagerin und läse in seiner Lebenslinie. Dann plötzlich war der Zauber zerstört gewesen. Wie aus dem Nichts war auf einmal ein betrunkener Zuhälter hinter ihnen aufgetaucht. Er hatte sich zu Stern hinuntergebeugt und durch eine Schnapswolke hindurch gefragt: »Willst du der Hure da den Lauf putzen oder überlässt du sie mir für zwei Hunderter?«

Anna begann zu schreien. Der Kellner kam hinter der Theke hervorgesprungen, ihm folgte der schwitzende Koch mit dem Kochlöffel. Aber noch bevor Stern auf Annas »So unternimm doch endlich was, bitte!« reagieren, noch bevor er seine Fäuste einsetzen konnte, war der Lude seelenruhig wieder hinausgegangen. Ein völlig verdorbener Abend mit einer ordinären Segnung gleich zu Beginn ihrer Beziehung.

Aber damit nicht genug. Auf dem Grunde von Jakubs Seele war das Bild der blutjungen Hure haften geblieben, in einen obszönen Rahmen gefasst, die, lauthals lachend über den gelungenen Spaß, dem Luden hinterhergerannt war. Ihre Bewegungen hatten ihn geradezu fasziniert. Sie verhießen grenzenlose körperliche Lust. Gern wäre er ihr nachgelaufen, aber da war immer noch Anna, die seine Hand gepresst hielt. Später hatte er sich noch viele Male diesen Zwischenfall ins Gedächtnis zurückgerufen, nur um festzustellen, dass ihm ein derart anziehendes, zartes Gesicht noch nie im Leben begegnet war.

Gemartert vom albtraumhaften Konzert der Grillen und gedanklich von jener schillernden Szene absorbiert, wünschte er vergeblich den Schlaf herbei. Neben ihm, nur eine Armlänge entfernt, schlummerte Anna. Eigentlich trennte sie alles. Das Haus, die Freunde, die Arbeit. Bei einer solchen Fülle von Gegensätzen konnte man im Grunde nicht zusammenleben. Dennoch hatten sie es bewusst auf einen Versuch ankommen lassen.

Ihre Trauung hatte bei den Dominikanern stattgefunden, zwei Monate nachdem Anna ihr Pharmaziestudium an der Universität abgeschlossen hatte. Die Eltern des Mädchens, ein renommierter Kinderarzt und eine Hebamme, waren stolz auf ihre einzige Tochter. Auch an Stern fanden sie Gefallen, diesem gut aussehenden, reifen, in Lemberg bereits bekannten Journalisten. Die junge Apothekerin wohnte jetzt im Hause ihres Mannes, in Pohulanka, einem ruhigen Vorort. Sie waren glücklich, und wie! Ein halbes Jahr später hatte Anna Jakub ins Ohr geflüstert, sie erwarte ein Kind. Er war außer sich vor Freude. Sie hatten ja schon Kasia, und mit ein wenig Glück würde das zweite Kind vielleicht ein Junge. Stern hatte auf der Suche nach einem Vornamen für seinen Sohn den Kalender durchgeblättert. Leider hatte von Anfang an ein böser Schatten auf ihrer Ehe gelegen. Im achten Monat erlitt Anna eine Fehlgeburt, nachdem sie zuvor Kasia auf den Arm genommen hatte. Der Schock war für sie so groß, dass sie sich schwor, keine eigenen Kinder mehr zu bekommen. Seither fühlten sich Jakub und Kasia schuldig, Anna ihrerseits lieferte ihnen die Gründe dafür.

Stern stellte sich plötzlich seine Frau vor, wie sie rittlings mit gespreizten Beinen auf jenem Zuhälter aus dem Sevilla saß. Sich unter lustvollem Stöhnen auf- und abwiegte. Erbost darüber, dass ihn seine Vorstellungskraft einer solch erniedrigenden Versuchung aussetzte, verspürte er nicht geringe Lust dazu, Anna zu fragen, was ein Mensch wohl fühlen mochte, wenn man seine Fersen mit einem spitzen Werkzeug beschlug. Schließlich hatte sie ja Pharmazie studiert, es sollte sie also nicht aus der Fassung bringen. Sollte er sie danach fragen oder nicht? Er war sich nicht schlüssig. Das abscheuliche Verbrechen begann ihn aufs Neue zu martern. Hätte er es mit einem gewöhnlichen Mord zu tun gehabt, er hätte das Rätsel längst gelöst. Aber hier fehlte das Motiv. Was, zum Teufel noch mal, ging ihn eigentlich um ein Uhr nachts irgendein idiotisches Motiv an? Gab es denn überhaupt eine Antwort auf die Frage, warum einer einem anderen das Leben nahm? Aus schnöder Raubgier, aus Eifersucht, aus Rachlust ... Diese Kette menschlicher Verbrechen war doch seit der Erbsünde niemals abgerissen.

Ein Weilchen später begann das Gespräch, das er plante, in seinem Kopfe plastische Gestalt anzunehmen. Es brauchte keiner Bestätigung mehr. Warum sollte eine Diskussion über Schmerz etwas anderes sein als ein Austausch von nichtssagenden Phrasen, etwa wenn er Anna in der Diele begegnete oder wenn sie – was überaus selten vorkam – gemeinsam beim Abendbrot saßen?

Er stellte pro forma die Frage: »Wie geht es dir heute?« Und hörte als Antwort ein lakonisches »So wie immer, Jakub. Und was gibt es bei dir?«.

Dann nahm der Dialog seinen üblichen Lauf.

»Du hast recht.«

»Freut mich.«

»Mich auch.«

Nun aber, in der sich verdichtenden nächtlichen Atmosphäre, geschah etwas Sonderbares. Anna drehte sich langsam zu ihm um und erklärte mit ernster Stimme:

»Ich weiß, dass du nicht schläfst.«

Er war so überrascht, dass er nicht reagierte.

»Du bist ganz schön stur.« Ihr Ton war unverändert ernst. »Trotzdem möchte ich dir etwas Wichtiges sagen.«

»Hast du etwa Probleme in der Apotheke?«, unterbrach er ihren Monolog.

»Nein, darum geht es nicht«, erwiderte sie.

Jakub drückte auf den Knopf der Nachttischlampe. In deren rötlichem Schein lächelte Anna ein bitteres Lächeln, gerade so, als ziele der heilige Georg auf dem gläsernen Lampenschirm mit seiner Lanze ihr direkt ins Auge. Auf ihrem ungeschminkten Gesicht waren der leichte Flaum über der Oberlippe und die Adern an den Schläfen sichtbar.

»Vielleicht kannst du mir ja weiterhelfen«, begann er.

Sie heuchelte Interesse. Griff nach dem Apfel, der noch

vom Abendessen auf einem kleinen Teller lag. Sie roch daran, dann grub sie gierig ihre Zähne hinein.

»Ich höre.«

»Ich wollte dich um Rat fragen. Es ist wichtig für mich, ich möchte deine Meinung dazu hören.«

»Wozu?«, fragte sie und schluckte den saftigen Bissen hinunter.

»Zu einer besonderen Todesart.«

»Oh mein Gott, musst du denn immer solche unerfreulichen Themen aufbringen?«

»Ich habe über den Schmerz nachgedacht, den ein Mensch einem anderen Menschen zufügt.«

»Aus was für einem Grund?«

»Es wird wohl einen Grund gegeben haben, aber was mich augenblicklich interessiert, ist deine fachliche Meinung.«

»Und deswegen behelligst du mich mitten in der Nacht?«

Beunruhigt streckte sie sich auf dem Kissen aus und strich sich ein paar helle Strähnen hinter die Ohren.

»Ich möchte wissen, was eine Frau, oder eher, was ein Mensch empfindet«, verbesserte er sich, »dem man einen spitzen Gegenstand in die Ferse treibt.«

»Wie kommst du denn darauf?« Sie erhob sich aus dem Bett und warf sich ihren Morgenmantel über. Aufs Fensterbrett gestützt, versuchte sie, mit ihrem Blick den nachtdunklen Garten zu durchdringen. »Du hast mich geweckt«, log sie wenig überzeugend, »und nun versuchst du, mir auch noch einzureden, dies sei die beste Zeit, um über so makabere Dinge zu reden? Eine sensationelle Methode, ich muss schon sagen. Na schön«, griff sie seine Frage auf. »Du hast sicher mal wieder eine neue Schauergeschichte geplant.«

»Nehmen wir einmal an, dem wäre so«, sagte er, um sie nicht zu verprellen.

»Nehmen wir mal an, sagen wir mal«, äffte sie ihn nach. »Denkst du dabei an ein Messer?«

»Ein Messer, einen Nagel, einen Draht, ein Skalpell«, zählte er rasch auf. »Etwa diese Art von spitzen Gegenständen.«

»Wenn ein solcher ›Eingriff‹ ohne Betäubung durchgeführt wird ...«

»Nehmen wir mal an, mein ›Chirurg‹ hätte kein Chloroform zur Hand.«

Sie wandte sich wieder zum Fenster und setzte, nachdem sie erneut von ihrem Apfel abgebissen hatte, ernsthaft hinzu:

»Wenn ich dich nicht kennen würde, würde ich sagen, dich quält irgendwas.«

»Hast du Angst, mir zu antworten?«

»Ich soll dir den Schmerz beschreiben? Qualen, die man sich wohl kaum ausmalen kann? Ist das etwa irgend so ein spezieller Test? Worauf willst du eigentlich hinaus, Jakub?« Sie bombardierte ihn mit Fragen, während sie das abgegessene Kerngehäuse auf den Teller zurücklegte.

Er wollte ihr die Wahrheit sagen, aber die Bestätigung, die sie ihm geliefert hatte, lenkte seine Gedanken wieder dorthin, wo er im Dickicht des Waldes, fernab von jedem anderen menschlichen Blick, den von Waldtieren angenagten Leichnam betrachtet hatte. Er war ebenso ratlos gewesen wie Anna jetzt und hatte sogar aufrichtiges Mitleid empfunden, als er jenes kleine Päckchen in seine Tasche gleiten ließ.

»Ich habe am Vormittag frei«, hörte er, aus seinen düsteren Gedanken gerissen. »Darum wollte ich dich bitten, Jakub, dass wir morgen ...«

»Ich weiß, ich weiß«, fiel er ihr ins Wort. »Ich habe dir versprochen, dass wir ins Theater gehen. Ich werde mein Versprechen halten. Ich kaufe die Karten, und komme, was da wolle, wir werden über Shaws verrückte Einfälle lachen.«

Es war Viertel nach neun, als Jakub Stern im Wohnzimmer erschien. Sein unverhofftes Auftauchen überraschte Anna.

Zumindest tat sie so. In ihren rosa Morgenrock gehüllt, trank sie geeisten Mokka und besserte dabei ihr Make-up aus.

»Da hätte ich ja eher den Tod erwartet!«, rief sie, während sie ihre Tasse auf die Untertasse zurückstellte. »Mein lieber Schwan! Du hast dich aber schwer in Schale geworfen, Kuba!«

»Ania, ich dachte, du schläfst noch!«

»Nach so einer berauschenden Nacht?«, spottete sie. »Wenn du mir derart unheimliche Fragen stellst und dann um des häuslichen Friedens willen einen Theaterbesuch in Aussicht stellst?«

Das Make-up hatte ihr ihre innere Sicherheit wiedergegeben. Ostentativ erhob sie sich von ihrem Sessel und musterte ihren Mann.

»Ich sehe schon, Kuba, du hast nichts ausgelassen!« Sie betrachtete sein kurzärmliges Baumwollhemd und die dunkelblaue Segeltuchhose. »Sogar rasiert hast du dich! Du riechst wie ein Gigolo nach Rasierwasser von Ihnatowicz! Du hast doch nicht etwa zufällig in meinen Zeitschriften geblättert?«

Schweigend schluckte er diese sarkastische Bemerkung.

»Geht der Herr Redakteur etwa aus?«

»Ja, ich muss schleunigst zu einem Termin in der Stadt.«

»Ausgerechnet jetzt? Wo ich mal ernsthaft mit dir reden wollte?« Sie kehrte auf ihren Platz zurück und tupfte mit dem Rand eines Schminkschwämmchens Puder aus der Puderdose auf.

»Ich bin eh schon zu spät dran.«

»Was ist denn das für eine geheimnisvolle Angelegenheit, die dich da zum Aufstehen veranlasst hat?«, wollte sie wissen.

»Ich will zu Hillel und in die Redaktion«, sagte er.

»Da haben wir's mal wieder!«, schnaubte sie wütend. »Dieser schreckliche Jude hat dich schon vollends auf seine

Seite gezogen. Zuerst hat er sich an diese verrückte russische Gräfin geklammert, und jetzt an dich.«

»Ich verbiete dir, so von ihm zu sprechen. Er ist mein Freund.«

»Ein Jude dein Freund?«, höhnte sie. »Du solltest besser nicht solchen Unfug erzählen!«

»Damit du es nur weißt!« Er versuchte sich zu beherrschen. »Ich verdanke ihm mein Leben. Während der Verteidigung 1919 hat er mich auf die Arme genommen und in Sicherheit gebracht …«

»Das hast du mir schon hundert Mal erzählt. Nun lob dich auch gleich noch dafür, wie du mit ihm gemeinsam den Panzer zusammengebaut hast.«

»Den haben wir auch gemeinsam gebaut, das ist Tatsache.«

»Ihr seid mir schöne Helden«, lachte sie, während sie den Puder auf den Wangen verteilte. »Soviel ich weiß, war die Verteidigung von Lemberg nicht allein euer Verdienst. Die Krakauer sind euch damals zu Hilfe gekommen. Apropos, hat sich dein Hillel denn auch schön für das Pogrom bei dir bedankt? Ein paar Hundert Juden sind doch mindestens umgekommen!«

»Du willst oder du kannst einfach nicht gerecht sein. Sie haben Verrat geübt!«

»Eine feine Lynchjustiz, Herr Redakteur!«

»Und Foch, und Barthelemy? Haben die sich etwa auch geirrt? Diese drei Wochen auf den Barrikaden haben mir mehr bedeutet als …«

»Schluss, halt den Mund! Deine geheimen Ränke mit den Schläfenlockenträgern sind einfach nicht mehr *zeit-ge-mäß*. Weißt du überhaupt, was im Lande vor sich geht? In den Fabriken, den Büros und den Hochschulen?«

»Ja, diese idiotischen Skandale. Aber nicht alle sind so …«

»Also schließen die sieben Zwerge die jüdischen Backstuben? Demolieren die Geschäfte und hetzen Banden von ›Weltverbesserern‹ auf hilflose Leute? Die Polizei unternimmt ja auch jedes Mal energische Schritte, zumindest auf dem Papier, wirklich, alle Achtung! Und ich ... Ich habe ganz einfach Angst vor alledem«, sagte sie und klappte energisch ihre Puderdose aus Alabaster zu.

Stern schämte sich für diese nationalistischen Gräueltaten. Für die Übergriffe auf jüdische Professoren, für die Ghettos und die chauvinistische Einschränkung in Gestalt eines Numerus clausus, die das Land ins Mittelalter zurückkatapultierten. All das erweckte Abscheu in ihm. Er hatte die ›Protokolle der Weisen von Zion‹, die Dmowskis Anhänger an die Redaktion geschickt hatten, selbst gelesen.

»Das sind alles böse, hasserfüllte Leute!«, murmelte er. »Ania, aber außer den Fanatikern gibt es doch noch ...«

»Ehrliche Leute, wolltest du sagen? Zweifelsohne! Sicher rechnest du dich selbst auch dazu!« Sie lachte laut auf. »Vielleicht erklärst du mir jetzt mal freundlicherweise, warum Salcia dann mit ihrem Sohn nach Palästina geflohen ist?«

»Sie heißt Maria.«

»Salcia oder Maria, soll sie doch der Teufel holen!«, fluchte sie und führte die Tasse an die Lippen.

»Hillel sagt, sein Sohn habe hier keine Zukunft mehr. Stell dir vor, Isaak, der Klassenbeste, ist nicht zum Medizinstudium zugelassen worden!«

»Und daraus ist ein internationaler Skandal geworden! Aber in Wahrheit weißt du doch sehr gut, dass sie hier fremd sind und nur auf ihre Gelegenheit warten ...«

»Anna«, versuchte er sie zu unterbrechen, »was du da sagst ...«

»Lass mich ausreden!«, schrie sie wütend, wobei sich der Kaffee über das Tischtuch ergoss. »Ich weiß wohl, was ich weiß! In einer halben Stunde muss ich in die Apotheke. Ich habe absichtlich auf dich gewartet, um dir etwas mitzuteilen, aber jetzt kannst du gehen, wenn so ein Jude mit seinen Schläfenlocken für dich wichtiger ist als deine eigene Frau.«

Der wievielte Streit ist das wohl schon, bei dem Anna triumphiert. Glaubt, dass sie triumphiert. Er lächelte bitter. Er hatte sich diese Raserei selbst eingehandelt, als er sich mit einer zehn Jahre jüngeren Frau vermählte. Jetzt konnte sie ihn in die Knie zwingen und tausend Verdächtigungen aussetzen, doch er war immer noch dazu bereit, an sie zu glauben.

»Ich wollte es dir heute Nacht nicht sagen«, ergriff sie erneut das Wort. Es klang wie eine Entschuldigung. Überrascht blieb er in der Diele stehen. Er wollte sie schon an sich ziehen, aber als er sich ihr näherte, erklärte sie, als verkünde sie ein Urteil:

»Ich ziehe zu meiner Mutter.«

»Bist du verrückt geworden?«

»Ich verdiene es nicht, dass ihr mich so behandelt.«

»Wer ist ›wir‹?«

»Du und Kasia. Ich bin euch doch so absolut, so ganz und gar egal.«

»Ania«, versuchte er, den dummen Streit zu beenden, »lass mich dir etwas erklären.«

»Das Einzige, was du kannst, ist schuften, saufen bis zum Umfallen und rauchen. Was verstehst du schon von Familienleben, Kuba?«

»Genug, um zu …«

»Dann schmeiß gefälligst diesen blödsinnigen Journalistenjob hin!«, verlangte sie. »Diese furchtbaren Affären und immer wieder diese Leichen. Die idiotischen Anrufe. Du wunderst dich, dass ich die Nase gestrichen voll habe? Ist der Herr Redakteur da? Nein, der Herr Redakteur ist nicht da. Und wann kommt Herr Stern? Überhaupt nicht! Du hast unser Heim in ein Büro verwandelt! Reicht unser Geld etwa nicht? Wir haben doch ein mehr als ansehnliches Erbe von deinem Großvater. Wir könnten investieren, die Apotheke kaufen, aber du, scheint mir ...«

»Ich weiß, ich weiß, du hast schon öfter erklärt, du wolltest nicht bis ans Lebensende für jemand anderen arbeiten.«

»Wie man sieht, leider vergeblich! Muss ich denn in diesem Hause wirklich den Mann spielen?«, fragte sie.

»Danke, Frau Magister, für diese demütigende Lektion.«

»Gern geschehen«, erwiderte sie. »Ich hatte eigentlich die Absicht, dir noch etwas zu sagen, aber ...«

»Du hast bereits alles gesagt!«, knurrte er.

Stern lief aus dem Haus und knallte wütend die Tür hinter sich zu. Hillel hatte er schon gekannt, da war Anna noch gar nicht auf der Welt gewesen. Diese bittere Erkenntnis berührte ihn. Und nun fühlte er sich Annas wegen zurückgewiesen und alt. Alt? Was für ein idiotisches Wort, wenn man erst sechsunddreißig war. So leicht würde er nicht klein beigeben. Er konnte den Freund nicht im Stich lassen. Gerade jetzt nicht. Schon seit Tagen sehnte er sich danach, Samuel zu sehen. Sehnte sich nach dessen Weisheit, die ihre Wurzeln wohl in den düsteren Jahrhunderten der Pogrome und Verfolgungen hatte. Warum aber sollte er die Schuld am Tode eines Itzek auf sich nehmen, der von einer Horde Proleten im Namen der göttlichen Gerechtigkeit erschlagen worden war?

Als er kurze Zeit darauf in die Szewczenko-Straße einbog, erinnerte sich Stern an ihre Abenteuer aus frühen Kindertagen. Einmal war er mit Samuel bis nach Kulików geradelt, um das berühmte *chlib* – ukrainisches Brot – zu kosten. Sie waren durch den Stryjski-Park gezogen, um türkischen Honig aus dem Fass und Brezeln zu essen. Im Winter, wenn Schnee gefallen war, hatten sie in ebenjenem Park Skiwettrennen veranstaltet. Stern, der beste Langläufer, und Hillel, ein unvergleichlicher Skispringer.

Als unzertrennliche Freunde hatten Jakub Stern und

Samuel Hillel, den die Mitschüler Bass nannten, auf demselben Gymnasium ihren Abschluss gemacht. Lediglich im Religionsunterricht waren sie getrennt gewesen. Jakub orientierte sich an den Auffassungen des Priesters, Samuel an denen des Rabbiners. Sie hatten dieselben Interessen. Lasen dieselben Bücher, die sie bei der Buchgemeinschaft Vita in der Hausman-Passage ausliehen. Jakub brachte Samuel Lemberger Slang bei und lernte mit seiner Hilfe Jiddisch.

Ehe er sich's versah, war er auch schon auf der Zielona-Straße. Hier wäre er, in Gedanken immer noch bei seinem verleumdeten Freund, um ein Haar unter die Räder einer heranratternden Straßenbahn geraten. Die schwarz-gelbe Reklame für Galkar-Lux-Motoröl zog mit grässlichem Gepolter an seinen Augen vorüber. Erregt und wie ein Fisch nach Luft schnappend, lief er die Straße hinunter und hielt schließlich auf dem Gehweg vor einem zweigeschossigen Haus aus der Gründerzeit. Er erstarrte.

Aus dem offenen Fenster im Parterre drangen Klänge eines feurigen Csardas heraus. Die von einer Geige gespielte Melodie schwebte durch die Straße. Stern, angetan von den ungarischen Rhythmen, schöpfte tief Luft. Voller Schwung drückte er auf den Klingelknopf, dann stieß er die Tür mit der Aufschrift »Samuel Hillel – Rechtsanwalt« auf. Auf dem Treppenabsatz zog wie gewöhnlich das Buntglasfenster mit der goldenen Menora seine Aufmerksamkeit auf sich, die einen karikaturhaften Baumschatten auf die honigfarbene Vertäfelung warf. Als er sie gerade mit seinem eigenen Schatten verdeckte, hörte er, wie der Schlüssel im Schloss umgedreht wurde.

Hillel war allein. Mit einem dunkelgrünen seidenen Morgenrock bekleidet, stand er auf der Schwelle und begrüßte ihn mit seiner Bassstimme.

»Ave, Star! Willst du dich etwa vor dir selbst verteidigen?« Er machte eine geheimnisvolle Miene. »Komm herein, nun komm schon. Es ziemt sich nicht, in der Türe stehen zu bleiben.«

»Spar dir deinen Spott!«, sagte Stern und reichte ihm die Hand zur Begrüßung. »Wenigstens heute.«

»Das muss ja schon etwas ganz Besonderes sein, wenn du bei solch einer Bruthitze aus dem Hause gehst. Es hat doch nicht etwa einen Börsencrash gegeben, und die Haberbusch-Aktien sind gefallen?«

»Du beliebst wohl zu scherzen. Lilpop, Rau oder Haberbusch sind für mich ein Buch mit sieben Siegeln. Weißt du, ich habe über deine letzte Äußerung nachgedacht.«

»›Auf Wiedersehen‹? Hat das so eine große Bedeutung für dich?«

»Witzbold! Du hast gesagt: ›Lieber wären mir hundert Todesarten als Eifersucht!‹«

»Nun, ich habe das wohl kaum gesagt.«

»Wer denn sonst?«

»Dewarim Rabba natürlich.«

»Du lieber Gott!«

»Ich weiß noch, worüber wir uns seinerzeit gestritten haben.«

»Lass uns nicht mehr darauf zurückkommen.«

»Einverstanden. Darüber kann keiner richten, der selbst kein reines Gewissen hat. Sag mir lieber, was du trinken willst. Limonade oder vielleicht kalten Pfefferminztee? Vielleicht eher Pfefferminztee, wie?«, antwortete er anstelle seines Freundes. »Diese Hitze verwandelt die Stadt mittags in die reinste Wüste. Wenn ich nicht halb taub wäre und das Gefiedel meiner Nachbarn nicht wäre, so würde ich wohl das Brüllen der Löwen im Rathaushof hören.«

Stern trat ans offene Fenster. Hillels Worte wirkten auf ihn belebend. Er redete verworrener als gewöhnlich. Seine scherzhaften Bemerkungen passten irgendwie nicht zu der grausamen Wirklichkeit. Aus welchem Grund war er eigentlich zu ihm gekommen? Um eine Rechtfertigung zu finden? Das, was in seinem Kopfe keimte, ließ sich doch durch nichts rechtfertigen.

Hinter dem zurückgezogenen Seidenvorhang stehend, beobachtete Stern die Haltestelle. Ein in der mörderischen Hitze ausharrender Soldat fächelte sich mit seiner Tschapka Kühlung zu, während er das Plakat des italienischen Zirkus Forum studierte. Neben ihm hielt eine Frau im geblümten Kleid einen Hund an der Leine, der einem dichten Erbsenstrauch zustrebte.

Der gelangweilte Soldat strich sich mit den Fingern durchs Haar, gähnte und schob sich die Mütze wieder auf den Kopf. Die Frau fasste die Leine kürzer. Von der Hetmanschen Straße her kam eine leere Straßenbahn gefahren.

Stern löste sich ruckartig von dem marmornen Fenstersims, um aus der Hand des Freundes einen Becher eisgekühlten Pfefferminztee entgegenzunehmen. Kaum spürte er den ersten kalten Schluck im Hals, als ihm auch schon das Gespräch mit Anna wieder einfiel. Nun, da er bei Hillel war, stand Anna vermutlich schon in der Apotheke. Vielleicht bereitete sie gerade Salbe zu oder verkaufte, hinter dem Tresen stehend, einem Kunden Baldriantropfen, während sie diskret seine Augen musterte und die Größe seiner Pupillen analysierte. Dieser letzte Gedanke erschien ihm nichtig. Er biss sich auf die Lippe und setzte sich, verschwitzt wie er war, auf einen Stuhl.

»Na, endlich. Bist du nun präsent, Jakub, oder bist du mit deinen Gedanken immer noch ganz woanders? Du segelst auf den Wellen deiner Vorstellungskraft, und ich würde dich gern unterstützen«, bemerkte Hillel trocken, während er aus einem Krug Pfefferminztee nachgoss, in dem kleine Eisstückchen herumschwammen. »Nur hast du, scheint's, bereits das jenseitige Ufer erreicht. Dich hält nichts auf. Gegen die Bestimmung ist kein Kraut gewachsen.«

»Ich hab's doch gewusst, gegen die Hitze hilft am besten göttliche Vorsehung«, parodierte Stern den Freund. »Wie ich sehe, änderst du dich kein bisschen.«

»Dafür verwandelst du dich umso stärker. Ich wollte nur deinen Ausflug ins Ungewisse stoppen. Obwohl ich befürchte, es ist schon zu spät.«

»Wie meinst du das?«, fragte Jakub und trat zum Bücherschrank hin.

»Das Urteil!«

»Kosmischer Blödsinn!«, entgegnete Stern, dessen Blick an einem Buch über Doña Gracia Mendoza, die edle jüdische Wohltäterin, hängen blieb.

»Es steht dir auf die Stirn ge…«

Der Journalist verspürte ein Kribbeln im Rücken.

»Nun hör schon auf!« Er wandte sich zu Hillel um. »Liest du jetzt auch schon wie Anna in meinen Pupillen?«

»Wenn du willst, lege ich dir die Kabbala-Karten. Aber ich warne dich, die Wahrheit könnte tödlich für dich sein.« Er schob die Vase mit den Rosen zurück und zog eine hölzerne Schatulle aus seinem Schreibtisch. Darin bewahrte er das in eine Leinenserviette eingeschlagene, handbemalte Kartenset der Familie auf. »Kabbala, das bedeutet letztlich nicht mehr als der vertrocknete Baum der Erkenntnis.« Er blickte Stern herausfordernd an.

»Der immerhin von den Engeln gepflanzt wurde«, wandte Jakub ein.

Hillel antwortete nicht. Schweigend und geschickt wie ein Falschspieler mischte er die Karten. Seine knochigen Finger machten sich ein Weilchen mit der geheimen Materie vertraut. Mit seiner Rechten teilte er den Stapel in zwei Häufchen. Mit der Linken schob er den rechten Kartenhaufen unter den anderen.

»Statt Früchten bringt die Kabbala deine Phobien hervor«, erklärte er mit seltsam veränderter Stimme, »und die eine

große Wahrheit, vor der du dich augenblicklich fürchtest.«
Er verstummte vorübergehend und legte aus den Karten ein Keltenkreuz. Eine Karte hatte er unter dem ursprünglichen Stapel verborgen. Er drehte sie um und deckte den furchteinflößenden Teufel auf.

»Als du aus dem Fenster geschaut hast, hast du auf der Straße ein Zeichen gesehen. Auf dem Weg hierher hast du eine deutliche Warnung empfangen. Irgendjemand verfolgt dich mit der Kraft seiner Gedanken. Du bist im Zeichen des Krebses geboren, folglich fährst du in der Quadriga des Wagenlenkers durchs Leben.«

Stern zuckte zusammen. »Du machst Witze! Vor einer Viertelstunde wäre ich fast unter die Räder einer heranrollenden Straßenbahn gekommen.«

»Du hast eine Schrift, Farben und Schatten darauf gesehen«, fuhr Hillel fort, während er den unsterblichen Tod betrachtete, der sich schelmisch auf der rechten Seite des Kreuzes neben dem nachdenklichen Magier platziert hatte.

»Versuch, diese Zeichen zu deuten. Das ist dein Schicksalsweg. Und?«

Der Journalist antwortete nicht. Sein Blick irrte über die Stilmöbel aus dunkler Buche und über das Muster des Perserteppichs, das wie ein Kaleidoskop seine Zeichnung zu verändern schien.

»Meinetwegen ist eine Frau verstümmelt worden«, sagte er leise. »Ich hätte es verhindern können, aber ich habe mich völlig betrunken. Mit Daniluk habe ich mich bei einer Portion Wildschweinwürste sinnlos zulaufen lassen. Wenn ich mich nicht derart dem Exzess hingegeben hätte …«

»Hättest du dir geschadet und anderen geholfen«, ergänzte Hillel und ließ den Gehenkten fallen, der vom Tisch glitt und Stern wie ein Flieger geradewegs vor die Füße segelte.

Dieser schob die Karte voll Abscheu mit der Schuhspitze von sich.

»Du kannst ihn mitnehmen«, hörte er.
»Wozu?«
»Das ist eine gute Karte. Steck sie dir als Andenken in die Tasche. Der Gehenkte bedeutet Selbstaufopferung, er kann auch intuitive Weisheit bedeuten. Die Interpretation liegt ganz allein bei dir.«

Stern nahm Samuels Angebot nach einigem Zögern an.

»Wer braucht schon diese verworrene hebräische Philosophie?«, knurrte er missmutig. »Sie trifft keine Schuld.«

»Dich ebenfalls nicht!« Hillel sah Jakub durchdringend an. »Du darfst dir nicht die Schuld daran geben, schließlich ...« Er sah den Turm an, der den oberen Abschluss des Kreuzes bildete, der auf ein verborgenes Ziel hindeutete. »Dich erwartet ein gerechtes Urteil, du wirst einen langen Weg gehen, bevor du inmitten der Menge auf dem Markt anhältst. Wart's nur ab!«, begann er, aber dann senkte er rasch die Stimme und wechselte das Thema. »Weißt du, wie viele heute in Spanien fallen, wie viele im Konzentrationslager in Bereza-Kartuska eingesperrt werden und wie viele sich erhängt haben, weil neue Devisengesetze in Kraft getreten sind?« Er strich die Karten ein, schlug sie wieder in das Tuch ein und legte sie in die Schatulle zurück. »Zur Aufmunterung werde ich dir einen kleinen Vers vortragen. Ein gewisser Karakuliambro hat ihn verfasst.«

»Nach deinen Weissagungen ist mir nicht mehr zum Lachen zumute.« Stern ließ sich resigniert in einem Sessel nieder und bettete seinen Kopf auf die wildlederbezogene Kopfstütze.

»Das ist ein herrlicher Schmonzes, sie haben ihn in der Dienstagsausgabe des ›Abendblatt‹ abgedruckt«, versuchte ihn Hillel zu überzeugen.

Der Journalist schloss ergeben die Augen.

Samuel rezitierte mit seiner Bassstimme:

Verhaftet hat man in Koloschwar
Kiepuras Doppelgänger.
Er aß gerade in einer Bar,
da hielt es sie nicht länger.
Sie haben ihn einen Kopf kürzer gemacht.
Nun wird ganz oben scharf nachgedacht.
Denn der Kopf liegt da, o dio!
Und singt: ›O sole mio!‹

Stern öffnete die Augen und lächelte gequält. Er angelte nach einer Zigarette, ließ sie aber rasch wieder im Zigarettenetui verschwinden, als er Samuels sarkastischen Blick auffing.

»So rauch doch, nur zu, wenn es dir hilft!«, ermunterte Hillel ihn. »Mir ist heute auch nicht gerade leicht ums Herz. Seit der Abreise von Maria und Isaak bin ich mutterseelenallein. Morgen ist ihr Geburtstag. Sag, Jakub, was tu ich eigentlich noch hier?«

»Willst du zu ihnen nach Haifa fahren?«, fragte Stern, der einer traurigen Melodie lauschte, die aus der Wohnung darunter heraufklang.

»Ich bin noch unschlüssig. Ich habe ein paar vermasselte Fälle, diese russische Gräfin und ein paar Prozesse am Hals, die ich gerade begonnen habe.«

Der Rechtsanwalt ging zu der Fotografie hinüber, die auf einer Kommode stand. Er nahm den Holzrahmen mit den Silberapplikationen zur Hand. Maria, Isaak und er selbst, festlich gekleidet an Jom Kippur. Sie machten alle drei ernste Mienen, als ahnten sie bereits die bevorstehende Trennung. Marias Perücke saß perfekt, und Isaaks Kippah war genauso schwarz wie seine Haare. Wenn sie doch jetzt nur hier sein könnten! Samuel stellte den Bilderrahmen wieder neben den Leuchter.

»Du gibst dir völlig unnötig die Schuld, Jakub«, erklärte er und warf einen Blick auf Marias gefältelte Halskrause. »Gewissensbisse sind vorübergehender Natur, und nicht du hast Schuld daran. Das, was geschieht, passiert an einem anderen Ort, zur selben Zeit, aber aus einem völlig anderen Grund.«

»Wovon redest du?« Stern blickte Hillel beunruhigt an, der aber vermied wiederum eine direkte Antwort und begann mit einem völlig neuen Thema, als sei er und nicht Stern derjenige, der Trost brauchte.

»Ich erzähle dir jetzt etwas, worüber ich bislang nie gesprochen habe. Ich verrate dir mein erstes Geheimnis. Mein Vater hat sich bei meiner Geburt ausgedacht, mir den Namen Samuel zu geben, was bedeutet ›von Gott erbeten‹. Weißt du, warum? Du denkst, das sei aus Liebe geschehen? Nein, angesichts seiner eigenen Ungläubigkeit war es pure Provokation. Mein Großvater, der Rabbiner, war der schlimmste Wüterich, den die Welt je gesehen hat. Also hat mein Vater seinen einzigen Sohn Samuel genannt und selbst weiter Götzenanbetung betrieben. Nun verrate ich dir mein zweites Geheimnis. Einen Sommer habe ich die Ferien mit meinen Eltern bei meinem Onkel in der Nähe von Schitomir verbracht. Dort gibt es einen reißenden Fluss, den Teterew. Die Strudel hättest du sehen sollen und die sonnenverbrannten Felsen. Im Angesicht dieser Schönheit hatte ich, der ›von Gott Erbetene‹, beschlossen, meinem Leben ein Ende zu bereiten. Ich wollte diesen überwältigenden Anblick mit mir nehmen, für immer. Heute weiß ich, dass ich etwas völlig Wahnsinniges getan hätte. Zu diesem Irrsinn, mein Freund, fehlte jedoch nur ein kleiner Schritt.«

»Das hast du dir ja toll ausgedacht. Wirklich großartig. Ein Fluss, der einen um den Verstand bringt, ein trotziger Vater und deine eigenen Phobien, ganz wie bei Freud. Du könntest, so wie es aussieht, wohl selbst für den Teufel noch eine Entschuldigung finden.«

»Wenn es sein muss ...« In Samuels Ton schwang eine verbitterte Note mit. »Es ist meinem Vater zu verdanken, der mich aufs Gymnasium und nicht zur Cheder und Jeshiwa geschickt hat, dass ich der bin, der ich nach seinem Willen werden sollte.«

»Der beste Rechtsanwalt der ganzen Stadt«, sagte Stern.

»Wenn du jetzt noch hinzusetzt, ein waschechter Pole, dann glaube ich dir aufs Wort«, scherzte Hillel, doch als er sah, dass der Journalist ungeduldig auf seine Armbanduhr blickte, fragte er: »Bist du in Eile?«

»Krösus beginnt in einer halben Stunde mit der Redaktionssitzung.«

»Dann mach dich auf den Weg!« Er sah den Freund eindringlich an. »Ich habe den Eindruck, da ist noch etwas, was du mir heute sagen wolltest.«

Stern senkte den Blick, wie ein beim Lügen ertapptes Kind.

»Halt die Ohren steif!« Hillel klopfte ihm auf die Schulter. »Ich verspreche dir, wenn sie deinen Verrückten schnappen, werde ich ihn verteidigen, so gut ich kann.«

Er hatte Samuel belogen. Kaum draußen angelangt, änderte er auch schon seine Absicht. Statt in die Redaktion ging er wieder nach Hause. Er wollte sich vergewissern. Wollte die Wahrheit erfahren. Und er war sicher, er würde dort wie immer eine Antwort finden.

Ecke Szewczenko-Straße, als ihm der Gehenkte wieder in den Sinn kam, hörte er Kinderlachen. Er drehte sich um. Ein paar Schritte hinter ihm, vor dem Geschäft mit der Auslage und der Aufforderung »Kauft nur polnische Waren«, schrie ein Knirps mit Schläfenlocken seiner perücketragenden Mutter etwas zu. Sollte Anna am Ende recht behalten? Oder würde diese übergeschnappte Welt sich über kurz oder lang wieder ändern? Und der Hass würde wie Holz im Ofen verglühen? Schließlich hatte ja noch jede Epoche ihre Hitler gehabt, deren Säbelrasseln wie das Kreischen der Straßenbahn beim Einbiegen auf die Brücke wieder verstummte. Ein abscheulicher Lärm, der sich einem in die Hirnwindungen bohrte, und darauf noch schlimmere, beschämende Stille.

Stern blickte dem sich entfernenden Waggon hinterher, dessen im Sonnenlicht blinkende Scheiben seine Augen zum Schmerzen brachten. Unwillkürlich schloss er die Lider. Sekundenlang stand er wie geblendet auf dem staubigen Gehweg. Dann meldeten sich die Zweifel zurück. Warum hatte Hillel nicht die Rabbinatsschule besucht, wo doch sein Großvater Rabbiner war? War er ein aufgeklärter Jude oder nur ein Abtrünniger? Warum hatte er seinen Glauben verworfen und ließ sich zu Disputen mit einem Goi herbei? Tat er dies nur, damit ihn die Juden verachteten und die Polen ihn hassten?

Als er sich all diese Fragen gestellt hatte, fühlte er, dass er den Freund damit verriet und dass sie beide ihre Freundschaft über Gebühr beansprucht hatten.

Nachdenklich langte er zu Hause an. Er war allein. Kasia war nach dem Frühstück zu Ala Piątkowska gegangen und hatte nur versprochen, noch vor sechzehn Uhr wieder zu Hause zu sein. Auch dass Anna auftauchte, stand nicht zu befürchten, sie war schließlich in der Apotheke. Er nutzte ein weiteres Mal die Gelegenheit und begab sich in ihr Zimmer, um ihre Sachen zu durchsuchen. Er öffnete die verglaste Tür und schlich sich wie ein Dieb in ihr persönliches Reich.

Annas Zimmer versank in Rosatönen. Rosa Möbel, rosa Tapeten, die Leinentischdecke, ja selbst die Tagesdecke auf dem pedantisch gerichteten Bett. Ein Miniaturgarten vervollständigte das Bild. In einem mit Moos und Heu ausgelegten Weidenkörbchen auf dem Fensterbrett reckten sich blassrote Rosen. Diese verdammte weibliche Ordnungsliebe brachte ihn zur Weißglut. Zu allem Überfluss stahlen sich heimtückisch ein paar Sonnenstrahlen durch die Gardinen an der Messingstange.

Stern sah sich um. Auf dem Schreibtisch, neben dem Fuß der kleinen Stehlampe, bemerkte er die Morgenausgabe des ›Tageblatt‹, darin aufgeschlagen die Ankündigung:

Kino Apollo 4
Vlasta Burian
in seiner besten Rolle als
Adjutant seiner Hoheit

Neben der Zeitung lag ein umgefallenes dunkelbraunes Fläschchen Kephalgin-Tropfen. Automatisch stellte er es auf und ging zu dem Schränkchen hinüber, das ein silberner Krug mit rosafarbenen Strohblumen zierte. Er holte »seinen« Schlüssel aus der Hosentasche, schob ihn ins Schloss und drehte ihn herum. Er zog die obere Schublade auf und nahm den chinesischen Fächer heraus, der ein in Stoff gebundenes Heft bedeckte. Kurz darauf blätterte er, wie er es schon viele Male getan hatte, Seite für Seite in Annas intimem Tagebuch. Er hatte einen guten Riecher gehabt. Hinter den älteren Notizen, die er auswendig kannte, fand er einen neuen Eintrag. Sie hatte ihn wohl am Sonntag nach dem Aufwachen geschrieben, denn die Tinte hatte eine etwas dunklere Farbe. War das nicht abscheulich, dass sie vor ihm Geheimnisse hatte? Die sie nicht einmal dann verriet, wenn sie vor dem Kirchgang gemeinsam frühstückten?

Das sonntägliche Frühstück, wie konnte es anders sein, hatte in einem Streit geendet. Anna, eindeutig über irgendetwas aufgebracht, hatte ihm vorgeworfen, seine Versprechen nicht zu halten. »Du hast Kasia versprochen, mit ihr in den Zirkus zu gehen, und hast natürlich nicht die Absicht, dein Versprechen einzulösen. Ganz zu schweigen von Shirley Temple. Dreimal schon hast du Karten für ›Der kleine Rebell‹ reserviert und bist dann nicht mit ihr hingegangen. Andere Leute haben irgendwie für alles Zeit, nur du nicht.«

Demonstrativ war sie vom Tisch aufgestanden, um ihre vorwurfsvolle Predigt fortzusetzen: »Du hast mich noch nie verstanden, du verdammter Egoist! Immer setzt du dich über uns hinweg. Kasia, Liebes, geh bitte nach oben! Du musst dir das Gezänk dieses streitsüchtigen Kerls nicht anhören.«

Wütend überflog er die nächsten Zeilen. Er hätte gute Lust gehabt, dieses Tagebuch an sich zu nehmen oder zu verbrennen. Was hätte er darum gegeben, dass dies alles nur Einbildung war! Aber hier stand es schwarz auf weiß. Anna bekannte sich zu einer blinden, wahnwitzigen Leidenschaft. Vor ihm verborgen, in der Einsamkeit ließ sie ihren Gefühlen freien Lauf. Sie betrog ihn also. Die aufkeimende Verbitterung niederkämpfend, legte er das Heft wieder an seinen Platz zurück und fahndete nach anderen greifbaren Beweisen: einer Visitenkarte oder irgendeinem belanglosen männlichen Accessoire. Er fand nichts. Dagegen entdeckte er auf dem Schränkchen einen dunkelroten Parfumflakon mit *Coquette Paris*, der ihm zuvor nicht aufgefallen war. Das mattgläserne Fläschchen hatte die Form eines entblößten weiblichen Torsos mit einem über die Schulter geworfenen Schal. Er zog den wie einen Hut geformten Stöpsel heraus und hob den Flakon an die Nase, um, nicht ohne eine gewisse Befangenheit, daran zu schnuppern. Ein Tropfen fiel ihm auf den Finger, unwillkürlich verrieb er ihn. Da wehte ihm eine atemberaubende Komposition entgegen, eine Mischung aus Koriander, Neroli, Amber und noch etwas anderem, was er nicht definieren konnte. Dünen am Meer, von einem exotischen Hauch liebkost? Um dies banale Bild verwerfen zu können, hielt er erneut den Finger an die Nase, und plötzlich übermannte ihn eine unverständliche Erregung, so wie einst, als Anna sich ihm in frisch gestärkter Bettwäsche hingegeben hatte. Ganz deutlich roch er in dieser Sekunde den Duft ihres Atems, schmeckte den salzigen Schweiß in der Mulde über ihrem Schlüsselbein. Beschämt zwang er seine sentimentale Anwandlung nieder. Er ließ die Hand sinken, aber die erwachte Neugier siegte abermals.

Während er durchs Fenster die Magnolie betrachtete, die er so liebte, kam ihm wieder ihre Verschlagenheit in den Sinn, als sie Mitte Juni zum Landeskongress der Pharmazeuten nach Posen gefahren war. Sie war stolz auf die auf Kreidepapier gedruckte Einladung gewesen, die Konstanty Hrynakowski persönlich unterschrieben hatte. Einen ganzen Monat lang hatte sie sich auf die Reise vorbereitet und an einem Referat geschrieben. Sie würde es den Posener »Kartoffelköpfen« schon zeigen, dass Lemberg, auf das sie so geringschätzig herabsahen, keinesfalls schlechter war. Ja, er hatte ihre Hartnäckigkeit sogar bewundert. Viele Tage hindurch hatte er ihrem ungeschickten Hämmern auf der Olympia gelauscht, bis er ihr schließlich – und dafür war sie ihm dankbar gewesen – beim Redigieren der endgültigen, mit komplizierten Kurven und Grafiken versehenen Version geholfen hatte.

Genau wie jetzt hatte damals ihre Parker-Füllfeder aus Kirschholz neben Tintenfass und Lineal gelegen. Natürlich hatte er seinerzeit ihren Beteuerungen Glauben geschenkt. Der Eintrag im Tagebuch jedoch strafte dies alles Lügen. Sie hatte jemand kennengelernt. Jemand, von dessen Existenz er bis dahin nichts geahnt hatte. Was bedeutete dieses undurchsichtige: »Ständig muss ich an dich denken …«? Sogar vor sich selbst schien sie übertrieben auf der Hut.

Sein Unmut darüber, dass sie ihn belog, wurde immer heftiger, und so versuchte Stern, in seiner Erinnerung den Tag zu finden, an dem sie sich verändert hatte. War das gewesen, als er sie zum Bahnhof begleitete? Durch das heruntergelassene Abteilfenster hatte sie ihm ihre Fingerspitzen dargeboten. Die Trennung hatte so echt und natürlich gewirkt, und doch war alles nur Schein gewesen. Als der Zug zuckend anfuhr und die Lokomotive eine weiße Rauchwolke ausstieß, war ihm ein Rußpartikel ins Auge geweht. Er hatte gezwinkert und nach seinem Taschentuch geangelt. Die Augen tränten ihm. Es sah ganz so aus, als ob er vor Rührung weinte.

»Jakub, nun hör aber auf zu heulen«, hatte sie ihn sanft ermahnt. »Es sind doch nur fünf Tage, die vergehen im Fluge. Außerdem hast du ja schließlich noch Kasia. Ich bin euch doch ohnehin nur im Weg. Das wirst du wohl kaum bestreiten, oder?«

Diese Worte hatten ihn peinlich berührt, und er hatte Bitterkeit verspürt. Er wollte ihr noch sagen, dass er sie vermissen würde. Doch er hatte es nicht mehr geschafft. Der neben Anna stehende Schaffner hatte am Fensterriemen gezogen und das Fenster mit einem Ruck geschlossen. Der Zug war abgefahren.

Stern hatte ihr Kleid, das bald zu einem bloßen rosa Fleck verschwommen war, immer noch mit den Augen verfolgt und schließlich als Letzter den Bahnsteig verlassen, um durch die Halle des Hauptbahnhofs in den Wartesaal zurückzukehren. Umringt von Stimmengewirr und gepäckbeladenen Reisenden hatte er noch eine geschlagene Stunde auf einer Bank gesessen und eine Taube beobachtet, die unter der Decke umherschwirrte. Der Vogel hatte keine Chance. Irgendein verräterischer Luftzug lenkte ihn immer wieder gegen den verglasten Himmel. Vom Fliegen müde, hatte er jetzt einen Rastplatz auf der runden Bahnhofsuhr gefunden, deren Zeiger nicht die geringste Lust verspürten, sich zu beeilen. Ein Fähnlein Pfadfinder riss Stern aus seinen trübseligen Gedanken. Sicher waren sie zu einem Zeltlager unterwegs. Aufgeregt über das bevorstehende Abenteuer stellten sie ihre Rucksäcke ab und fächelten sich mit ihren pilzähnlichen Hüten Kühlung zu. Schließlich stießen sie wie auf Kommando ihren Kampfruf aus. Das vom Gewölbe widerhallende Echo scheuchte die Taube auf der Uhr auf.

Stern sehnte sich ebenso wie der aufgeschreckte Vogel nach Ruhe. Vom Lärm der Menge verfolgt, hielt er erst in der Tür zum Bahnhofsgebäude erneut inne. Die Hand gegen eine kühle Steinsäule gestützt, sah er sich nach einer Droschke um. Auf dem Vorplatz, den ein Marmorspringbrunnen in Gestalt einer Blüte zierte, herrschte lebhafter Betrieb. Fußgänger drängten sich, mit Päckchen beladen, Pferdegespanne glitten vorbei, und von Zeit zu Zeit bremste das ein oder andere elegante Auto auf dem Steinpflaster.

Der warnende Ruf eines Gepäckträgers, der einen mit Koffern beladenen Wagen zu den unter einer Laterne parkenden Taxis zog, riss ihn aus seinen Grübeleien. Im selben Moment erblickte Stern eine Droschke, die hinter der in allen Regenbogenfarben schillernden Wasserfontäne auftauchte. Er winkte sie zu sich heran und orderte eine Fahrt in die Janowska-Straße, wo sich eine Schankwirtschaft befand, über die er schon etliche Male geschrieben hatte.

Die mit Flüchen des Kutschers gespickte Fahrt dauerte nicht einmal fünf Minuten. Im Galopp hatten sie die Foch-Allee und die von Straßenbahngleisen zweigeteilte Gródecka-Straße hinter sich gelassen. In gereizter Stimmung stieg Stern aus dem Wagen. Wie grotesk nahm er sich doch in dieser Kneipe inmitten der nach Wodka und Zigarettenrauch stinkenden Männer aus. In seinem eleganten Anzug mit Krawatte passte er so gar nicht zu all den Arbeitern. Der Zorn, der sich in seinen Zügen widerspiegelte, wurde sogleich durch die Neugier des Pöbels gedämpft. Ohne den Tresen zu verlassen, stürzte der Reporter in rascher Folge drei Hundertgrammgläser reinen Wodkas hinunter und verzehrte dazu einen Hering mit Zwiebeln und einer Scheibe Landbrot. Ebenso rasch, wie er hineingekommen war, fand er sich dann auch wieder auf der Straße, wo er fast einem geigenden Straßenmusikanten in die Arme lief. Schon wollte er ihm einen Schlag versetzen, beherrschte sich aber dann.

Denn der klapperdürre Grusinier in seinem fleckenübersäten Pullover spielte die sentimentalen ›Weißen Rosen‹. Die Melodie rief in Stern eine Veränderung hervor. Den Tränen nahe versuchte er zu singen: »Sommer und Herbst sind vergangen, schon ist der Winter nah ...«

Bevor er weiterging, warf er dem Musikanten eine silberne Zwei-Zloty-Münze in seinen zerschlissenen Geigenkasten. Nach dieser Geste fühlte er sich besser. Zufrieden kletterte er zurück in die wartende Droschke. Jetzt hatte er sein Ziel erreicht – er hatte Anna vergessen. Die sengende Hitze, die sich wie eine Geißel Gottes über die Stadt breitete, raubte ihm schier die Sinne. Er wusste nicht mehr, ob und wie viel er gezahlt hatte. Nach einer Viertelstunde Fahrt stieg er ein paar Meter vor seinem Haus völlig betrunken aus. Er wusste nicht mehr, wie er die Gartentür aufbekommen hatte. Fluchend rüttelte er an der Haustür und erschreckte Kasia damit. Sein Instinkt trieb ihn weiter. Von rasenden Kopfschmerzen geplagt, ging er ins Bad und suchte nach Tabletten. Er ergriff das Gläschen, zog den Verschluss und die Watte heraus und warf sich eine Handvoll Kopfschmerztabletten in den Rachen. Er schluckte sie ohne Flüssigkeit hinunter. Schwankend wie ein Seemann, aber beruhigt torkelte er in sein Zimmer. Überraschend leicht gelang es ihm, seine Jacke abzustreifen und sie auf den Fußboden zu werfen. Mit einem Ruck lockerte er noch die Krawatte und sank aufs Bett. Er war bereit.

Mit ausgebreiteten Armen, die Schuhe noch an den Füßen, begann er, die hellgrünen Schlangenlinien zu zählen, die sich auf der Tapete wanden. Das Wellenmuster verwandelte sich auf wundersame Weise in einen endlosen Strom von Zeitungen, die aus der Druckmaschine quollen. In der ersten Spalte erblickte er sein eigenes Bild und den reißerischen Titel ›Jakub Stern schuldig‹. Bin ich schuldig?, fragte er sich. Kann mir jemand sagen, warum? Er wollte die Antwort sofort, jetzt gleich. Sein grässlicher Schrei war im ganzen Haus zu hören. Er hätte die ganze Welt aufrütteln mögen, aber ihn verließen die Kräfte, und der in seinen Gedanken immer wiederkehrende Titel stürzte ihn wie eine schauerliche Melodie in einen zähen, lähmenden Traum.

Was für ein Traum das gewesen war, daran vermochte er sich am nächsten Morgen nicht mehr zu erinnern. Er war auch keineswegs neugierig zu erfahren, warum er darin einen riesigen Vogel Strauß mit gehäckseltem Kraut gefüttert hatte. Den messerscharfen Lichtstrahl verfluchend, der sich durch die halb geöffneten Vorhänge stahl, rappelte Stern sich aus dem Bett hoch. Sein entsetzlicher Kater würde ihm wohl den ganzen Tag über zu schaffen machen. Aus seinem Besuch in der Redaktion wurde nichts, so viel war klar. Es kostete ihn einige Überwindung, aber er rief bei der Sekretärin an und erfand ein defektes Heizungsrohr.

»Ich kann leider nicht kommen, so gern ich auch möchte«, erklärte er, die Finger auf die pochenden Schläfen gepresst. »Ich hoffe, Sie verstehen das. Ja, der ganze Korridor steht unter Wasser.«

Doch dann kam das Allerschlimmste. Als er in die Küche hinunterging, entdeckte er, dass Kasia verschwunden war. Er rief nach ihr. Nichts. Wieder traf ihn die Schuld und nicht sie. Er hörte schon Annas Gezeter: »Du bist ein richtiger Unmensch, Kuba. Kaum bin ich fort, ist auch schon die Kleine davongelaufen. Alles, was in diesem Hause passiert, hast du auf dem Gewissen, du miserable Kreatur!«

Kasias Verschwinden ernüchterte ihn vollends. Schlagartig wurde ihm bewusst, wie sehr er sie liebte. Ganz unwillkürlich stand ihm wieder die Krankheit seiner Tochter zwei Jahre zuvor vor Augen. Es war am dritten Mai gewesen, am Nationalfeiertag, als das Kind sich an Erdbeeren vergiftet hatte und hohes Fieber bekam. Anna hatte völlig den Kopf verloren. Die verordnete Arznei half nicht, Kasia phantasierte halb benommen, sie wollte mit den Eltern die Weihnachtsoblate teilen und wünschte sich ein Hündchen unterm Christbaum. Stern hatte seinerzeit in alles eingewilligt und sogar einen Tannenbaum aus dem Wald herbeigeschleppt. Ihn mit bunten Ketten und Kugeln geschmückt. Auch hatte er auf dem St.-Theodor-Platz bei einem Lemberger Straßenhändler einen braunen Welpen gekauft. Wer weiß, vielleicht war es gerade diesem herumwuselnden Geschöpf mit Geschenkschleife um den Hals zu verdanken, dass Kasia wieder gesund geworden war? Mit einer kalten Kompresse auf der Stirn hatte sie flüsternd gefragt, ob ihr Hund Deg heiße. »Papi, das ist mein Deg, stimmt's?«

Stern suchte noch einmal sämtliche Winkel ab. Er durchstreifte das Haus vom Dachboden bis zum Keller, aber Kasia und der Hund waren nicht da. Er beschloss, die Polizei zu verständigen, wenn er sie nicht innerhalb der nächsten dreißig Minuten finden würde.

Vielleicht war er ja wirklich solch ein Unmensch, wie Anna behauptete? Während er noch darüber nachsann, ging er in die Küche, um kaltes Wasser zu trinken. Als er den Emaillekrug geleert hatte, bemerkte er auf dem Boden ein paar berechnende Augen, wie aus einer Faschingsmaske herausgeschnitten. Er spürte den bohrenden Blick eines Menschen auf sich, den das Leben verrückt gemacht hatte. Der sonst so scheißfreundliche Krösus hatte ihm einmal in einem Anfall von Ehrlichkeit gesagt: »Und was haben wir denn da in Ihrer Karriere? Da wird ein Sudelmaler elegant angeschwärzt, da wird sich mit den Ellenbogen der Weg zu billigen Auszeichnungen freigeboxt und hemmungslos, Pardon, über Leichen gegangen. Sie gehen über Leichen, Herr Stern«, hatte er mit einem giftigen Lächeln bekräftigt, »denn Sie mögen diese totengräberische Hetzjagd. Der eine mag Sudelbilder von Konstruktivisten, ein anderer jüdische Reime, Sie aber mögen den Aasgeruch und glauben in Ihrer

Naivität daran, dass die moralisch verrotteten Massen Sie dafür einst auf Händen tragen werden. Sie sind wirklich ganz schön blauäugig!«

Stern trank noch etwas kaltes Wasser, dann kam ihm eine geniale Idee. Ihm waren die Worte seiner Tochter wieder eingefallen, die sie mit kindlichem Ernst gesagt hatte, als er wieder einmal mit Anna stritt. Kasia hatte beiden gedroht: »Wenn ihr nicht aufhört, dann gehe ich zu meinem Hund.« Er stellte rasch den Becher in die Spüle und lief in den Garten. Was er sah, erschütterte ihn zutiefst. Aus der Holzhütte, die er für Deg gezimmert hatte, ragte eine kleine Hand hervor, die eine zottige Schnauze umfangen hielt. Neben einem angenagten Rinderknochen lag eine zerdrückte blaue Schleife.

Stern weckte seine Tochter, aber sie weigerte sich herauszukommen. Um ihr Wohlwollen zurückzuerobern, versuchte er es mit Schmeicheleien, winselte um Vergebung und machte sich zum Affen. Er wollte, dass sie ihm auf der Stelle verzieh und wieder in ihr Zimmer zurückkehrte. Aber Kasia ließ seine Entschuldigungen nicht gelten. Er lag vor der Hundehütte, tat so, als bemerke er die missbilligenden Blicke der Nachbarn nicht, und bemühte sich über eine halbe Stunde lang, seine Tochter zu bezirzen.

Schließlich ließen beide, von Gras und Hundehaaren übersät, die Hütte Hütte sein. Kasia hatte nicht ein einziges Mal den Kopf gehoben. Den Blick auf den Boden geheftet, trottete sie hinter ihrem Vater her, als ginge es zu einer Hinrichtung. Ihr trotziges Schweigen traf Stern zutiefst. Er wusste, wenn es ihm nicht gelang, dieses Schweigen zu brechen, würde die Sache unglücklich enden. Er versuchte es auf allerlei Weise, so auch mit Bestechung; war bereit, auf all ihre Wünsche einzugehen, aber Kasia verschwand schmollend geradewegs in ihr Zimmer.

Im Verlaufe dieser paar Tage, die Anna in Posen gewesen war, hatte er sich miserabel gefühlt. Er hatte Angst, sein Verhalten könnte bleibende Spuren in der Psyche seiner Tochter hinterlassen haben. Verzweifelt schwor er sich, nicht mehr zu trinken. Was auch immer geschehen mochte, wenn denn überhaupt etwas geschah, er würde sich Mühe geben, nur noch maßvoll zu trinken, besonders dann, wenn er mit Kasia allein war.

All diese Gedanken stürmten beim Anblick dieses Tagebuches im rosa Zimmer auf ihn ein. Stern schloss die Schublade, drehte den Schlüssel herum und schlich wie ein Dieb wieder aus dem Zimmer.

Um Viertel vor eins stieß Jakub im Treppenhaus der Redaktion auf Adam Brodacki. Auch diesmal klang dessen lautes »Guten Tag« provozierend, wie die Ankündigung einer Auseinandersetzung. Stern war nicht blind, und ihm war daher nur allzu klar, dass der hochgewachsene, gut aussehende Brodacki von nahezu allen weiblichen Redaktionsmitgliedern des ›Kurier‹ angeschmachtet wurde. Sein unnachahmlicher Stil trug noch ein Übriges dazu bei, dass er sämtliche Blicke auf sich zog. Das dichte schwarze Haar hatte er nach hinten gekämmt und fuhr sich von Zeit zu Zeit wie von ungefähr mit seinen flinken Fingern hindurch, als wolle er es zurechtstreichen. Er kleidete sich gern sportlich, vergaß dabei aber nie ein elegantes Accessoire. Er war das Ideal eines Mannes schlechthin.

»Herr Stern, Herr Redakteur, Krösus sucht Sie«, rief er jetzt aufgeregt.

»Hat er schon wieder was auszusetzen?«

»Nein, er wollte mit Ihnen …«

»Aber ich will nicht. Er kann mich mal gernhaben.«

»Auf jeden Fall hat er gebeten, ich möchte …«

»Haben wir etwa schon wieder eine Ratte im Haus? Als könnte man hier einfach so unbemerkt durch die angelehnte Tür hineinschlüpfen!«

Stern warf einen zornigen Blick nach oben.

Brodacki biss die Zähne zusammen.

»Aber Herr Kollege, ich wollte doch nur ...«

»Also sind wir nach Auffassung des Chefs bereits Kollegen?«

Der junge Journalist wich erschrocken zurück.

»Es ist doch nicht meine Schuld«, begann er, sich ungeschickt zu verteidigen.

»Der Schuldige sitzt dort.« Stern deutete mit dem Zeigefinger zur Decke.

»Ich verstehe nicht. Krösus hat doch sein Arbeitszimmer unten.«

Jakub ließ den Praktikanten auf dem Korridor stehen und ging in sein Büro. Er hatte noch nicht einmal die Tür hinter sich geschlossen, als das Telefon zu schrillen begann. Ohne sonderliche Eile legte er seine Aktentasche auf den Schreibtisch und hob ab.

»Ganz Lemberg ist bereits auf den Beinen«, hörte er Krösus' aufdringliche Stimme, »die Kirchenglocken schweigen schon, und was tun Sie? Sie kommen zu spät zur Redaktionssitzung? Was ist mit Ihrem Text? Soweit ich mich entsinne, und ich habe eigentlich ein ganz gutes Gedächtnis, hatten Sie den für heute Früh versprochen!«

»Ich habe eine wichtige Nachricht erhalten«, verkündete Stern. »Es hat wieder ...«

»Schlechte Nachrichten sind für uns gute Nachrichten! Sie sollten der Polizei immer um einen Schritt voraus sein und nicht hinter ihr herschleichen. Wie lange soll ich denn noch warten? Hat Sie etwa das Glück verlassen? Vielleicht haben Sie ja irgendwelche Ansichten, für die man ins Lager von Bereza-Kartuska wandern kann? Sie tauchen auf, und schwups, schon sind Sie wieder verschwunden, verstehen Sie? Sie sollten der venezianische Spiegel sein – durch Ihren Text soll der Leser einen Blick auf die Welt erhaschen, und dabei soll es ihm flau im Magen werden. Sie haben ihm Happen zu servieren, bei deren Genuss einem übel wird. Klingelt es jetzt bei Ihnen?«

»Irgendwo klingelt es«, erwiderte Stern.

»Großartig! Ich hoffe, der erhabene Klang der Glocken hat Sie nicht zu sehr aus dem Gleichgewicht gebracht.«

»Chef, bitte«, Jakub änderte seine Taktik. »Noch einen Tag ...«

»Noch eine Woche, und dann einen ganzen Monat, was?«, fragte Krösus hämisch. »Die Leser werden Ihnen nicht hinterherrennen. Auf Ihre Stelle lauern schon eine ganze Reihe anderer. Nehmen wir nur mal Adam Brodacki, der Junge hat seine Ausbildung an der Jagiellonen-Universität absolviert. Von heute an wird er ständig mit Ihnen zusammenarbeiten. Sie dürfen ihn also Kollege nennen. Er hat eine schnelle Auffassungsgabe.«

»Zu schnell!«, bemerkte Stern.

»Gefällt Ihnen diese Unterstützung etwa nicht? Ihnen gefällt verdammt viel nicht. Jetzt werden Sie einwenden, ich hätte schon wieder etwas an Ihnen auszusetzen, wie? Ich werde Sie auch weiterhin unter Beschuss nehmen. Diesen Monat geschehen absolut außergewöhnliche Dinge, und Sie sind blind dafür. Nun, was haben Sie dazu zu sagen?«

Der Reporter nahm den Hörer vom Ohr und hielt die Hand auf die Muschel.

»Ich scheiße darauf«, erklärte er genüsslich.

»Warum sagen Sie nichts? Also, ich rede mir hier den Mund fusselig, und Sie denken ganz einfach nach. Purer Luxus, süßer Zeitvertreib, unsere Arbeit, was?«

»Ich brauche eine Woche, um ...«

»Eine Woche? Großer Gott! Das ist ja eine Ewigkeit! Das können Sie vergessen. Ihr Text muss spritzig sein, ach, was sag ich, er muss durch Farbe, Geruch und Geschmack unsere Leser in den Bann ziehen ...«

»Durch den Gestank einer Stadt, die ihre Einwohner ›Großstadt‹ nennen?«

»So ist es. Gestank ist auch ein Geruch, nur, dass er eben sehr konkret ist. Endlich springen Sie an!«, krähte Krösus. »Ihr Text soll Gestank verbreiten. Die Nasen sollen sich die Leute zuhalten und nach ihren Taschentüchern kramen. Gestaaank!«, schrie er in den Hörer und legte auf.

Der scharfe Wortwechsel mit Krösus erwies sich wie immer als wirksam. Der Chef mochte keine öden Besprechungen. Er redete, wie ihm der Schnabel gewachsen war, und sparte dabei nicht an scharfen Bemerkungen. Dafür wurde er gleichermaßen gehasst wie bewundert. Sein Spitzname Krösus, nach dem letzten König von Lydien, war ihm angehängt worden, als er im Lemberger Stadtteil Sygniówka Bauland gekauft und mit der Errichtung eines veritablen Palastes begonnen hatte. Über dieses Prunkobjekt kursierten etliche Witze in der Redaktion. Es wurde geflachst, der Palast habe alle Ersparnisse des Chefs verschlungen, ja, ihn sogar in gigantische Schulden gestürzt. Tatsache war, dass der Bau nur im Schneckentempo vorwärtskam. Stern wusste, dass nach zehn Jahren lediglich das steinerne Fundament, der Keller und ein Eckturm fertig waren. Krösus hatte es nicht eilig. Anscheinend reizte ihn nicht das Endergebnis, sondern allein die Idee, sich materiell zu verausgaben. Sein Leben war allmählich zur Legende geworden. Es hieß, als sechzehnjähriger Junge sei er von zu Hause ausgerissen und nach Lemberg gekommen, und er sei der Sohn eines Organisten aus Żółkiew. Angeblich hatte er auch mal etwas Bedeutenderes gemalt, aber so ganz genau wusste das eigentlich keiner.

Er verdiente sich sein Brot zunächst damit, dass er in der Stadt Zeitungen austrug. Diese Beschäftigung hatte er nach einer blutigen Schlägerei bekommen, die er gewonnen hatte, und noch jetzt trug er davon eine hässliche Narbe am rechten

Ohr. Bevor er sich seine Sporen als Setzer erwarb, hatte er als Geselle gearbeitet und die Setzkästen sortiert. Er lernte nächtelang und klammerte sich an das Wissen wie ein Betrunkener an einen Zaun. Sein Ehrgeiz trieb ihn immer weiter voran. Deswegen schloss er an der humanistischen Fakultät der Universität, an der er sich auf klassische Philologie und Geschichte spezialisiert hatte, als Bester ab.

Bereits gegen Ende seiner Studienzeit hatte er sich beim ›Kurier‹ eine Stelle als einfacher Reporter erkämpft. Er begann, blutrünstige, phantasievolle Texte zu schreiben. Er kopierte die besten Autoren, bis er schließlich seinen eigenen, unverkennbaren Stil entwickelt hatte. Er war sparsam und findig. Seine Honorare gab er nur ungern für seinen Lebensunterhalt aus, dafür aber, ohne zu zögern, um an seinen Sprachkenntnissen zu feilen. Ein paar Jahre später war dieser junge, begabte Mensch zu einem wandelnden Lexikon geworden. Mit Leichtigkeit avancierte er zum stellvertretenden Chefredakteur des ›Kurier‹ und im Alter von dreißig Jahren zum Chefredakteur. Seine Beförderung hatte er sich voll und ganz verdient. Alles, was er in sich selbst investiert hatte, hatte ihn, wie den amerikanischen Schuhputzer, zu diesem Gipfel seiner Karriere geführt.

Stern hatte versucht, hinter Krösus' Philosophie zu kommen. Ihm schien, dessen Weltverständnis war überaus einfach: Man muss sich nehmen, so viel man kriegen kann. Dieser mittlerweile vierzigjährige Junggeselle war ein absolutes Arbeitstier. Er erschien als Erster in der Redaktion und ging als Letzter. Mitunter kam es auch vor, dass er in seinem Arbeitszimmer auf einem Klappbett übernachtete, das er in einem Schrank verwahrte. Die Zeitung war sein Ein und Alles. Sie ersetzte ihm Frau und Kinder, und wenn sie aus irgendeinem Grunde eingegangen wäre, so wäre es um ihn zweifellos ebenfalls geschehen gewesen.

Jeden Tag verausgabte sich Krösus vollkommen und erstand wieder neu, wie Phönix aus der Asche. Er wusste sich stets irgendwie zu behelfen, und er konnte jeden Tag eine Zigarre rauchen und unglaubliche Mengen Kaffee hinunterstürzen zu den belegten Broten, die Kazia ihm richtete. Er war neugierig auf das Leben. Deswegen stand wohl auch die Tür zu seinem Arbeitszimmer immer offen, damit er bewundernd beobachten konnte, wie sein Redaktionsteam in Schwung kam.

Stern trat ans Fenster. Ja, dachte er, Krösus hat wohl recht, diese Stadt ist eine Großstadt. Straßenbahnen legten wie Segelschiffe an den Haltestellen an, um wie über eine Gangway Unmengen von Passagieren zu entlassen. All das wurde untermalt von Gelächter, Flüchen und Gesang. Das Öffnen des Fensters genügte, um das schrille Kreischen der Stahlräder in der Kurve zu vernehmen, das laute Klopfen der Dachdeckerhämmer und das ängstliche Aufflattern der Tauben, das Klappern der Pferdehufe und das alles übertönende »Toooor!« vom Stadion des Pogoń Lwów, wo Michał »Myszka« Matyas aus einer Flanke heraus den Ball ins Tor der Legia Warschau beförderte.

Vor einiger Zeit hatte ihm Krösus nahegelegt, diese Stadt als Nabel der Welt zu betrachten. Und Stern an seinem Schreibtisch spürte, wie in ihm eine gewisse Begeisterung erwachte. Er wollte sich wieder mit dem großen Unbekannten messen und begann, auf die runden Tasten seiner Continental einzuhämmern.

»Die rätselhaften Morde in Rowy versetzen Polen in Aufruhr«, schrieb er. Er wollte den Gedanken weiterspinnen, aber irgendetwas ließ ihn noch einmal zu dem zuletzt geschriebenen Satz zurückkehren. Vor das Wort ›Polen‹ fügte er das Attribut ›ganz‹ ein, dann formulierte er im Geiste den nächsten Satz, durch den er den Leser hinhalten wollte: »Von Seiten der Polizei hagelt es Versicherungen, man werde im Laufe der nächsten Tage ...«

Ein Anruf aus dem Sekretariat brachte Stern auf die Beine. Er ließ den angefangenen Text liegen und rannte ein Stockwerk tiefer.

»Was gibt's denn für Neuigkeiten, Frau Kazia?«, fragte er, während er durch die halb offene Tür ins Arbeitszimmer seines Chefs spähte.

»Ach, Sie haben aber auch ein außergewöhnliches Glück!«, verkündete die Redaktionssekretärin und wedelte schon von Weitem mit einem Telegramm. »Es wurde schon wieder eine Leiche gefunden! Sie scheinen diese steif gewordenen Frauenzimmer aus dem Wald geradezu magisch anzuziehen ...«

»Mit Verlaub gesagt, wie der Scheißhaufen die Fliegen«, ergänzte Krösus und steckte seinen riesigen Kahlschädel aus seinem Büro.

Stern, der gegen solch drastische Vergleiche gefeit war, nahm Kazia das Telegramm aus den perfekt manikürten Händen und las laut vor: »Sofort kommen. Stopp. Habe T. am Bach gefunden. D. Stopp.«

»Darin ist doch gar keine Rede von einer Leiche!«, wandte er eigensinnig ein. »Da ist wohl Ihre Phantasie mit Ihnen durchgegangen.«

»Von wegen!«, entgegnete die Sekretärin und blickte dem Chef zärtlich in die Augen. »Vielleicht haben sie ja bei P. eine riesige Goldader entdeckt. T. bedeutet jedenfalls eine Tote, und dieser D. ist Ihr guter Bekannter, das haben Sie mir neulich selbst erzählt.«

»Für Diskussionen ist jetzt keine Zeit«, erklärte Krösus und zupfte an seiner Seidenkrawatte. »Der Praktikant wird gleich hier sein. Ich gebe ihn in die richtigen Hände. Übrigens, ein Sprung ins kalte Wasser wird ihm guttun. Sollte er zu ertrinken drohen, werfen Sie ihm einen Rettungsring zu, aber nicht zu früh. Und eins noch. Ich weiß, dass Sie keine Lust haben, mit Adam zusammenzuarbeiten, weil er einen empfindlichen Magen hat. Aber wer hätte den am Anfang nicht? Waren Sie vielleicht schon so hartgesotten wie jetzt, als Sie zum ersten Mal mit einer verwesenden Leiche konfrontiert wurden? Herr Jakub, seien Sie um Gottes willen wie ein Vater zu ihm, wie eine Mutter. Verstehen wir uns?«, fragte er, sichtlich amüsiert.

Stern hörte sich geduldig all diese idiotischen Vorträge an und hütete seine Zunge.

»Sie nehmen den Tatra und fahren mit Brodacki nach Rowy. Überlassen Sie ihm das Steuer. Der Junge brüstet sich damit, dass er ein guter Fahrer ist. Ich muss es Ihnen wohl nicht erst sagen, Herr Jakub«, setzte er im Befehlston hinzu, »den Text wie immer bis gestern!«

Sie brauchten eine halbe Stunde, um ihr Gepäck einzuladen, den Wagen vollzutanken und die Familien von ihrem plötzlichen Aufbruch zu verständigen. Anna, die er in der Apotheke vom Arzneimischen weggeholt hatte, knallte wütend den Hörer auf die Gabel, nachdem sie ihn an den versprochenen Theaterbesuch erinnert hatte, Brodacki dagegen hörte von seiner Mutter besorgte Instruktionen: »Ich flehe dich an, mein Jungchen, fahr langsam und pass auf!« Und wie er aufpasste. Binnen einer knappen Viertelstunde, nach einem wahren Rennen durch die Straßen, bei dem sie schnittige Automobile und schwerfällige, apfelschimmelbespannte Fuhrwerke überholten, erreichten sie auch schon die Hügel von Zniesienie. Nach einer knappen Stunde fuhren sie durch Podhorce in Richtung Rowy und ließen P., das zu ihrer Rechten, von Wäldern verborgen, in einem Talkessel lag, hinter sich.

Die Hitze hatte deutlich nachgelassen. Ein frischer Wind trieb die Wolken am Himmel vor sich her und spielte mit ihnen flüchtige Schattenspiele. Es war ausgesprochen angenehmes Reisewetter. Brodacki lutschte ein Mentholbonbon und hielt, wie seine Mutter ihn geheißen hatte, aufmerksam Ausschau nach möglichen Hindernissen auf der Fahrbahn, auf der der Wagen auf und ab hüpfte wie ein unbändiges Fohlen. Vor einer kleinen Holzbrücke, die die Ortsgrenze von Rowy bildete, drosselte der Praktikant das Tempo. Links am Horizont tauchten die ersten Gebäude des Dorfes auf, die sich vor dem dahinterliegenden Wald wie achtlos hingeworfene Bauklötzchen ausnahmen. Auf der anderen Seite harkte eine gebeugte Gestalt an einem sanft geschwungenen Hang Heu, eine kleine Herde weißer Schafe rupfte geduldig ihr Gras, und hinter einer Reihe von Schobern, die an große Mistkäfer erinnerten, weideten in aller Ruhe zwei Ochsen. Eine wahre Idylle!

Stern kurbelte sein Fenster weiter herunter. Der Geruch nach Gras und Kräutern wehte von der frisch gemähten Wiese zu ihnen herüber und weckte seine Lebensgeister. Der Stoff für seinen Sensationsartikel war, wie es schien, zum Greifen nah, man brauchte nur die Hand danach auszustrecken. Ausgerechnet in dem Moment kam es Stern in den Sinn, dass sich vor ihm die unwiederbringliche Chance auftat, jemandem eins auszuwischen. Er wusste nur noch nicht, wem. Vielleicht würden Köpfe rollen, vielleicht würde seine Reportage eine Debatte im Sejm, dem polnischen Reichstag, auslösen? »Wer hat sich bloß zu solch grausamen Verbrechen hinreißen lassen? Wie lange wird unsere Gesellschaft noch tatenlos zusehen? Wird die Regierung zurücktreten? Wie ist es um unsere Gerichtsbarkeit bestellt?«

Brodacki stellte sich indessen keine so anspruchsvollen Fragen. Voll auf die Fahrt konzentriert, sprach er nur, wenn es unbedingt sein musste. Seine einzige Sorge war, ob sie rechtzeitig zum Fußballspiel am Sonntag zurück sein würden und ob der Torwart von Pogoń Lwów, Spirydion Albański, sein Knie nach dem hinterhältigen Foul des Stürmers von Legia Warschau würde auskurieren können.

Die verrückte Fahrt nahm ein Ende, als der staubbedeckte Tatra auf dem Hof des Forsthauses hielt und dabei eine rote Katze aufscheuchte, die sich auf einem Baumstumpf gewärmt hatte. Im selben Augenblick trat die mit einer Flinte bewaffnete Frau des Hauses heraus, um die Störenfriede in Empfang zu nehmen.

»Wer zum Teufel kommt denn da an?«, begann sie, um gleich darauf ihren Ton zu mildern. »Ach, du liebes bisschen! Herr Jakub Stern mit einem Kollegen. Ihr habt mir vielleicht einen Schrecken eingejagt. Ich habe schon gedacht, eine Räuberbande kommt, um mich auszurauben. Mohr, ab in deine Hütte!«, rief sie dem wütend kläffenden Hund zu, während sie neugierig die Gäste und den Wagen musterte.

Stern sah sich auf dem Hof um. Im Schatten eines dichten Fliederbusches bemerkte er eine schwarze Ziege, die aus einem Holztrog Wasser trank. Sein Blick schweifte über die geschlossene Scheune und den Stall. Der Hausherr war nirgends zu sehen, doch dafür nahm nun das offene Fenster des Forsthauses, in dem ein roter, mit Zucker angesetzter Obstbrand von der Sonne gewärmt wurde, seine Aufmerksamkeit gefangen.

»Nichts da, Herr Kuba, hier suchen Sie ihn vergeblich. Daniluk ist aufs Rad gestiegen und mit Walerek und der Polizei in den Schattenwald zu der Leiche gefahren.«

»Sie wollen uns wohl verschaukeln?«, warf Brodacki ein und holte das Telegramm hervor. »Was soll denn das bedeuten? Hat so ein Papier denn überhaupt keinen Wert mehr? *Wir* sind gekommen, um die Leiche zu begutachten.«

»Wenn es eine echte Leiche ist, dann läuft sie ihnen schon nicht davon«, quittierte die Hausfrau seine Bemerkung und lehnte die Flinte wie einen Besenstiel gegen ihre Schulter. »Daniluk kommt noch vor dem Abend zurück. Wenn ihr wollt, könnt ihr warten, wenn nicht, dann eben nicht.«

»Toller Vorschlag. Wir sollen also hier herumsitzen und

Däumchen drehen?«, fragte Brodacki und spuckte auf ein paar Enten, die gemächlich zu dem Trog hinüberwatschelten, von dem sich die Ziege inzwischen entfernt hatte.

»Hat das etwa einer von euch verlangt?«, entgegnete die Frau aufgebracht. »Ihr braucht nur ein Wort zu sagen, es findet sich immer eine Arbeit, falls hier einem zu langweilig ist.«

Stern, verwundert über den Ausbruch des Praktikanten, versuchte, die Situation zu entschärfen.

»Herr Adam ist ein Hitzkopf, ich war früher genauso«, erklärte er entschuldigend. »Ich habe den Eindruck, es ist besser, wenn wir uns ein wenig im Städtchen umsehen, Frau Hanna. Ich kenne den Weg durch den Wald, es sind nicht mal acht Kilometer. Ich habe so ein Gefühl, als könnten wir dort etwas Interessantes erfahren.«

»Und ich hab die Nase gestrichen voll von diesen kleinen Käffern, in denen es nur so wimmelt von Juden«, verkündete Brodacki und spuckte erneut aus. »Welcher Teufel hat mich bloß geritten, mein Praktikum ausgerechnet in Lemberg zu machen!«

»Wenn das so ist, sollten Sie Kurojad einen Besuch abstatten«, bemerkte die Danilukowa mit einem hintergründigen Lächeln, während sie ihn von Kopf bis Fuß musterte.

»Wer ist denn das nun wieder?«, fragte Brodacki.

»Gehen Sie zu ihm, danach sind Sie garantiert schlauer!«, erwiderte sie sibyllinisch und rückte ihren großen Dutt oben auf dem Scheitel zurecht.

Schließlich, vor die Wahl gestellt, entweder bis zum Abend zu warten oder aus dem Gesichtsfeld der Förstersfrau zu verschwinden, beschlossen sie, nach P. zu fahren. Die Danilukowa machte keine Anstalten, sie zurückzuhalten, gewann sie doch dadurch Zeit, aufzuräumen und das Abendbrot vorzubereiten.

Während der Fahrt über die holprigen Waldwege sprach Stern kein einziges Wort mit dem Praktikanten. Er hatte diese Taktik bewusst gewählt, um ihn ein bisschen Mores zu lehren. Die Methode erwies sich als wirksam. Als zwischen den Baumkronen der Kirchturm auftauchte, das Wahrzeichen des kleinen Städtchens, brach Brodacki das Schweigen. Statt sich zu entschuldigen, wandte er sich allerdings lediglich zu Jakub herum und brüllte gegen den Motorenlärm an:

»Sagt Ihnen der Name Krzywicka etwas?«

»Irena?«, antwortete Stern mit einer Gegenfrage.

»Verdammt! Ja, genau die!«, schrie der Praktikant und wich in letzter Sekunde einem Leiterwagen aus.

»Sie hat eine überaus spitze Feder, vor der man sich in Acht nehmen muss«, bemerkte der Journalist, dem die in den ›Literarischen Nachrichten‹ abgedruckten Gerichtsreportagen einfielen, darunter der Fall Gorgonowa.

»Krösus hat mir gegenüber vor unserer Abfahrt erwähnt, dass diese Frau auch an unserem Thema interessiert und es durchaus möglich sei, dass sie hier in der Gegend herumschnüffelt.«

Stern lief es kalt den Rücken herunter bei dieser Mitteilung, aber nicht etwa, weil er die berufliche Konkurrentin fürchtete. Er grübelte, warum Krösus diesen wichtigen Hinweis ausgerechnet dem Praktikanten zukommen hatte lassen. Er glaubte nicht an Zufälle. Er sah es als weiteren Beweis dafür, dass sein Chef nun alle Register zog.

Als sie in die kleine Gasse zum Markt einbogen, vergaß Stern den Affront. Das Städtchen erwies sich als erschreckend arm. Es erinnerte an einen schlecht geflickten Anzug, und die repräsentative Einfahrt gemahnte gleichsam an eine löchrige Jackentasche, durch die sie in das fadenscheinige Innere gelangten. Alles um sie herum verlangte nach sofortiger Fürsorge: die flach hingeduckten Häuser, die schlecht gepflasterten Gässchen und in gewisser Weise auch die Leute.

Jakub fühlte sich in diesem Krähwinkel wie ein Jesuit in einem polnischen Madagaskar. Da blieb nur eins: auf die Knie fallen und beten.

Das auffällige Logo des ›Kurier‹ auf beiden Seiten des Tatra sorgte im Städtchen für Aufsehen. Als Erste reagierten die Kinder, die hinter der kleinen Sodawasserfabrik mit spitzen Hufnägeln gespielt hatten. Kaum hielt der Wagen, kamen sie auch schon vom Zaun herübergerannt.

»Oh bitte, darf ich mir den mal genauer angucken«, bat ein Junge in einem Leinenhemd und geflickten kurzen Hosen Brodacki.

»Er ist zahm wie ein Karnickel«, unterstützte ihn ein sommersprossiges Mädchen mit einem Springseil. »Ich kenne ihn.«

»Stimmt ja gar nicht!«, brüllte ein kleiner Konkurrent, der eine Zaunlatte zur Seite bog. »Wissen Sie, der bringt nur lauter Sechsen aus der Schule nach Hause, aber ich bin vier Monate älter als der und weiß mehr.«

»Einen Scheißdreck weißt du, alte Petze!«, kläffte der kleine Blondschopf dagegen und ballte drohend die Fäuste. »Mein Vater ist bei der Polizei, ich kenn mich mit allem aus! Du bist doch bloß so ein räudiger Judenbalg.«

»Und du … du bist ein blöder Goi!«, rief der Kleine heulend, schlüpfte durch das Loch im Zaun und zeigte dabei seine löchrigen Schuhsohlen.

»Ich sag Ihnen was, der ist selber blöd«, meinte die Seil springende Rothaarige.

»Blöd wie mein Schuh«, erklärte ein barfüßiger Junge und wischte sich die Nase am Ärmel ab. »Seinen Vater haben sie im Frühjahr ins Lager von Bereza gesteckt, weil der ein Koniomist ist.«

»Ein Koniomist?«, fragte Brodacki mit gespielter Verwunderung.

Das Mädchen machte große Augen.

»Das is so 'ne Laus«, erklärte sie, »die den Sowjets den Arsch hinhält.«

Brodacki begann schallend zu lachen, und die Kinder stimmten fröhlich ein.

»Woher weißt du denn das?« Der Praktikant sah die sommersprossige Rothaarige an.

»Mein Papa hat es meiner Mama verraten, aber es ist streng geheim, beim lieben Gott!«, erklärte die Kleine altklug und bohrte in der Nase. »Darum haben die Leute dem Goldstein auch die Fensterscheiben eingeschlagen und ihm ein Kreuz über die Tür gehängt. Das wird ihm wohl eine ordentliche Lehre sein.«

»Also, dein Vater ist bei der Polizei?« Brodacki beugte sich zu dem kleinen Rotzlöffel hinunter.

»Hmm. Der ist Wachtmeister!«, antwortete der Knirps stolz und hüpfte von einem Bein aufs andere.

»Zu mir hast du gesagt, er ist Hausbesorger.« Das Mädchen riss die Augen noch weiter auf.

»Halt deine Klappe!«, sagte der Junge und stieß sie unsanft beiseite.

»Deswegen haben die Judenbengel also Angst vor dir?«, forschte der Praktikant weiter.

»Na, und wie!«, prahlte der Blondschopf, während er die rostigen Hufnägel von einer Hand in die andere warf.

»Hast du denn schon mal in einem richtigen Auto gesessen?«, fragte Brodacki scheinbar so nebenbei.

»In einem richtigen noch nicht. Ich bin wohl noch zu klein dazu«, antwortete der Junge bedauernd und presste seine Nase gegen die Scheibe.

»Blödsinn!« Der Praktikant zwinkerte Stern zu. »Spring rein, dann dreh ich eine Runde mit dir.«

Der Junge konnte es einfach nicht fassen.

»Mit mir?«

»Ja, mit dir! Na, was gibt's da noch zu überlegen?« Stern

griff nach einer Zigarette. »Dann klettert mal rein, ich warte hier auf euch.«

»Ich hab Angst!«, sagte die rothaarige Göre und verzog sich für alle Fälle, das Springseil hinter sich herschleifend, an den Zaun.

Der Junge bedachte sie mit einem herablassenden Blick. Er öffnete die Tür und nahm selbstbewusst neben Brodacki Platz. Als der Wagen anfuhr und dabei die vom Markt am Vormittag zurückgebliebenen Kuhfladen im Rinnstein hochspritzten, blieb dem Knirps vor Staunen die Spucke weg. Jede einzelne Kleinigkeit erweckte sein Interesse. Wie hypnotisiert beobachtete er den Blinker und dann die wichtigste Sache im Fahrgastraum überhaupt, das Lenkrad, das Brodacki lässig mit einer Hand bediente. War das denn zu glauben, dass er im Alter von neun Jahren mit einem echten Automobil durchs Städtchen fuhr?

Stern sah dem Tatra nach, bis das dunkelblaue Heck mit dem schwarzen Ersatzrad drauf in einer engen Gasse verschwand. Er betrachtete das Zifferblatt an der Tür des Uhrmachers, dessen aufgemalte Zeiger für alle Zeiten drei viertel drei anzeigten, nahm eine Zigarette aus seinem Etui und zündete sie an. Er war seit ein paar Jahren zum ersten Mal wieder in P. und sah, dass sich nicht viel verändert hatte. Das kleine Hotel, in dem er damals übernachtet hatte, neigte sich immer noch gefährlich auf die linke Seite, einzig gehalten, schien es, von einem hundertjährigen Birnbaum. Zwar waren die deutschen Aufschriften aus der K.-und-K.-Zeit verschwunden, das war aber auch die einzige Veränderung in dieser kleinen, von der Wirtschaftskrise zum Stagnieren verdammten Ortschaft.

Nach dieser Feststellung begann Stern sich aufmerksamer umzusehen. Reglos, die Zigarette im Mundwinkel, schien er wie ein Richter ein Urteil fällen zu wollen. Eben jetzt, als er den Rauch einsog, verspürte er echte Zufriedenheit. Er war dort, wohin das Schicksal ihn getrieben hatte. Er mochte diese Momente, in denen sein Leben sich an bis dato unbekannten Orten abspielte, die aufzusuchen er zuvor nie die Absicht verspürt hatte. Heute war es dieses heruntergekommene P., morgen schon konnte es Warschau sein oder sogar Paris.

Als er erneut den Rauch einsog und dabei eine unsägliche Lust verspürte, schien es ihm, als würde er aus dem Schutz jeder Gardine und von jeder Werkstatt her beobachtet. Wie zur Bestätigung dieser Mutmaßung baute sich plötzlich ein altes Weiblein mit schwarzem Kopftuch vor ihm auf, das ihm ein halbes Schock frischer Eier zum Kauf anbot. Hinter ihr tauchte, quer über den kleinen Platz kommend, ein unrasierter Fischer auf, der ihm für einen Zloty frischen Fisch verkaufen wollte.

»Der atmet noch, gnädiger Herr. Ich empfehle Ihnen die frische Schleie, schmeckt phantastisch mit Sahne«, pries er seine zappelnde Ware an.

Bevor Brodacki seine Runde über den Markt beendet hatte, trat noch ein Friseurgehilfe mit halb offenem Hosenstall an Stern heran. »Wie wär's mit Haareschneiden, der Herr? Messerrasur gibt's gratis dazu.« Missmutig blickte er dann noch ein paar Mal zurück, um sich das Gesicht des Unbekannten einzuprägen.

Als der Wagen an der offenen Tür der Tischlerwerkstatt vorüberkam, riss sich das rothaarige Mädchen von seinem Zaun los und stellte sich vertrauensvoll neben Stern.

»Ich bin nicht mitgefahren, weil's mich immer noch im Bein ziept.« Sie zeigte ihr aufgeschlagenes Knie.

Jakub warf einen Blick auf die rötliche Schnittwunde und den Bluterguss am Knie.

»Na, na, du bist wohl eine ziemliche Draufgängerin, was«, sagte er, während er mit seinem Absatz die auf den schiefen Gehweg geworfene Kippe austrat. »Wie ist denn das passiert?«

»An einem kaputten Waschbrett, das mein Vater mitgebracht hat«, erklärte sie ungerührt. »Aber Kurojad hat das wieder heil gemacht.«

»Kurojad? Hühnerfresser?« Stern tat verwundert, als hörte er den seltsamen Namen zum ersten Mal. »Wer ist denn das, dieser Kurojad?«, fragte er, während er zusah, wie der Tatra, von Brodacki gelenkt, seine Fahrt vor der eisernen Wasserpumpe verlangsamte, um dann effektvoll mit heulendem Motor wieder zu beschleunigen.

»Das is so ein kluger Mann, der alles weiß«, entgegnete der Rotschopf. »Mama hat mir das gesagt, aber ich darf es nicht weitererzählen, ohne den wär die Welt ein echtes ...« Ihr fiel das schwierige Wort nicht ein.

Sie sprachen nicht weiter, weil der Tatra mit quietschenden Bremsen vor ihnen hielt. Der barfüßige Passagier öffnete die Tür. Er sprang aus dem Wagen und begann, sich sofort vor der Spielkameradin mit seinen Eindrücken zu brüsten. Brodacki hatte ebenfalls Neuigkeiten. Er hatte nicht nur die Adresse des geheimnisvollen Kurojad herausgefunden, sondern auch in Erfahrung gebracht, wo man gut und preiswert essen konnte. Zufrieden mit seinem Fahrgast reichte er diesem zur Belohnung ein Zwanzig-Groszy-Stück.

Um kurz nach vier bog der dunkelblaue Tatra des ›Kurier‹ am Hotel Zum Birnbaum vorbei in die Weidengasse ein und hielt vor dem einstöckigen Haus, in dem Kurojad wohnte. Der kalkverputzte Ziegelbau hob sich durch nichts von den umliegenden Häusern ab. Ja, Stern war sogar der Ansicht, dass er noch heruntergekommener wirkte als die übrigen Gebäude. Das verbleibende Ende einer abgebrochenen Kupferdachrinne fiel ihm ins Auge, unter dem sich eine breite, scheckige Flechte an der Wand ausgebreitet hatte. Zum Schmutz der Mauern passte auch die steinerne Abwasserrinne, die durch den Gestank nach gebrauchtem Spülwasser auf sich aufmerksam machte. In dieser schäbigen Ortschaft, die Brodacki das »Judenkaff« getauft hatte, war Kurojad der unumschränkte Herrscher. Hier war er geboren, hier hatte er seine trostlose Kindheit verbracht, und hier beabsichtigte er den Gerüchten zufolge auch zu sterben.

Besuche beim Meister waren seit Jahren starren Regeln unterworfen. Seine Sprechzeit begann um zehn und endete um achtzehn Uhr, mit einer Stunde Mittagspause. Nur einem Zufall war es zu verdanken, dass Stern und Brodacki gleich auf Anhieb einen Audienztermin erhielten. Sie mussten allerdings noch fast eine halbe Stunde warten.

An diesem Tag reichte die Schlange von der Tür des Meisters bis zur Mitte der ausgetretenen Stufen. Und es war keineswegs nur ein zusammengewürfelter Haufen von einfachen Leuten aus der Umgebung, die dem Aberglauben huldigten. Dagegen sprach die Anwesenheit eines in einen Kamelhaaranzug gekleideten Grafen aus Pressburg, der Stadt, in der Franz II. mit Napoleon den Friedensvertrag nach dem dritten Koalitionskrieg unterzeichnet hatte. Warum der Graf eine Fahrt zu diesem entlegenen Orakel unternommen hatte, wusste zwar keiner zu sagen, doch nahm es in P. grundsätzlich niemanden wunder, dass Kurojad seiner Heimat bis weit über deren Grenzen hinaus zu Ruhm verholfen hatte.

Hinter dem Grafen standen, an seiner Lippe nagend, ein angegrauter Bankier aus Warschau, der die Geheimzahl zu seinem Safe vergessen hatte, sowie der dümmlich lächelnde Garderobier des besten Restaurants in Drohobycz, der, nachdem er vor zwei Wochen einen Schlag mit einem Bierseidel abbekommen hatte, nunmehr in einer völlig unverständlichen Sprache stammelte. Das Ende der Reihe beschloss der Koch eines Landgutes bei Żółkiew, der vor Kurzem sein Herz an eine seit über dreißig Jahren benutzte Bratpfanne verloren hatte.

Sie alle, unabhängig von Rang und Alter, darunter auch

Brodacki und Stern, legten sich in Gedanken die wichtigsten Fragen zurecht, auf die der Meister die Antwort kannte.

Kurojad, davon konnten sie sich selbst überzeugen, war ein kleiner Mann mit einem Vogelkopf, auf dem sich einzelne Härchen wie auf einer Stachelbeere verteilten. Bemerkenswert war das völlige Fehlen von Zähnen im Oberkiefer, was bewirkte, dass der Meister unwillkürlich die Oberlippe einzog, wenn er – was überaus selten vorkam – lächelte. Die verkrampften Gesichtszüge hätte man natürlich auch mit den quälenden Verdauungsproblemen in Verbindung bringen können, an denen der Meister seit seiner Kindheit litt. Doch selbstverständlich hielt er dieses unangenehme Leiden vor seiner Umwelt streng geheim.

Was Kurojads Abkunft betraf, so waren verschiedene Gerüchte im Umlauf. In des Meisters Adern floss nämlich polnisches, jüdisches, ukrainisches, deutsches und weiß der Teufel, was sonst noch für Blut, was seine Fähigkeit erklärte, sich in vielerlei Sprachen zu verständigen. Es hieß, er sei nur deswegen Katholik, weil seine Mutter ihn rechtzeitig im ausgekühlten Brotofen versteckt hatte, als der von orthodoxen Nachbarn herübergeschickte Batjuschka kam. Schließlich erzählte man sich, er habe sich in seiner Kindheit ohne jegliche Hilfe das Lesen beigebracht. Er konnte Bücher lesen, ohne sie zu öffnen, und erkannte bereits alle Krankheiten eines Menschen, wenn er ihn nur mit seinem Blick durchleuchtete. Es wurde auch gemunkelt, er habe sein geheimes Wissen noch vor der bolschewistischen Revolution beim uralten Wróbel im fernen Homlo gelernt. Das war angeblich einer der sieben Alten, die das Schicksal der Welt kannten und über Kontinente hinweg mithilfe der Telepathie kommunizierten.

Die Ortsansässigen erzählten auch, er habe seine Fähigkeiten von seiner Großmutter geerbt, die eine Quacksalberin gewesen sei. Mit ihr war eine düstere Familiengeschichte verknüpft. Es hieß, Kurojads Großvater, ein Säufer und Kanonengießer, sei eines schönen Tages einfach verschwunden, und seine heißblütige Ehefrau habe daraufhin ihren Nachbarn geehelicht. Es ging sogar das Gerücht, ein gutes Dutzend Jahre später, als Kurojad noch ein Kind war, habe man in einer der Kalkgruben hinter der Fabrik ein Skelett gefunden, das der Größe nach zu dem Verschwundenen passte. Tatsache war, dass der Meister in seiner Kindheit panische Angst vor seiner Großmutter hatte. Vielleicht empfing er deshalb keine Frauen in seinem Haus. Eine Ausnahme bildeten Mädchen vor der ersten Monatsblutung. Kurojads Welt bestand also aus einem Kreis von Männern. Das führte dazu, dass man ihm sündige Neigungen unterstellte und ihm vorwarf, die Zusammenkünfte zu missbrauchen, um seine Wollust auszuleben. Besonders seine früheren Spielkameraden vom Hof taten sich damit hervor. Sie behaupteten, er verschmähe die Weiber wegen seines kleinen Pimmels, der nicht größer als der eines Kleinkindes sei. Derartige Gerüchte durfte man selbstverständlich nicht ernst nehmen.

Eine Ausnahmerolle hatte in dieser Hinsicht Semena inne, eine dreißigjährige Huzulin aus Worochta, die – wie es sich für eine Haushilfe gehörte – wusch, kochte und dem Meister womöglich sogar den Hintern abgewischt hätte, da Kurojad trotz seines mittleren Alters schon ziemlich pflegebedürftig war. Diese rundliche Frau war eine der wenigen, die seine Kaprizen ertragen konnte. Sie hatte beste Referenzen, die man in einem Satz zusammenfassen konnte: »Reinlich, ehrlich und eine hervorragende Köchin«, »Erfahrenes Mädchen für Haushaltsführung und leichte Wäsche« oder »Ideale Zugehfrau für den polnischen Haushalt mit zahlreichen Zeugnissen und Referenzen«.

Brodacki hatte als Praktikant bereits des Öfteren solche Annoncen entworfen. Er dachte sie sich gleich dutzendweise aus. Er kugelte sich vor Lachen beim Gedanken an die lispelnden, unbeholfenen Dorftrampel, die dank seiner Formulierungen in den Anzeigen blitzartig Anmut und Schwung erwarben.

Kurojad war mit jedem Zoll Perfektionist. Er allein hatte das Reglement der Besuche festgelegt, es mit einer Redisfeder auf Kanzleipapier geschrieben und es eigenhändig – wie einst Martin Luther seine Thesen – mit Nägeln an die Eingangstür geheftet.

Das Reglement enthielt eine vereinfachte Preisliste (fünf Zloty für je zehn Minuten) sowie verschiedene Verbote und Empfehlungen. Es war streng verboten, laut Fragen zu stellen, verboten, sich im Zimmer umzusehen, zu niesen, zu rauchen und zu spucken sowie laut mit den Füßen zu scharren. Diese außergewöhnliche Rücksichtnahme diente ausschließlich dazu, den Meister nicht abzulenken, wenn er seinen Besuchern blitzschnell Fragen beantwortete. Sie hatte aber auch noch einen anderen Hintergrund: Das graue Kapuzineräffchen, das mit einer Leine an einer Barriere festgebunden war, sollte nicht gestört werden.

Stern warf mit leisem Bedauern das abgezählte Geld in die blecherne Sparbüchse. Er stellte sich vor der hölzernen Barriere auf, hinter der das Äffchen auf einem kleinen Wollteppich schlief, und schloss die Augen. Einen Moment konzentrierte er sich auf die Frage und überließ sodann seinem Unbewussten die Herrschaft, das seine Gedanken übermitteln würde. Kurojad führte wie ein seelenloser Chirurg seine Vivisektion daran durch.

Diese Operation, die der Graf aus Pressburg und der Garderobier ruhig ertragen hatten, schmetterte Jakub völlig nieder. Auf seine in Gedanken gestellte Frage »Wer tötet in Rowy?« hörte er die eindeutige Antwort: »Sie.«

»Ich?«, fragte er überrascht. »Das ist doch völlig absurd. Sie wissen haargenau, dass ich damit nichts zu tun habe.«

Kurojad wurde wütend. Stern war der erste Besucher,

der es wagte, sein geheiligtes Reglement zu durchbrechen. Wahrscheinlich hob er deswegen einen irdenen Becher vom Tisch, nahm einen Mundvoll Wasser und prustete ihn in die Luft, worauf er wie Sprühnebel auf den gebohnerten Fußboden niedersank.

»Raus hier!«, wetterte er und deutete mit seinem dürren Finger auf die Tür. »Los, raus!«, wiederholte er, während er wie ein wütender Hund den zahnlosen Kiefer fletschte. Das angeleinte Äffchen stimmte in sein Geschrei ein. Es ahmte ihn derart gellend nach, als zöge ihm jemand die Haut vom Leibe.

Die Audienz bei Kurojad endete mit einem Skandal. Brodacki, den niemand vorgewarnt hatte, ging an Stern vorbei durch die Tür. Kühn erhobenen Hauptes überschritt er die Zimmerschwelle. Aber auch er hatte kein Glück. Er hatte kaum die Tür hinter sich geschlossen, als etwas völlig Unerwartetes geschah. Kurojad heftete seinen Basiliskenblick auf ihn, und der Praktikant unterwarf sich sofort seinem Willen. In einem seltsamen Tanz begann er, sich in den Hüften zu wiegen, zu hüpfen und gegen seinen Willen rhythmische Gesten zu vollführen, wie es orthodoxe Juden an der Klagemauer in Jerusalem zu tun pflegen. Ja, er zupfte sich sogar die nicht vorhandenen Gebetsriemen an Stirn und linkem Arm zurecht. Das graue Kapuzineräffchen ahmte seine Bewegungen nach und strich sich mit seiner behaarten Hand den abstehenden Bart.

Als Brodacki mit jüdischen Tanzschrittchen die Stufen herunterkam und dabei »Aj-aj-aj« sang, war er ein Mensch, dem man übel mitgespielt hatte. Aus Scham über die Wahrheit, die ihn völlig niederschmetterte, wäre er am liebsten im Erdboden versunken. Er fühlte sich von Kurojad benutzt, deshalb stimmte er Sterns Vorschlag, unverzüglich zu Daniluk zurückzukehren, nur allzu gern zu.

Die beiden Journalisten verließen P. in großer Eile. Es war

verständlich, dass keiner von ihnen auf dem Rückweg den kompromittierenden Besuch auch nur erwähnte, es war gerade so, als wären sie nie bei Kurojad gewesen.

Der Augustabend war warm. Stern und Brodacki hatten beim Förster zu Abend gegessen und sich so für die Strapazen des ganzen Tages entschädigt. Daniluk entschuldigte sich ein weiteres Mal bei ihnen für das Verhalten seiner Frau und erklärte: »Sie werden mir sicher nicht glauben, wenn ich Ihnen sage, wie oft ich mich für dieses Telegramm habe rechtfertigen müssen. Sie haben wie aufgedreht danach gefragt: ›Was, wo, warum?‹ Verhaften wollten sie mich sogar. Ja, ja! Hier geht alles wie ein Lauffeuer herum, wie ein Pferdefurz. Der Junge war kaum von der Post wieder zurück, da saßen uns schon drei Polizisten auf der Pelle. Ich musste sie sofort zu der Leiche führen. Dann haben sie protokolliert, Zeichnungen gemacht und mich in einem fort ausgefragt. Sie haben gedroht, wenn ich den Hurensöhnen von der Presse auch nur ein weiteres Wörtchen sage, dann könne ich meine Arbeit an den Nagel hängen. Jawohl! Sie haben den Leichnam in meinem Wagen in die Stadt gebracht. Übermorgen wollen sie ihn freigeben. Das ist doch Raub am helllichten Tag! Ich wollte etwas Rechtes tun, und was ist dabei herausgekommen ... Mir tut es nur leid um meinen Sohn!«, brummte er finster, als er sah, dass sich der Junge im Gang herumtrieb. »Das ist mein Erstgeborener, ab September geht er aufs Gymnasium! Los, komm mal her, Walery! Sonst denken die Herren noch, du bist ein blasierter Schnösel!« Der Förster blickte stolz auf den hochgewachsenen jungen Burschen, dem bereits der erste Flaum spross.

Wenig später versuchte der Sohn vergeblich, sich aus der väterlichen Umarmung frei zu machen.

»Er ist nach P. geradelt, um das Telegramm aufzugeben. Jetzt siehst du's mit eigenen Augen« – er blickte den Jungen an –, »was so ein paar Buchstaben anrichten können. Deswegen hat die Polizei herumgeschnüffelt, deswegen sind die Herren von der Presse gekommen. Das ist eine sehr wichtige Zeitung, Walery! Dieselbe, in die die Mutter immer die Eier einwickelt, wenn sie damit zum Markt will. Weißt du?«

»Ja, Vater, jetzt weiß ich's.«

»Begabt ist er, der Kerl. Der will in die Welt hinaus. Wenn er das Gymnasium fertig hat, zeigt er allen, wozu ein Daniluk fähig ist. Stimmt's, du Schlawiner?«

»Papa«, bat Walery und wich den Blicken der Gäste aus.

»Was soll das denn nun wieder: Papa, Papa?!«

»Kann ich jetzt gehen?«

»Na lauf schon, lauf zu, du Nichtsnutz! Es hält ihn nicht«, sagte er, während er seinem Sohn nachschaute. »Mich hat es früher auch nicht gehalten. Am liebsten hat er den Wald. Da tritt er ganz in meine Fußstapfen«, erklärte der Förster voller Stolz. »Das ist unser grünes Königreich. Es erstreckt sich vom polnischen Rowy übers kosakische Zduny bis hin zum jüdischen Więcierza. Vom kosakischen Zduny kann man sagen, dass sie dort den besten Schnaps herstellen. Den muss man probiert haben, der brennt wie Feuer im Hals. Dort gibt es seit Jahren ein Familienunternehmen, alle, sogar Weiber und Kinder machen dabei mit. Letztes Jahr, als der Staat nicht wusste, wohin mit all den Wehrpflichtigen, haben sie zwei abstinente Gendarmen ins Dorf geschickt. Das Ganze endete in einem totalen Fiasko. Die beiden sind nach einer Woche sternhagelblau zu ihrer Einheit zurückgekehrt. Fast umgekommen wären sie in den Sümpfen, zerstochen von Mücken und von Schlangen gebissen. Nur gut, dass ihnen die Pilzsammler aus Rowy zu Hilfe kamen. Wie beschränkt die Leute hier sind, Herr Jakub, davon kann ich selbst ein Liedchen singen. Gegen Ende des Krieges, als ich mit den Bolschewiken in Zduny den alten Deich vermint habe, haben die blöden Weiber, die als Erste die Dynamitstangen entdeckt haben, sich darum geprügelt, weil sie meinten, das sei gepresster Kaffee. All meine Beteuerungen haben nichts geholfen. Vom Herumlutschen auf den Stangen hat's ihnen das Maul verzogen, und so manche hat Schorf auf den Lippen davon bekommen, da ist mir klar geworden, Herr Redakteur, wenn die »Weißen« weg sind und die »Roten« kommen, danach die »Grünen« und hinterher wieder andere, von mir aus »Violette«, dieses Lumpengesindel von Zduny wird nach wie vor schwarz brennen, stehlen wie die Raben und sich jegliche Umwälzung am Arsch vorbeigehen lassen. Ihr Vater hat sich dafür eingesetzt«, sagte er an Stern gewandt und hielt ihm den Korb mit ofenwarmem Brot hin, »dass ich diese Forststelle hier bekommen habe, als Dank für meinen Dienst in der polnischen Armee. Jetzt beneiden mich alle darum, die haben recht schnell alles vergessen. Wer von denen wäre denn damals schon allein hierher gezogen? Wer denn? Die hatten doch alle Angst!« Daniluks Gesicht nahm eine rötliche Färbung an. »Die Priester haben sie hier bei lebendigem Leibe begraben, und was sie mit den kleinen Kindern gemacht haben ... pfui, das kann man gar nicht aussprechen.« Er sog tief die Luft ein. »Ich freu mich darüber, Herr Jakub, dass Sie mich um der alten Freundschaft willen mit Ihrem Kollegen besuchen. Ich schätze Ihren Vater sehr. Der hat sich sehr menschlich verhalten, menschlicher als meine eigene Familie. Grüßen Sie ihn von mir!«

Stern sah den Förster an. Sein dunkles Gesicht erinnerte an einen Brotlaib, in dessen gebräunte Kruste jemand zum Spaß zwei Bohnen hineingedrückt hat.

»Natürlich habe *ich* die Tote gefunden.«

»Was für eine epochale Entdeckung«, warf Brodacki, den Daniluk bis dahin irgendwie nicht wahrgenommen zu haben schien, zynisch ein.

»Ach ja?« Der Hausherr schürzte seine dicken Lippen. »Sie hätten sie Ihr Lebtag nicht gefunden. Der Mörder wird immer dreister. Die Leiche lag am Bach hinter einem Baumstumpf versteckt und war nach allen Regeln der Kunst mit Moos und Tannennadeln zugedeckt. Ich hab sofort gewusst, dass das eine äußerst bedeutende Angelegenheit ist. Er war so ganz anders.«

»Wer er?«, fragte der Praktikant, der einen Geschmack nach Pfeffer und Dill im Mund verspürte.

»Na, der Tod. Der war irgendwie so städtisch.«

»Gibt's denn so was überhaupt, einen ›städtischen‹ Tod?«

»Und ob es den gibt! Bei uns handhabt man so was ganz anders. Manchmal gehen sie bei einer Schlägerei mit der Sense aufeinander los, bis das Blut spritzt, oder man zündet einem das Haus an, um ihm einen Schrecken einzujagen, aber dass einer … pfui, Herr Redakteur. Da muss einer wohl ein Herz aus Stein haben, wenn er die Füße einer Frau mit Hufnägeln beschlägt. So was hat die Welt noch nicht gesehen.«

»Dieser Schmied ist gar nicht so originell«, warf Brodacki ein, während er eine Scheibe gebackenen Schweinerücken auf seine Gabel spießte. »Schon Fürst Radziwiłł Panie Kochanku hat seine eigene Schwester beschlagen. Ferner habe ich auch bei Pasek gelesen, dass einst betrogene Ehemänner ihre untreuen Frauen bestraften, indem sie ihnen Sporen an die Knie banden. Das nannte sich dann polnische Reiterei!«

Der Förster nahm die Prahlerei des Praktikanten völlig ungerührt zur Kenntnis. Er griff nach einer Flasche, in der eine Schlange mit Zick-Zack-Zeichnung schwamm. Er zog den Korken heraus, goss das goldfarbene Gebräu in die Gläser und brachte unverhofft einen Toast aus: »Die Musik spielt tirilum, tirilum und das Klavirium plumm, plumm, plumm.« Nach dem dritten »plumm« kippte er den Selbstgebrannten in einem Zug hinunter und wischte sich darauf mit seinem schaufelgroßen Handteller über den Mund.

»Originell daran ist, junger Mann«, erklärte er unter geräuschvollem Schmatzen, »dass dieser Schuft sich nur Sommergäste aussucht. Ich frage mich nur, warum? Hält er unsere Dorfweiber für diese Art Zerstreuung nicht geeignet?«

Stern verschlug es die Sprache bei dieser überraschenden Schlussfolgerung.

»Wollen Sie damit sagen, wir hätten es hier mit einem Modenarren zu tun?«, fragte der Praktikant.

»Nein, ich wollte sagen, das hier ist eine Gaumenfreude, wie sie ihresgleichen sucht.« Daniluk wechselte geschickt das Thema, indem er ein weiteres Mal nach der Flasche griff.

Die Zeremonie des Trinkens einschließlich passender Trinksprüche beherrschte er perfekt. Er hatte sich auch nicht etwa wie Stern Gedanken darüber gemacht, ob der Verbrecher womöglich impotent war oder ob er auf der Kleidung des Opfers Spuren von Blut oder Sperma hinterlassen hatte. Er wollte ganz einfach die Situation ausnutzen und trinken.

»Man muss nur seinen Abscheu überwinden, dann geht's ganz von allein«, erklärte er. »Man kann ja beim ersten Mal die Augen zumachen, das ist keine Schande. Zur Leiche von Frau Natalia hat mich Mohr ganz alleine hingeführt. Der hat unsere Sommerfrischlerin wiedererkannt und zu bellen begonnen. Ein verständiges Tier, sehen Sie selbst. Der guckt Ihnen die ganze Zeit direkt in die Augen. Früher hatte ich noch meinen Schlehmil.«

»Und was war mit dem, ist er gestorben?«, fragte Brodacki, der sein Glas mit Schlangenschnaps angewidert abstellte.

»Der war von Anfang an irgendwie nicht ganz koscher. Einen schlimmen Ausschlag hat er gekriegt, eine verschorfte Stelle neben der anderen, ganz kahl geworden ist er. Womit habe ich den nicht behandelt! Mit Lorbeeröl und Kalomel. Mein Wieselchen hat ihm Holunderblütensud gekocht und ihm die Schnauze mit warmer Milch behandelt. Zum Schluss ist er ganz schwerfällig geworden, hätte am liebsten nur dagelegen und …« Der Förster winkte ab.

»Wie schon gesagt, Mohr hat das Mädchen gefunden. Er

hat Standlaut gegeben, als hätte er einen Frischling gestellt. Manchmal verliert die Bache einen, und dann sucht sie ihn, da muss man ordentlich aufpassen. Ich hab also meinen Kontrollgang gemacht, so wie jeden Tag. Abends überlege ich mir immer meine Wege, jedes Mal andere.«

»Ach ja?«

»Das habe ich noch aus meiner Armeezeit beibehalten. Ich tüftele die Route immer so aus, dass ich dort auftauche, wo man mich am wenigsten erwartet. Eine ideale Taktik.«

»Das werde ich mir merken.«

»Na, noch ein Schlückchen, Herr Jakub?« Daniluk wandte sich an Stern. »Ihr Freund scheint mir irgendwie gram zu sein. Schade! Dann werden wir beide das Fläschchen wohl alleine leeren müssen. Wie schon gesagt, das Mädchen hat bei den Kozlows im Ausbau gewohnt. Und wie reinlich die war! Die Kozlowa hat erzählt, sie hätte jeden Tag ein Bad nehmen wollen. Erst gegen Mittag ist sie aufgetakelt und mit aufgestecktem Zopf zum Frühstück heruntergekommen. Meine bessere Hälfte hat sich über so eine Mode gar nicht genug verwundern können.«

Er wollte noch etwas hinzusetzen, schwieg dann aber, als er vor dem Fenster draußen Gesang hörte. Raue, sehnsuchtsvolle Klänge schwirrten bedrohlich durch die Luft, bis Mohrs Gekläff sie übertönte. Hinter dem aus Haselruten geflochtenen Zaun, auf dem ein mit blauen Blumen besticktes Federbett trocknete, marschierte ein gutes Dutzend Häftlinge. Von Wachleuten eskortiert, trugen sie Schaufeln und Hacken. Sie kehrten vom Fluss zurück, dessen Ufer sie mit Faschinenwurst verstärkt und dessen Grund sie von Wurzelstöcken und Schlamm gereinigt hatten. Trotz der abendlichen Stunde sangen sie ihr Lieblingslied: »Morgen, Morgen, früh am Morgen, früh im Morgentau …«

»Früh im Morgentau«, trällerte die Hausfrau, die eine Wildtaubensuppe auf den Tisch stellte.

Frau Hanna, die der Förster zärtlich sein Wieselchen nannte, verschwand, zufrieden mit dem Eindruck, den ihr Gesang und vor allem ihre raffinierte Suppe auf Stern gemacht hatten, sich behäbig in ihren breiten Hüften wiegend, wieder in die Küche.

»Das sind unsere Häftlinge«, kommentierte der Förster den Gesang. »Vor Kurzem erst ist einer abgehauen und versteckt sich jetzt hier in der Gegend. Das sind gefährliche Leute. Aber ich will Sie nicht erschrecken. Probieren Sie mal die Suppe. Greifen Sie nur ordentlich zu. Die Gurken sind frisch aus dem Garten, nur leicht angeschmort. Die Petersilie hebt das Aroma. Na, wie schmeckt's?« Er sah Brodacki, der mit der Zungenspitze ein Löffelchen Suppe kostete, neugierig an. »Das ist noch nicht alles. Gleich gibt's noch Kulebiak. Diese Pastete ist ein Gedicht, Herr Redakteur. Mein Wieselchen macht einen ganz lockeren Teig. Also, ich könnte schwören, einen besseren haben Sie noch nicht gegessen. Aber, um auf die Jagd zurückzukommen, wissen Sie, was Flattern sind?!« Er öffnete genüsslich seine dicken Lippen. »Das wissen Sie nicht. Ich gehe mit Ihnen jede Wette ein, dass Sie's nicht wissen. Woher denn auch? Aus der Straßenbahn am Sapieha-Palais? Hahaha«, lachte er laut. »Sie kommen schließlich aus Lemberg, wen interessieren da schon die Tiere des Waldes?«

»Was hat es denn nun mit Ihrer verdammten Flotter auf sich?«, fragte Brodacki, den Blick auf die Vogeltrophäen an der Wand gerichtet, einen ausgestopften Fasan, einen Birkhahn und eine Schnepfe.

»Eine Flatter«, verbesserte der Förster, »so nennen wir ein schmales rotes Band.«

»Sie langweilen mich mit Ihrem Schwachsinn!«, sagte Brodacki und gähnte erneut.

»He, he! Nehmen Sie sich nur nicht zu viel heraus!« Daniluk stand auf und kniff wütend die Augen zusammen. »Sie sind Gast hier, und ich bringe meinen Gästen Wertschätzung entgegen, aber Sie müssen doch wohl zugeben …«

»Entschuldigen Sie vielmals! *Excusez-moi!*«, murmelte der Praktikant kleinlaut und blickte Hilfe suchend zu Stern.

»Schon gut, ich hab doch nur Spaß gemacht.«

Krösus' Liebling atmete erleichtert auf.

»Sie haben einen ziemlich eigenwilligen Humor.«

»Allerdings!« Daniluk ließ sich wieder auf seinen Stuhl fallen. »Sogar die Wölfe gehen mir auf den Leim. Vor denen habe ich Respekt. Ich hänge Leinen im Wald auf, binde sie an Pflöcken fest und befestige die Bänder daran. Auch ein Fischnetz eignet sich hervorragend dazu.«

»Und dann?« Brodacki heuchelte Interesse.

»Weiter nichts. Nun muss man die Treiber losschicken. Kein Wolf geht da durch, höchstens die erfahrenen.«

»Was denn für erfahrene?« Der Praktikant wurde erneut ungeduldig.

»Der Leitwolf oder die Leitwölfin. Wenn die es einmal schaffen, unter der Flatter durchzuflutschen und auszureißen, merken die sich das fürs ganze Leben. Dann kann man nur noch ein Loch graben, eine Wolfsgrube ausheben. Sie mit Weidenzweigen abdecken und darauf eine Gans anbinden, wäre gut, wenn sie noch leben würde …«

»Das ist doch purer Pawlow'scher Reflex. Die moderne Psychologie lässt grüßen.«

»Ich kenne keinen Pawlow. Ich entsichere einfach meine Remington Premier und … rummms! Dann liegt das Vieh später ganz still unter der Standuhr.« Er deutete auf ein herrliches gegerbtes Wolfsfell. »Mein Wieselchen hat sein Herz gedörrt und gibt es mir zerrieben ins Bier.«

»Warum erzählen Sie uns das alles?« Brodacki sah Daniluk scharf an.

»Weil es für jede Bestie eine Methode gibt, um sie zu fangen. Auch für Ihre, die Frauen abschlachtet. Es ist nur eine

Frage der Zeit. Vorläufig haben Sie Ihre aber noch nicht gefunden.«

Stern hörte der Unterhaltung zu, trank seinen Schlangenschnaps und begann, die mit einer weißlichen Rinde bedeckte Wildschweinwurst anzuschneiden.

»Schauen Sie sich jetzt mal meinen Mohr an. Sehen Sie?«

»Ich bin doch nicht blind«, erwiderte Brodacki aufmüpfig.

»Es ist gleich zehn. Und was macht Mohr?«

»Will er vielleicht das Bein heben und sich erleichtern?«, mutmaßte der Praktikant, ohne zu überlegen.

»Das sicher auch, das macht er auf dem Weg zum Friedhof. Einmal ist er zusammen mit Schlehmil zum Grab meines Vaters gelaufen. Wissen Sie, an dessen Todestag ist genau zu Mittag der dickste Ast an unserer Eiche abgebrochen. Einfach so, ohne den leisesten Windhauch. Ein wahrhaftiger Fingerzeig Gottes.«

»Unbegreiflich.« Stern versuchte, sich das eben Gehörte vorzustellen.

»Ich glaube nicht an Märchen«, erklärte Brodacki kühn. »Wir schreiben schließlich das zwanzigste Jahrhundert, und die Leute hören Radio.«

»Hören tun sie es schon, aber zuhören tun sie nicht.« In der Stimme des Försters klang eine Warnung mit.

»Erst neulich haben sie auf der ›Lemberger Welle‹ gesagt«, Brodacki gab nicht auf, »dass der Preis für Löwen wegen des italienisch-abessinischen Krieges um hundert Prozent gestiegen ist. Letzte Woche hätten Sie sich so eine Wildkatze für fast zweihundert Zloty kaufen können!«

»Das fehlt mir gerade noch!« Daniluk hatte den Mund voller Wurst und Meerrettich. »Für einen afrikanischen Löwen genauso viel ausgeben wie für eine holländische Färse! Aber da sieht man's mal wieder, für manche Leute macht sich das bezahlt. Letzten Donnerstag war ich mit Walery im Städtchen, um bei Grünbaum Petroleum, Salz und Honig zu kaufen. Da sagte uns der Jude, dieses Jahr würde ein schwieriges Jahr, es gäbe zu wenig Honig, weil der Buchweizen keinen Nektar hat, und die Kartoffeln würden nur Erbsengröße erreichen, sodass man sie durch einen Trichter in eine Flasche schütten könne. Der Jude erzählte auch noch von dem berühmten Zirkus Forum, den er in Podhorce gesehen hat. Da sei auch die alte Löwin Anda aufgetreten. Der Jude berichtete, ich wiederhole nur, was er gesagt hat, sie hätten sie einmal zum Fleischer mitgenommen, Knochen abholen. Er sagte auch, ein rothaariger Zwerg habe sie durch die Straßen geführt, und die Löwin sei ganz zahm an einer Kette gegangen.«

»Schön hat er erzählt, der Jude«, Brodacki parodierte den Förster, »und Sie haben ihm natürlich alles geglaubt?«

»Aber woher denn!« Daniluk winkte ab und wechselte das Thema. »Nichts bringt mich so in Wallung wie eine richtige Jagd. Selbstverständlich sollte die Beute nicht gerade ein Kaninchen sein. Das ist unter der Würde eines Mannes. Wir, meine Herren, machen wie die Löwen Jagd auf große Beute. So eine Beute hat vor nichts Angst. Wenn's nottut, kann sie sich sogar«, – er goss Wodka in die Gläser, berührte mit dem Handrücken das Kinn und leerte sein Glas in einem Zug – »kann sie sich sogar tot stellen. Einen richtigen Zirkus veranstalten! Sie legt sich der Länge nach hin, und wenn du dann das Gewehr runternimmst, springt sie dich an, hier, so!« Er griff sich an die Kehle. »An den Hals!«

»So was lässt mich kalt.« Adam Brodacki lehnte sich auf seinem Stuhl zurück und schloss die Augen.

»Sie wissen ja gar nicht, was Ihnen entgeht.« Der Förster drehte sich zu dem Praktikanten hin. »Das Opfer und der Jäger messen ihre Kräfte aneinander, sie ziehen sich gegenseitig an. Sehen Sie, ich war selbst erst kürzlich auf der Pirsch. Schrecklich ist die Jagd auf einen ... Menschen. Ich habe ihn mit einem Schuss erlegt. Eine Remington ist und bleibt eben eine gute Flinte!«

Stern, der gerade seine Wurst zerteilte, hielt inne, und Brodacki richtete sich auf seinem Stuhl auf und sperrte ungläubig die Augen auf.

»Er war ein Wilddieb«, fuhr Daniluk seelenruhig fort. »Er legte Fangeisen und Fallen. Ich bin selbst mal in so ein Eisen hineingeraten. Da, schauen Sie mal.« Er bettete den Unterschenkel auf den Tisch, krempelte das Hosenbein hoch und zeigte auf eine tiefe Narbe an der Wade, die von Metallfängen herrührte. »Im Wald war diesem Lumpen nicht beizukommen. Ich habe niemandem was gesagt, nicht einmal meinem Wieselchen, aber das lasse ich keinem durchgehen.«

»Sie haben ihn also umgepustet wie eine Fliege?«, fragte der Praktikant ironisch.

»Um Gottes willen! Ich habe mich ganz schön abstrampeln müssen. Der war nicht dumm. Er trieb sich dort herum, wo er keine Spuren hinterließ, und er kannte das Gelände gut. Schadhaftes Fell, Pfoten oder schiefes Geweih hat er weggeworfen. Manchmal hat er auch nur die Leber herausgeschnitten, weiter nichts. Ich habe ihn gezähmt wie einen wilden Falken.«

»Und dann haben Sie ihn natürlich …« Brodacki starrte den Förster fassungslos an.

»Ach was!« Daniluk winkte ab. »Vielleicht noch ein bisschen Moosbeerengelee? Oder noch eine andere Wurstsorte, die Sie Ihr Lebtag noch nicht gegessen haben?«, wechselte er das Thema. »Von einer fetten jungen Bache. Sie hatte im Unterholz des Jungwaldes ihre Suhle, ich habe sie also ganz nach Recht und Gesetz eingefangen. Nur das Beste habe ich ihr vorgeworfen. Dampfkartoffeln hat sie in ihrem Koben gefressen und fette Milch getrunken. Diese Würste hier habe ich kurz vor Ihrer Ankunft mit schlachtfrischem Hackfleisch gestopft.«

Unverhofft entschuldigte er sich bei seinen Gästen und verschwand mit geheimnisvoller Miene im Zimmer nebenan. Er brachte einen zierlichen Instrumentenkasten, dem er eine grüne Knopfharmonika mit der goldenen Aufschrift »Orquesta« entnahm.

»Wir werden doch nicht den ganzen Abend mit Gesprächen über Löwen und Leichen verbringen«, erklärte er. »Ich singe Ihnen mein Lieblingslied, das habe ich immer mit Herrn Jakubs Vater bei der Armee gesungen.« Er blickte Stern feierlich an.

Daniluks dicke Finger glitten flink über die neunzehn perlmuttverzierten Tasten. Seine Linke fand nur mit Mühe unter dem Lederriemen Platz, die abgewinkelten Finger kamen auf den Messingknöpfen zu ruhen.

Sie stammte aus rechtschaffenem Hause,
im Ort hat sie jeder gekannt,
schön wie ein Engel, wie eine Blutwurst so prall ...

»Franziska, so ward sie genannt«, ergänzte das Wieselchen aus der Küche.

Der Gesang seiner besseren Hälfte versetzte Daniluk endgültig in Hochstimmung. Angeheitert wiegte er sich auf seinem Stuhl hin und her, stampfte mit dem rechten Fuß den Rhythmus und sang zusammen mit seiner Frau lauthals das Lied von Franziska, die einer Trichinenvergiftung erlag.

Der Förster wollte ganz eindeutig nicht an die Tragödie im Wald erinnert werden. Der Abend zog sich zäh in die Länge, aufgelockert nur von weiteren traurigen Strophen, und Stern und Brodacki lernten zwar den Geschmack verschiedener neuer Speisen kennen und erfuhren die Geschichte des grünen österreichischen Instruments, fanden aber keine neuen Details über das Verbrechen heraus.

Stern wurde am Morgen durch anhaltendes Kläffen geweckt. Mit beiden Händen seinen dröhnenden Schädel haltend, quälte er sich aus dem Bett und sah durchs Fenster hinaus. Die Sonne hing über dem Wald, und ihre heimtückischen Strahlen blendeten ihn unbarmherzig. Gereizt schloss er für eine Weile die Augen und versuchte, sich an seinen Traum zu erinnern. Er war mehr als sicher, dass in diesem Traum ein ebenso wütender Hund hinter einem hohen Stacheldrahtzaun gebellt hatte. Der Hund, das Tor, das Straflager. Unter den Lidern des Journalisten zogen wie in einem Film flüchtige Bilder vorbei. Auch die demütigende Szene, in der er selbst gefährliche Kriminelle begleitete.

»Wie viel Leute bringst du?«, bellte ihn der Wachhabende an, der Kurojad ähnelte.

»Melde gehorsamst, zweiundzwanzig Stück«, brüllte Stern aus Leibeskräften zurück.

»Was muss ich da hören, verdammt noch mal?!«

»Ich bitte um Nachsicht, Herr Offizier. Aber einer dieser Hundesöhne ist getürmt.«

»Weißt du auch, was das für dich bedeutet, du Hornochse?«

»Ich weiß, Herr Offizier! Und ich bin …«

»Du wirst gleich nicht mehr sein, du Kretin!« Kurojad ließ ihn gar nicht erst ausreden und griff nach seiner Pistolentasche am Gürtel. »Rede, und zwar sofort, wer ist abgehauen?«

»Der, der die Frauen im Wald geschunden hat!«

Der Wachhabende riss die Pistole aus dem Holster und entsicherte sie.

»Und das sagst du mir erst jetzt, du widerliche Laus?!«

»Ich dachte, Herr Offizier, der findet sich von selbst wieder ein.«

»Einen Scheiß findet der sich wieder ein«, sagte Stern nun zu sich selbst, indem er Kurojad imitierte.

Zum Glück verflüchtigte sich die Erinnerung an den makaberen Traum. Jakub öffnete das Fenster. Frische Waldluft drang herein. Im Hof entfernte sich der Praktikant vornübergebeugt mit einem Rasiermesser den Bart und betrachtete sich dabei in einem kleinen, auf einem Fass stehenden Spiegel. Daneben, vor dem Plumpsklo, sprang munter ein geflecktes Zicklein umher.

Stern verfluchte seine Liebe zum Wodka und goss kaltes Wasser aus einem Krug in die Waschschüssel. Er begann seine Morgentoilette damit, Haare und Schläfen gründlich zu befeuchten. Die rabiate Abkühlung brachte ihm spürbare Erleichterung. Zufrieden wusch er sich bis zum Gürtel und rubbelte sich dann mit dem Handtuch gründlich ab. Derart erfrischt griff er zu Notizbuch und Zigarette, in der ehrgeizigen Absicht, mit seinem Artikel zu beginnen. Er hatte den Journalismus im Blut. Manchmal kam es vor, dass er mitten in der Nacht aufwachte, nur um im Text einen unpassenden Ausdruck abzuändern. Auch jetzt machte er sich noch ganz unverbraucht an die Arbeit. Er begann mit Daniluks Worten, um den Ort des Verbrechens zu beschreiben:

»Der Mörder wird immer dreister. Die Leiche lag am Bach hinter einem Baumstumpf versteckt und war nach allen Regeln der Kunst mit Moos und Tannennadeln zugedeckt.« Nach diesem direkten Einstieg inhalierte er den Rauch. Der Artikel brauchte unbedingt journalistisches Frischfleisch, so ein Gurgelstückchen, das sofort in die Pfanne kommt, noch bevor der Schweinskopf endgültig vom Rumpf getrennt ist. Stern mixte absichtlich die Fakten neu zusammen und begoss sie mit Fabuliersoße. Es war schon paradox, wie er nach einem kleinen Kater, den linken Ellenbogen auf den Tisch gestützt, aus einem Tropfen Tinte das eigentliche Verbrechen hervorzauberte. Ihm geheimnisvollen Sinn und Glamour verlieh.

Als sich seine Blase meldete, schaffte er es noch, auf den Wunsch des Täters aufmerksam zu machen, die Opfer leiden zu sehen. Ja, in aller Eile gestattete er es sich sogar, noch weitere Verbrechen anzukündigen. Doch dann hielt er es nicht länger aus, verstaute Füllfeder und Notizbuch in der Tasche und lief nach unten.

Im Gang traf er auf das mit einer geblümten Kittelschürze bekleidete Wieselchen, das ihn mit einem süffisanten Lächeln begrüßte. Er erwiderte das Lächeln, anschließend rannte er wie der geölte Blitz zum Plumpsklo, wo er einige Minuten verbrachte. Als er wieder herauskam, von fetten, stinkenden Fliegen vertrieben, gewahrte er den Förster, der einen Fahrradreifen aufpumpte.

»Ja, wen sehe ich denn da? Herrn Jakub!«, begrüßte ihn Daniluk, sich neben dem auf Hochglanz polierten Gefährt aufrichtend. »Haben Sie sich eine kleine Verschnaufpause gegönnt? Sie tun recht daran! Dieser heiße Tag wird wieder lang genug werden für Sie.«

»Ich habe mich schon ewig nicht mehr so prächtig ausgeschlafen«, erwiderte Stern. »Eine wahre Friedhofsruhe hier draußen, wenn nicht der Hund ...«

»Reden Sie das Unglück nicht herbei, heute ist Mariä Himmelfahrt. Da kann man leicht etwas heraufbeschwören, besonders wo Sie doch auf die Jagd gehen.«

»Auf was für eine Jagd?« Der Journalist versuchte, den Förster zum Reden zu bringen.

»Na, Sie verfolgen doch den ›Schmied vom Walde‹.« Daniluk benetzte seinen Daumen mit Speichel und überprüfte, ob Luft aus dem Ventil entwich.

»Sie und der maulfertige Schlauberger.« Der Förster senkte die Stimme und deutete auf Brodacki. »Was unseren eigenen Schmied hier angeht, so möchte ich, dass Sie wissen, dass ich ihm sein Handwerk beigebracht habe. Als er nach seiner Armeezeit nach Rowy kam, konnte er noch nicht mal ordentlich Pfeile schnitzen. Er hatte von Tuten und Blasen keine Ahnung. ›Wacus‹, habe ich ihn gewarnt, ›so ein Huf ist keine Krakauer Wurst. Da kann man nicht einfach mal so auf einen Schlag den Nagel reintreiben.‹ Das erste Pferd, das er beschlagen hat, lahmte. Ich habe ihm gezeigt, wie er die Raspel halten muss, wie man den Hufnagel benutzt. Und ob Sie es nun glauben oder nicht: Aus ihm ist ein Meister geworden. Das Friedhofstor hat er höchstpersönlich geschmiedet.«

»Herr Stern«, fuhr er in offiziellem Ton fort, während er das Fahrrad an die Scheune lehnte, »ich habe wahrhaftig nichts gegen ihn. Es ist nicht meine Schuld, dass er ...«

»Was?«

»Anscheinend hat das Dorf beschlossen, dass sie ihn heute vor der Prozession zu Mariä Himmelfahrt opfern wollen ...«

»Was erzählt der da?« Brodacki wandte sich an Stern. »Was hat dieses verdammte Dorf beschlossen?«

»Ich weiß nichts Genaues«, sicherte sich Daniluk ab. »Das Beste wird sein, wenn Sie gleich nach Rowy fahren, meine Herren, ich bitte sehr herzlich darum. Ich möchte nur, dass Sie wissen, dass er diese Frauen da im Wald nicht angerührt hat.«

Stern hörte ihn schon nicht mehr. Er war mit Brodacki in den dunkelblauen Tatra gesprungen und so rasant losgeprescht, dass Grasbüschel und Ziegenkot unter den Rädern emporstoben.

Dem vornüber gebeugten Brodacki gelang es nur mit Mühe, Luft zu holen. Bitterer Gallegeschmack brachte ihn dazu, sich erneut zu übergeben. Breitbeinig gab er vor aller Augen die Reste seiner Mahlzeit von sich. Er fühlte sich schuldig. Er war der Fahrer gewesen und nicht Stern, und er war auf eine über den Weg geworfene Egge gerast. Der Radwechsel war nur im Schneckentempo vonstatten gegangen. Als sie ankamen, war schon alles vorüber, und sie sahen nur noch das Ergebnis jener Tragödie.

Jetzt, schmutzig und stinkend, wie er war, ekelte er sich

vor sich selbst und bedauerte, in solch einem Krähwinkel gelandet zu sein. Das war ein ganz anderer Adam Brodacki, in sich selbst zurückgezogen und ohne die leiseste Ahnung, wie er aus dieser hoffnungslosen Falle wieder herausfinden sollte. Er konnte seine Tränen nicht länger zurückhalten. Sie waren von einer feindseligen Menge umringt. Verdammten Weibsbildern, bereit, einem ins Gesicht zu springen, und Grüppchen von Männern, die sich voller Genugtuung an der Tragödie weideten. Vor ihnen stand unübersehbar, auf einen Rechen gestützt und reglos wie eine Vogelscheuche, der dürre Priester in seinem bis zu den Knien reichenden Gewand. Neugierige, aber angriffslustige Augen und ein weit aufgerissener Mund, der den Blick auf gierige Zähne freigab, die an das Mahlen von Grütze, das Kauen von Brot und Speck und das Knacken von Nüssen gewohnt waren. Hinter ihm plärrte ein verirrtes Kind aus vollem Halse, aber niemand scherte sich darum.

Da tauchte unverhofft jemand neben Brodacki auf und reichte ihm ein Taschentuch. Dieser Jemand, der ein dunkelblaues Hemd und schwarze Hosen trug, führte ihn zum Wagen, öffnete die Fenster und versuchte, ihn zu beruhigen. Der Unbekannte stellte sich mit dem eigenartig klingenden Namen Murof vor. Kurz darauf erwies sich, dass er der Dorfschullehrer war.

»Bitte, kommen Sie doch auf einen Kaffee zu mir«, erklärte er beflissen. »Es wäre eine unsagbare Ehre für mich, Journalisten vom ›Kurier‹ bei mir zu haben. Ich bitte sehr herzlich darum.«

Das war ja alles schön und gut, nur wo zum Teufel blieb Stern? Brodacki konnte überhaupt nicht verstehen, warum er sich so lange dort aufhielt. Vollkommen konzentriert, als hätte er Zeit und Ort vergessen, schoss dieser seine idiotischen Fotos. Befragte die Leute und pickte sich dann die süffigsten Zitate heraus, nur damit sein schockierender Text auf die Titelseite des ›Kurier‹ kam. Ein Fanatiker – dieser Gedanke drängte sich ihm mit aller Macht auf – oder, was wohl der Wahrheit noch näher kam, ein Entarteter. Der Pöbel, der sich an seinem Opfer bereits satt gegafft hatte, begann, sich allmählich zu zerstreuen. Zwei Wachleute, die auf Fahrrädern aus P. herübergekommen waren, taten ein Übriges, um die verdrossene Horde auseinanderzutreiben. Brodacki wusste nicht, wer die Polizei verständigt hatte. Sogar Kommandant Szumiłło war höchstpersönlich in seinem verbeulten Dienstwagen aus P. herübergekommen. Der Dickwanst mit dem vorstehenden Bauch trippelte nun hüftwackelnd auf ihn zu. Sein massiger Schädel, der auf einem fetten Hals saß, ließ sich nur zusammen mit dem ganzen Körper wenden, sodass man bei seinem Anblick unwillkürlich an ein Wildschwein denken musste.

Szumiłło hatte den Arzt mitgebracht. Dieser kleine, ängstliche Mensch im weißen Kittel sollte nun die massakrierte, an einen Baumstamm genagelte Leiche abnehmen. Er war wie gelähmt vor Angst. Seinem Gesicht war anzusehen, wie zutiefst schockiert er war. Die aus dem Bauch hervorquellenden Gedärme sahen wie ineinander verschlungene Seile aus, und der aus seiner Höhle herausgeschlagene Augapfel baumelte nur noch an einem schleimigen Faden, wie eine Christbaumkugel.

Der Arzt nahm den Leichnam unbeholfen herunter, und sein schneeweißer Kittel war alsbald über und über von roten Flecken übersät, die in der Sonne allerdings rasch trockneten. Als der leblose Körper des Schmieds auf eine Leiter gebettet war, die die Bahre ersetzen musste, beugte sich der Kommandant über ihn, um ihm die Hände über der Brust aufeinanderzulegen. Seine Aufmerksamkeit wurde von großen, an Knöpfe an einem Polizeimantel gemahnenden Abdrücken auf diesen Händen gefangen genommen. Nach heftigen Diskussionen mit dem Arzt notierte Szumiłło den

Todeszeitpunkt. Auch andere wichtige Fakten versuchte er festzuhalten. Er war bemüht, sich Spuren einzuprägen und Personen, die sich in der Nähe herumgetrieben hatten. Das Bild dieser beiden geschäftigen Gestalten sollte zwei Tage später Lembergs Bevölkerung aufrütteln, wobei die Atmosphäre des Schreckens erst durch Sterns brillanten Text vollständig vermittelt wurde.

Einstweilen erinnerte der mit einem zerrissenen Hemd bedeckte Torso des ländlichen Märtyrers an einen neoklassizistischen, gebälktragenden Atlanten. Fehlten nur noch – wie im Foyer des Großen Theaters – hübsche venezianische Lüster. Auch fehlte der Beifall, der diesen Lynchmord wie die Komödie von Shaw ›Zu wahr, um schön zu sein‹ gefeiert hätte. Dieser idiotische literarische Vergleich kam Stern in den Sinn, als er vor Brodacki stand. Sein unnatürliches Lächeln beunruhigte den Praktikanten. Er verstand es als eine Art Warnsignal.

»*Finis coronat opus*«, erklärte Stern, während er den Fotoapparat auf die Rückbank legte. Als er Brodackis Miene eines geprügelten Hundes bemerkte, setzte er boshaft hinzu: »Haben Sie in diesem abgelegenen Provinzkaff ein solches Versailles erwartet?«

Jakubs großspuriges Gebaren kaschierte nur unvollkommen seine eigene Verunsicherung. Auch er war gegenüber dem, was er gesehen hatte, keineswegs gleichgültig geblieben. Das, was in Brodackis Ohren wie blanker Zynismus klang, war demnach nur ein Versuch, sich abzureagieren.

Das Schweigen versöhnte sie wieder miteinander. Sie sprachen kein Wort, als der Leichnam des Schmieds in eine alte Decke gehüllt wurde und zwei Polizisten ihn ächzend in den Fiat hievten. Das Polizeiauto mit dem Kommandanten und dem Arzt fuhr nach P. zurück, und wäre da nicht die quälende Erinnerung gewesen, hätte man schwören können, dass in Rowy nichts Besonderes geschehen sei. Eine lahmende Hündin lief über den Platz und bellte. Hoch über ihren Köpfen segelte ein Storch, und in den Häusern kochten wie üblich die Pellkartoffeln für das Mittagessen.

Als der Praktikant Murofs Einladung erwähnte, nahm Stern sie seltsamerweise zufrieden zur Kenntnis. Nach diesem scheußlichen Abenteuer hatte er, wie nach einer Redaktionssitzung, Lust auf einen kleinen Schwarzen. Er wollte alles vergessen und war überzeugt, dass ihnen eine kurze Erholungspause vor der Rückkehr nach Lemberg durchaus guttäte.

Es ging auf dreizehn Uhr zu, als sie, von einer Schar Kinder umringt, den Wagen abschlossen und zur Schule hinüberliefen. Sie ahnten nicht, dass bereits seit geraumer Weile ein bewegliches Augenpaar jeden ihrer Schritte verfolgte.

Das eingeschossige Gebäude der aus einer einzigen Klasse bestehenden Dorfschule lag ein paar Dutzend Meter vom Dorfplatz entfernt am Weg zur Kirche. Der Grund war mit einem von der Sonne erwärmten Lattenzaun umfriedet, den das Rankenwerk einer goldgelben Flechte zierte. Gleich hinter dem offenen Gartentor erschreckte die Eintretenden ein verfallenes Grab. Ein verrostetes Kreuz ragte daraus auf, an dem eine schlanke, rosafarbene Königskerze emporwuchs. Brodacki und Stern versuchten, die rostzerfressene Inschrift zu entziffern.

»Ich fürchte, da wird Ihnen selbst eine Lupe nicht weiterhelfen«, bemerkte Murof, der herausgetreten war, um seine Gäste zu begrüßen. »Falls es Sie interessiert, hier ruht ein gewisser Yann Elliot Darceur. Angeblich hat dieser kleine französische Offizier hier auf den Stufen unserer Schule seine Seele ausgehaucht, aber ich denke, über den Tod wollen wir heute nicht unbedingt reden. Ich danke Ihnen, meine Herren, dass Sie meiner Einladung gefolgt sind. Jetzt, in den Ferien, lässt sich ja nicht ein Mensch hier bei mir blicken. Ach, nun hätte ich's doch beinahe vergessen.« Er wandte sich an Brodacki. »Im Bad hinter dem Vorhang habe ich Ihnen alles für eine kleine Toilette gerichtet. Am Waschbecken finden Sie Handtuch und Seife, und vor dem Ofen steht ein Eimer mit frischem Brunnenwasser. Ich möchte Ihnen ja nicht zu nahe treten, aber ich habe auch ein sauberes Hemd für Sie bereitgelegt. Ziehen Sie sich also völlig ungeniert um, und wir zwei kochen Ihnen inzwischen einen starken Kaffee.« Er sah Stern bestätigungsheischend an.

Brodacki ging widerspruchslos ins Bad, Stern und Murof hingegen verschwanden wie zwei alte Freunde im Lehrerzimmer.

Dessen karge Ausstattung überraschte den Journalisten. Er hatte nicht erwartet, dass es gleichzeitig die Funktion eines Wohnraumes erfüllte. Außer der eisernen Bettstatt, dem Schreibtisch und einem Korbsessel in der Ecke befanden sich noch ein Vitrinenschrank voller Hefte und Bücher, ein runder, von Holzwürmern angefressener Tisch mit gedrechselten Beinen und drei einfache Schemel darin, wie man sie häufig in Bauernhäusern findet. An der Wand neben dem Fenster hing ein Bild der Mutter Gottes mit dem Jesuskind, von der gegenüberliegenden, direkt über dem Eingang, blickte nachdenklich Józef Piłsudski mit seinem Chinesenbart herab.

Stern, der Murofs prüfenden Blick auf sich spürte, räusperte sich nervös. Er konnte sich nicht erklären, warum er so befangen war. Sie begegneten sich zum ersten Mal, aber er hatte den seltsamen Eindruck, als würden sie sich schon ewig kennen. Noch erstaunlicher war, dass der Lehrer fest davon überzeugt gewesen zu sein schien, dass sie kommen würden. Tassen standen auf Untertassen bereit, und in einem Kupferkessel brodelte bereits das Kaffeewasser.

»Entschuldigen Sie diese entsetzliche Unordnung«, sagte der Hausherr und blickte Stern direkt in die Augen. »Ich lebe allein, daher ... Gestatten Sie, dass ich mich vorstelle, ich heiße Andrzej Murof.«

»Jakub Stern«, kam die Antwort.

»Unglaublich! Nun weiß ich, dass ich nicht nur das Recht, sondern auch die moralische Pflicht hatte, Sie in meine bescheidene Bleibe einzuladen.«

»Aber wieso denn das?«, fragte Stern und sah sich im Zimmer um, um Murofs Blick auszuweichen.

»Schon allein deswegen, weil ich, unseren Pfarrer natürlich ausgenommen, als Einziger Lemberger Zeitungen abonniere. Darunter den von mir bevorzugten ›Kurier‹, aber auch das ›Polnische Tageblatt‹ und das ›Neue Jahrhundert‹. Ich muss Ihnen gestehen, dass ich immer schon darauf brenne, Ihre Artikel zu lesen. Es steckt etwas so Aufregendes darin. Gewiss möchten Sie meine Meinung zu dieser Tragödie erfahren«, sagte der Lehrer und fuhr, ohne eine Antwort abzuwarten, fort: »Das ist ein absolut sinnloser Tod. Doch es wäre ein Fehler, diesen einfachen Leuten die Schuld daran zu geben.« Er maß mit einem Löffel den Kaffee für die Tassen ab. »Sie kennen doch das Sprichwort ›Der Zigeuner ist schuld, und den Schmied hängen sie auf‹. Das trifft in unserer Geschichte den Nagel im wahrsten Sinne des Wortes auf den Kopf. Natürlich haben sich unsere Einwohner wie Bestien verhalten. In Kürze wird es wohl eine Gerichtsverhandlung geben. Da wird es harte Strafen hageln. Ein paar werden hängen, ein paar werden eingebuchtet, aber außer dass es Verheerungen in den entsprechenden Familien anrichtet, wird sich im Dorfe selbst nichts ändern.«

Stern war über eine solche Lektion verwundert. Er verfolgte, wie Murof vorsichtig kochendes Wasser aus dem angerußten Wasserkessel in die Tassen goss. Der Geruch nach frisch gebrühtem Kaffee stieg ihm in die Nase und regte seinen Appetit an. Nach dem schaurigen Schauspiel, dachte er, wäre es eigentlich Zeit für ein angemessenes Mahl.

»Ich kenne die Leute hier im Ort und weiß, dass sie mit diesem unbedachten Akt lediglich ihr Gewissen beruhigt haben. Sie konnten einfach nicht mehr länger warten. Was für ein Verbrechen ist denn das, könnte man in ihrem Namen fragen? Das sind beispielhafte Katholiken. Sie beten eifrig, gehen jeden Sonntag zur Kirche und glauben wie Sie an die göttliche Gerechtigkeit. Sie fahren mit Ihrem Kollegen wieder von hier zurück nach Lemberg. Schreiben einen sensationellen Text, wir hier aber werden uns mit unserer Vergangenheit wie mit einer Seuche auseinandersetzen müssen. Wenn sie wieder akut wird ...« Er unterbrach seine hochgeistigen Betrachtungen und blickte unruhig zur Tür.

»Wenn sie akut wird ...«, griff Stern seine Worte auf, aber Murof führte den Satz nicht zu Ende, weil durch die angelehnte Tür ein rostrotes Huhn ins Lehrerzimmer gelaufen kam.

»Scht, scht!«, rief der Hausherr und sprang von seinem Schemel auf. Hinter dem gackernden Huhn kroch auf allen vieren ein Mädchen ins Zimmer, das einen Stängel Dill zwischen den Zähnen hielt. Dieser unvermutete Besuch brachte das Gespräch vorübergehend zum Erliegen. Das Huhn und das krabbelnde Kind umrundeten unter lautem Spektakel den Tisch, um wenig später ebenso unangekündigt, wie sie erschienen waren, wieder im Hof zu verschwinden, und dann erzählte der Lehrer in kurzen Worten seine eigene Geschichte.

Er war vor sechs Jahren nach Rowy gezogen, nachdem seine Frau gestorben war. Der Tod seiner Liebsten hatte ihn völlig unvorbereitet getroffen. Schuld daran war eine banale Infektion gewesen. Während eines Picknicks auf der Janowski-Wiese, bei dem sie barfuß lief, hatte sie sich einen rostigen Nagel in die Ferse getreten. Irgendjemand hatte wohl die Überreste einer Holzverkleidung dort entsorgt. Eine lebensgefährliche Blutvergiftung hatte sich schleichend entwickelt. Sie warteten einen Tag zu lange. Hohes Fieber und eine missglückte Bluttransfusion in der Internistischen Klinik folgten. Sie hatte keine Chance. Daraufhin kehrte Murof den Wissenschaftskreisen in Lemberg den Rücken und suchte auf dem Lande das Vergessen.

»Ich glaube nicht, dass es Sie interessiert, was ich in diesen sechs Jahren durchgemacht habe. Wäre ich ein Snob, würde ich sagen, ich habe die Universität gegen eine Dorfschule eingetauscht. Ich habe eine ganze Reihe von angesehenen naturwissenschaftlichen Beiträgen veröffentlicht. Meine Theorien finden Sie im ›Schottischen Buch‹, das Frau Lucja, der Gattin von Professor Banach, gewidmet ist. Wenn ich es heute darauf anlegte, würde ich sicherlich die lebende Gans gewinnen, die Stanisław Mazur höchstpersönlich als Preis ausgesetzt hat. Ohne mich hervortun zu wollen, ich besitze auch mehrere Briefe mit Glückwünschen von Bartel, einem Experten auf diesem Gebiet. Aber je näher man an den Sowjets dran ist, desto sinnloser ist es ja, sich als Wissenschaftler irgendwelche Zukunftshoffnungen zu machen«, bemerkte er seltsam sarkastisch. Dann gewahrte er Sterns Blick zur Tür, hinter der das Mädchen verschwunden war: »Haben Sie keine Angst. Sie versteht nicht viel. Sie ist taub und hat Probleme mit der Fortbewegung. Die Natur hat ihr dafür ein nicht zu leugnendes Talent geschenkt: Bella zeichnet wundervoll. Sie wissen ja, Bella bedeutet im Lateinischen ›die Schöne‹. Die geizige Natur hat ihre ganze Schönheit in ihrer unglaublichen Vorstellungskraft konzentriert. Wenn Sie nichts dagegen haben, zeige ich Ihnen ein paar von ihren Zeichnungen. Ich hebe sie alle auf. Es hat sich schon eine ganz ordentliche Mappe angesammelt. Die müsste doch hier irgendwo liegen.« Er stellte sich auf die Zehenspitzen, um nach der mit einer Schlaufe verschlossenen Mappe zu angeln. »Ich besitze auch noch ein Album, aber hier drin bewahre ich ein gutes Dutzend ihrer neuesten Zeichnungen auf. Sehen Sie mal.«

Stern nahm die Mappe voll ausgeblichener Blätter entgegen. Bedeckt mit den erschreckenden Visionen eines unterentwickelten Kindes. Eine der Zeichnungen rutschte heraus und segelte wie das Blatt eines Baumes in sanftem Bogen vor die Füße des Journalisten.

»Hm, wirklich schön.« Stern hob das mit Kritzeleien bedeckte Papier auf.

»Schön, außergewöhnlich und berührend. Ich könnte Ihnen erklären, was die Zeichnung darstellen soll. Die kreisförmigen Gläser in der linken oberen Ecke symbolisieren den Himmel, und dieses Zeichen, das wie ein umgestülptes U aussieht, ist der feurige Sonnenwagen, der über den Himmel zieht. Dies hier ist natürlich der Pfeil, der der Vorhersehung entgegenfliegt, die verflochtenen Linien auf der rechten Seite dagegen, genau hier, wo sich Ihr Finger befindet, sind Pferde. Haben Sie bemerkt, dass sie rasen? Unglaublich, aber Bella hat sie im Galopp festgehalten. Dieser Fleck hier ist eine Staubwolke, und diese Punkte sind Funken, die die harten Hufeisen aus dem Pflaster schlagen.«

»Ein erstaunliches Talent. Aber die Natur, auf die Sie sich so gern berufen, hat Bella noch ein zusätzliches, ebenso schönes Geschenk gemacht.«

»Unmöglich!«

»Aber ja doch!«, versicherte Jakub. »Bella hat Ihre Augen.«

»Sie irren sich. Bella ist meine Adoptivtochter.«

»Oh, das wusste ich nicht.«

»Vielleicht haben Sie das ja mit Absicht gesagt, um mir eine Freude zu machen? Ich bin psychologisch versiert«, setzte Murof hinzu und lachte unaufrichtig. »Obwohl wir ähnliche Züge, ähnliche Haare und Augen haben, kann ich leider nicht behaupten, dass sie meine Tochter ist. Bella stammt aus der tiefsten italienischen Provinz. Als Kind hat sie einen wahren Albtraum durchlitten. Ihre Mutter hat ihr mit Absicht die Füße deformiert, damit sie Brot von den Leuten bekommt. Das ist in diesen entlegenen Gegenden ein gängiges Mittel, um zu überleben. Aber ich will Sie nicht langweilen mit dieser entsetzlichen Geschichte.«

Stern war erschüttert. Er bedauerte seine Taktlosigkeit. Ihm fielen die grausamen Praktiken ein, die man in China anwandte. Dort hielt man Kinder für mehrere Jahre in Tonfässern eingesperrt, um später die bereits erwachsenen, verkrüppelten Ungeheuer für eine Schüssel Reis auf den Märkten zur Schau zu stellen.

»Damit Sie nicht glauben, ich sauge mir hier irgendwelche Märchen aus den Fingern, will ich Ihnen etwas zeigen.« Murof ging zum Schrank und nahm aus einer Pappschachtel einen kleinen Messingrahmen. »Bitte.« Er reichte ihm vorsichtig das Bild. »Das ist meine Frau. Das einzige Wesen, das ich wirklich geliebt habe.«

Jakub griff vorsichtig nach dem Rahmen. Eine junge Frau blickte ihm aus der Fotografie entgegen. Sie hatte dunkles, glatt gekämmtes Haar, eine kleine Stupsnase und feuchte, leicht geöffnete Lippen. Und noch etwas, Stern hatte es irgendwie geahnt, wundervolle, vor Optimismus und Neugier auf das Leben sprühende Augen. Er hätte alles darum gegeben, wenn er ihr je hätte begegnen können.

»Gefällt sie Ihnen?« Der Lehrer erriet mühelos die Gedanken seines Gastes.

»Verzeihen Sie meine Neugier, aber bitte sagen Sie mir, was für eine Stimme hatte Ihre Frau?« Stern zog sozusagen als Revanche Annas Foto aus seiner Brieftasche.

Murof lächelte geheimnisvoll, während er das Foto entgegennahm.

»Das verrate ich Ihnen später«, erwiderte er ausweichend und hielt Annas Foto ans Licht. »So also sieht Ihre Frau aus?« Er schien verwundert.

»Das Bild ist vielleicht nicht sehr aussagekräftig. Der jüngere der beiden Cieszkowski-Brüder im Atelier an der Grodecka-Straße hat es gemacht. In Wirklichkeit, wenn sie nicht posiert, sieht Anna bedeutend ...«

»Besser aus?«, fragte Murof überraschend spöttisch.

»Zweifeln Sie etwa daran?«

»Darum geht es nicht. Meine innere Stimme sagt mir nur, dass Sie beide nicht zueinander passen.«

Stern wollte seinen Gastgeber soeben fragen, welchen Unfug seine innere Stimme ihm noch so eingebe, als Brodacki wieder ins Zimmer trat und dem unangenehmen Dialog ein jähes Ende setzte. Jakub nahm dem Lehrer hastig Annas Bild aus den Händen und hob ebenso hastig wie ein auf frischer Tat ertappter Dieb die Tasse zum Mund. Es frappierte ihn, dass er und Murof den Praktikanten gleichermaßen als Eindringling zu empfinden schienen. Er hatte sich gerade an dem ersten Schluck Kaffee schmerzhaft die Zunge verbrannt, als das Telefon schrillte.

Murof sprang rasch zum Schreibtisch hinüber. Zum Fenster gekehrt, lauschte er der Männerstimme, deren durch den Hörer vernehmbares Brummen an eine in einem Einweckglas gefangene Fliege gemahnte.

»Ja, am Apparat. Wer? Wann?«, fragte er und sah auf die Uhr in der Zimmerecke. »Aber selbstverständlich. Fangt nicht ohne mich an. Klar! Gib Lena einen Handkuss von mir, adieu! Entschuldigen Sie bitte«, wandte er sich an Brodacki und Stern, während er den Hörer langsam auf die Gabel zurücklegte. »Ich habe eine Einladung zum Bridge. Doch um noch einmal auf unser Gespräch zurückzukommen, wir hatten ja gerade analysiert, wozu gewisse Menschen fähig sind.«

»Ihre Sicht der Dinge lässt vieles klarer erscheinen«, stellte Stern fest, der das ungeplante Wortgeplänkel mit Murof wieder aufnahm. »Sind Sie damit einverstanden, wenn ich in meinem Artikel einen Ausschnitt aus Ihren Ausführungen zitiere?«

»Aber selbstverständlich«, entgegnete der Lehrer, während er mit einer Hand Kreise in der Luft beschrieb. »Das wäre mir eine Ehre.«

Stern bat Murof noch um eine kleine Gefälligkeit. Er wollte gern Anna zu Hause anrufen und ihr ein paar aufmunternde Worte sagen. Der Lehrer drehte für Jakub an der Kurbel und verlangte, als die Zentrale sich meldete, die Nummer, die dieser ihm diktierte. Stern stand mit dem Rücken zum Hausherrn.

»Von wo rufst du denn an? Was ist los?« In Annas Ton schwang Verwunderung mit.

»Nichts Besonderes«, erwiderte er, und es tat ihm leid, dass er vor Zeugen sprechen musste.

»Komm nach Hause. In zwei Stunden beginnt die Prozession, es ist Feiertag. Ich dachte ...«

»Ich weiß, ich versuche es, aber ...«

»Kasia ist mit Deg spazieren«, teilte sie ihm bedeutungsvoll mit. »Und weißt du, was ich gerade mache? Nun, bist du gar nicht neugierig?«

Stern schwieg, erstaunt über den Verlauf des Gesprächs.

»Ich bin gerade aus der Wanne gestiegen. Ich bin nackt, Herr Redakteur.« Sie lachte frivol.

»Das höre ich«, sagte er und umschloss mit der Hand den Hörer. »Sprich nicht so laut.«

»Warum?«

»Ich bin nicht allein«, erklärte er und sah Murof an. »Ja, ich komme bald nach Hause«, fügte er noch hinzu, um ihr eine Freude zu machen.

Als es in der Leitung rauschte, reichte Jakub den Hörer an Murof weiter, bereute dies jedoch umgehend.

»Hallo?«, säuselte der Lehrer mit sanfter Stimme. »Hören Sie mich? Ja, da ist sicher was in der Leitung. Bestimmt eine Störung. Genau. Manchmal geht eben was kaputt. Verzeihen Sie, ich gebe gleich den Hörer an ihn zurück. Nein, das ist kein Scherz. Ja, er ist hier bei mir. Wir haben gerade Kaffee getrunken. Machen Sie sich keine Sorgen. Hier ist alles in bester Ordnung.«

Stern wurde sich sofort bewusst, dass er nie auf diese Weise mit Anna sprach. Hatte Murof etwa erraten, dass sie gerade aus der Wanne gestiegen und nackt war? Dieses Gespräch weckte eine verborgene Eifersucht in ihm. Er hatte gute Lust, dem Hausherrn den Hörer aus der Hand zu reißen, denn es schien ihm unerträglich, dass die nackte, lässig an der Wand lehnende Anna mit einem fremden Mann sprach. Er sah sie vor sich, wie sie den Hörer in ihrer nassen Hand hielt und in ebendiesem Moment feuchte Spuren auf dem Fußboden hinterließ.

»Ja, ich werde ihn von Ihnen grüßen. Natürlich, das richte ich aus«, sagte Murof und machte eine theatralische Verbeugung. Als er den Hörer aufgelegt hatte, entschuldigte er sich bei seinem Gast. »Das lag gewiss an der Leitung«, erklärte er und räusperte sich bedeutsam. »Das passiert häufig, wenn so ein Wind geht wie heute.«

Stern hatte noch eine Frage in der Hinterhand, mit der er Murof jetzt demütigen wollte. Er stellte sie und sah dabei Brodacki an, als habe er in ihm wieder einen Verbündeten entdeckt.

»Hatten Sie Kinder?«

Der Hausherr zuckte kaum merklich zusammen, als hätte ihn diese Frage getroffen.

»Nein, Veronika wollte keine«, sagte er leise.

»Und Sie?« Jakub gab nicht nach.

»Was tut denn das jetzt noch zur Sache?«

Stern verspürte eine gewisse Genugtuung. Murof schwieg, als sammle er sich geistig, und damit ging dieser unvorhergesehene Besuch zu Ende. Brodacki dankte dem Lehrer für seine Hilfe, während dieser versprach, sich in Kürze zu melden. Dabei blieb völlig im Dunkeln, was dieses Versprechen bedeuten sollte.

Als die drei aus der Schule traten, fegte der Wind Strohhalme von den Feldern herüber, und ein Regenschauer ging nieder, allerdings zu schwach, um den Schmutz wegzuwaschen, der sich in Rowy angesammelt hatte. Schwere Tropfen schlugen auf die Karosserie des Tatra wie auf eine Blechtrommel. Sie klatschten auf den staubigen Weg, wo sie glänzende, pockennarbige Spuren hinterließen. Die Kinder, die sich bei dem Regen prächtig amüsierten, rannten kreischend um den Wagen herum und warteten darauf, dass er abfuhr. Ihr Geschrei wurde von einem Donnerschlag unterbrochen, der mit lautem Echo in der Umgebung widerhallte. Die Kinder waren für einen Moment stehen geblieben und schauten erschrocken zum Himmel empor.

Brodacki setzte sich hinters Steuer und wischte sich mit dem Handrücken die Regentropfen von der Nase. Er musterte Stern durch die Scheibe. Dieser beschloss gerade sein Gespräch mit Murof. Der Lehrer reichte ihm seine feuchte Hand. Er schüttelte sie energisch und hielt den Journalisten für einen Moment fest. Dann beugte er sich vor und flüsterte ihm ins Ohr: »Veronika war stumm.«

Ein ganzer Tag war verstrichen, als der von Brodacki gesteuerte Tatra die Stadtgrenzen von Lemberg erreichte. Es war ein wundervoller Augusttag. Die klare Luft eröffnete ein weites Panorama. Der Anblick der Höhen von Zniesienie ließ einem den Atem stocken. Der sonnenbeschienene Unionshügel verwandelte sich in einen gen Himmel strebenden Turm von Babel. Auch die Kirchtürme erschienen ihnen größer und größer und gewannen von einer Minute zur anderen an eigentümlichem Glanz und majestätischer Aura. Mitten in der Stadt erhob sich stolz wie ein gewaltiger Leuchtturm die Sankt-Georgs-Kathedrale, umgeben vom Kloster, dem Palais und der Residenz des Metropoliten. In der Ferne erhob sich über den Janowski-Wiesen, die jetzt hinter dem

Hauptbahnhof verborgen lagen, ein Heißluftballon mit aufgemaltem, rot-weißem Schachbrettmuster.

Der dunkelblaue Wagen des ›Kurier‹ brauste durch den Kaiserwald, am Löwenberg vorbei, bog dann vor dem Hügel links ein und fuhr in die Theatinergasse, wo Stern erst zwei Tage zuvor im Spital der Barmherzigen Schwestern vergeblich versucht hatte, die Widacka zu befragen. Vor der Karmelitergasse bremste der Praktikant kurz, um die Straßenbahn vorbeizulassen. Bis zur Redaktion in der Jagiellonengasse waren es nur noch wenige Minuten, gerade genug, um die Aufgaben untereinander aufzuteilen. Stern bestand darauf, Brodacki solle die in Rowy geschossenen Fotos entwickeln, sie Krösus vorlegen und dann um neunzehn Uhr zu ihm kommen, um den fertigen Text abzuholen.

Der dunkelblaue Tatra fuhr gerade die Hetman-Wälle entlang, als die Menge auf dem Bürgersteig plötzlich die Fahrbahn überflutete und ihnen vollständig den Weg versperrte. Von der Kazimierz-Wielki-Gasse her ergoss sich über die gesamte Breite der Legionengasse ein Menschenstrom. Über den Köpfen wehte ein riesiger bunter Wald aus Fahnen, Standarten und Flaggen. Ein Spalier von Schaulustigen stand auf dem Bürgersteig, und Hunderte Einwohner beobachteten das Spektakel von Balkonen und offenen Fenstern aus.

Ganz vorn an der Spitze der Prozession stimmte das Armeeorchester in voller Lautstärke Julius Mosens beliebtes Polenlied an: ›Die letzten Zehn vom vierten Regiment‹, und die Menge grölte aus vollem Halse mit:

In Warschau schwuren Tausend auf den Knien:
Kein Schuss im heil'gen Kampfe sei getan.
Tambour, schlag an! Zum Blachfeld lass uns ziehen!
Wir greifen nur mit Bajonetten an!

Die letzten Worte hallten in einem mehrfachen Echo wider, bevor sie von den Worten der nächsten Strophe übertönt wurden. Stern und Brodacki bewunderten die Banner von Innungen, Schulen und Hochschulen und blickten auf die von einem Bukett aus Wiesenblumen umgebene Monstranz, die vom Bischof persönlich getragen wurde. Vor der Monstranz wuselte eine ganze Schar kleiner Mädchen in Kommunionkleidern umher. Jedes von ihnen trug ein Weidenkörbchen voller Rosen- und Klatschmohnblüten. Auf das Zeichen einer Nonne hin knicksten die Mädchen und streuten dem Bischof die Blütenblätter zu Füßen. Das von dem immer wieder aufwirbelnden Schmuck bedeckte Straßenpflaster erinnerte an einen bunten türkischen Diwan. Hinter der Monstranz schritten eifrige Kleriker, jeder mit einem Kranz aus Heilkräutern in den Händen, danach folgten eine Abordnung der Bauern mit Ährenkränzen, Gärtner mit Tabletts voller Äpfel, Feuerwehrleute mit blitzenden Helmen und Eisenbahner in dunkelblauen Uniformen.

Der Umzug bewegte sich im Takt der Trommelschläge voran. Die Kirchenglocken läuteten in ihrem eigenen Rhythmus und verliehen der Zeremonie so einen entsprechend weihevollen Anstrich. Beschwingte Flötenweisen und laut scheppernde Tschinellen verliehen den Teilnehmern noch zusätzliche Verve.

Die singende Menge schwenkte, geweihte Kräuter und Blumen vor sich hertragend, von den Hetman-Wällen zum Friedhof der Verteidiger von Lemberg. Dort sollte nach einem Appell für die Gefallenen und dem Abspielen der Hymne die Artillerie aus den auf dem Mazurówka-Hügel aufgestellten Kanonen Salut schießen.

Stern war sich sicher, dass eben jetzt, da er hier zusammen mit Brodacki hilflos im Wagen eingekeilt war, Anna und Kasia gemeinsam die in der Bergstraße verschwindende bunte Menge betrachteten; die in Formation schreitenden Pferde der Kavallerie bewunderten, ihr Schnauben, Wiehern und das metallische Klappern der Hufeisen auf dem Pflaster vernahmen. Im Vorjahr, dem Todesjahr von Marschall Piłsudski, hatte sich eine Gruppe müder Veteranen in ihrem Garten ausgeruht. Die letzten lebenden Teilnehmer des Januaraufstandes von 1863 – welch ein ungewöhnliches Relikt – hatten mit tränenfeuchten Augen ihren »*Dziadek*«, ihren »Großvater«, verabschiedet. Sie hatten den von Anna bereiteten Tee getrunken und im Schatten der Veranda den süßen Duft der Magnolie geatmet. Die auf einer Wachswalze festgehaltene Stimme von Józef Piłsudski ist ein noch viel flüchtigeres Relikt, dachte Stern. Gestern hatte er sie nach den Nachrichten im Radio gehört. »Ich stehe hier vor einem seltsamen Trichter«, hatte der Marschall mit seinem singenden Wilnaer Akzent gesagt, »und stelle mir dabei vor, wie sich meine Stimme von mir löst, um ohne mich irgendwo in die Welt hinauszuschweben.«

Stern fühlte sich jetzt wie ein Präparator, der nicht nur eine Stimme zu konservieren hatte, sondern auch sämtliche anderen Sinneseindrücke, mit denen er seine Leser verführen würde.

Als das Orchester die letzte Strophe der ›Letzten Zehn vom vierten Regiment‹ spielte, fiel Stern der Text wieder ein, den sie einst in der Schule gesungen hatten. Zusammen mit Hillel hatte er folgende Parodie ersonnen:

In Lemberg schworen die Schüler auf Knien,
Der Lehrerin eins überzuziehen,
Mit hölzernen Stöcken ward's vollbracht,
Und das Fräulein plumpst auf den Arsch, dass es kracht.

Dass der Tag der Polnischen Armee und Mariä Himmelfahrt zusammenfielen, erforderte in Lemberg einen besonders feierlichen Rahmen. Die Kampfkraft der Armee zu demonstrieren war eine patriotische Pflicht. Europa erinnerte nach Hitlers Machtergreifung an eine Hure, die sich zierte. Bündnisse zerbrachen. Noch bis kurz zuvor Verbündete spielten ein doppeltes Spiel. Alle sprachen nur noch von Hitler. Man witzelte, der Herr Reichskanzler habe geruht, in der italienischen Botschaft zum Mittagessen zu erscheinen, Spaghetti mit schwarzen Oliven zu verzehren und ein Glas *Villa del Sole* zu trinken, am Abend dagegen habe er, frisch gestärkt wie er war, in seinem Skizzenbuch Konzentrationslager gezeichnet.

Hitler war allgegenwärtig, in Kultur, Wissenschaft und Sport. Man hätte meinen können, dies sei nichts Besonderes, weil ja Politiker von jeher Sport und kleine Kinder mochten. Aber seine Propagandamanöver brachten die gewünschten Effekte. Zwei Wochen zuvor erst hatten ihn französische Sportler, geblendet von seinen Narrenpossen, mit »Heil-Hitler«-Rufen begrüßt. Brauchte es denn noch mehr solcher Zeichen für den Flirt Europas mit den Nationalsozialisten? Die Polen hatten bei den Olympischen Spielen ein schwaches Bild abgegeben. Nur die Sportlerinnen Wajs und Walasiewicz hatten Silbermedaillen errungen. Wahrhaftig schade, dachte Stern sarkastisch, dass der scharfe Speer der Werferin Kwiaśniewska, die Bronze erkämpft hatte, nicht mitten in der hakenkreuzgeschmückten Tribüne gelandet war.

Als er ein immer stärker anschwellendes Motorengeräusch vernahm, stieg Jakub aus dem Wagen. Dicht über den Dächern brummte ein bedrohlich wirkender Kampfbomber entlang, eine PZL-23 Karaś, das neueste Wunder der polnischen Luftwaffe. Dahinter vollführte eine RWD-5 gekonnte Loopings – möglicherweise war es dieselbe, die Żwirek unlängst beim Sternflug gesteuert hatte.

Auch am Boden war die imposante Schau noch in vollem Gange. Stählerne Kolosse ratterten mit martialischem Getöse über das Kopfsteinpflaster. Fünfzehn 7TP in Tarnfarben verbreiteten einen ohrenbetäubenden Lärm – diese Nachbauten eines amerikanischen Vickers-Panzers waren die Wegbereiter einer modernen polnischen Artillerie.

Stern fühlte sich irgendwie völlig fehl am Platze an diesem Nationalfeiertag. In Gedanken ständig bei den Morden in Rowy, kam er sich fast vor wie ein Besucher aus einem fremden Land. Er war unglücklich darüber. Ebenso wie darüber, dass sein sensationeller Text erst am Dienstag erscheinen würde, denn am Montag würde das Thema Piłsudski sämtliche Blätter füllen. Die Bevölkerung würde zum hundersten Male erfahren, dass der geniale Plan des Marschalls Europa vor der Vernichtung bewahrt hatte, dass der Angriff über die Lücke in Tuchatschewskis Armee ein wahrer Bravourakt war und der Tod von Ignacy Skorupka bei Ossowo für das Land eine tiefe religiöse Bedeutung hatte.

Während er noch so darüber nachdachte, fädelte sich unverhofft aus einer Seitenstraße der bunte Wagen des Zirkus Forum in den patriotischen Umzug ein. Der rothaarige Zwerg auf dem Bock hieb mit der Peitsche auf das Pferd ein und bahnte sich, aus voller Kehle schreiend, seinen Weg. Dies führte zu einem entsetzlichen Tumult. Die einen lachten und begrüßten den Zwerg mit Bravorufen, andere verwünschten ihn und drohten ihm mit der Faust. Stern, der sich amüsierte, reckte sich neben Brodacki auf die Zehenspitzen und schoss rasch mehrere Fotos. Dann verharrte er wie vom Donner gerührt, als er den Namen des Zirkus in einem Schaufenster gespiegelt sah. FORUM-MUROF, MUROF-FORUM, wiederholte er rasch in Gedanken, bis beide Wörter zu einer einzigen Buchstabenfolge zusammenflossen. FORUMUROF klang wie eine geheimnisvolle, bedrohliche Beschwörungsformel.

Gerade mal einen Tag war er fort gewesen, aber die makaberen Bilder, die absurden Gespräche und jener unverschuldete Tod hatten sich ihm unwiderruflich eingeprägt und ließen ihn nicht mehr los. Er war zurückgekehrt. Er wollte nur zu gerne wieder der sein, der er vorher gewesen war. Mit dem Ballast seiner dunklen Erlebnisse beladen, drückte er die von grünen Ranken umgebene Pforte auf und betrat den Kiesweg, der zum Hause führte.

Er bemerkte sie als Erster. Sie stand mit dem Rücken zum Fenster und richtete ihr aufgestecktes Haar. Sie sah reizend aus. Natürlich in ihren Bewegungen, weil sie den nahenden Beobachter noch nicht entdeckt hatte. Als sie ihn schließlich erblickte, kam sie langsam zur Tür. Stern, der darauf wartete, dass sie ihm öffnete, träumte von den Worten, die sie ihm sogleich hinhauchen würde. Einen leisen Vorwurf, etwa: »Na endlich, Jakub. Endlich bist du wieder da, du Schlawiner. Ist das vielleicht nett, seine liebeshungrige, attraktive Frau so allein zu lassen?«

Doch sie sagte nichts dergleichen, sondern bedachte ihn vielmehr mit einem bitteren Lächeln, bevor sie ihn eintreten ließ. Stern überschritt die Schwelle seines eigenen Hauses mit einem Gefühl von Schuld, und selbst Kasias Anblick erfreute ihn nur mäßig. Erst als er spürte, wie ihre kleine Hand sein Hosenbein umklammerte, kehrte seine gute Laune zurück.

»Wir haben einen Brief für Papa!«, hörte er. »Wir haben einen Brief! Los, mach schon auf!«

»Ein Brief für mich?« Er heftete seinen Blick auf Anna, dann schlitzte er auf dem Weg ins Wohnzimmer eine Seite des blauen Umschlags auf und zog überrascht drei orangefarbene Eintrittskarten für den Zirkus heraus. Keine zusätzliche Erklärung. Nichts.

»Was ist denn das?« Kasia hatte sich auf die Zehenspitzen gestellt, um besser sehen zu können.

»Eine echte Überraschung. Drei Eintrittskarten für den Zirkus Forum«, sagte er und reichte sie seiner Tochter. »Das ist die Belohnung dafür, dass du gestern so brav warst.«

»Hat sich da etwa jemand an Papas Stelle bemüht?« Anna warf dem Mädchen einen bedeutungsvollen Blick zu. »Nun hast du keine Wahl mehr, Jakub!«

»Wir gehen alle zusammen, Mama ...«

»Papa geht bestimmt!«, bemerkte sie spöttisch.

Er sah sie vorwurfsvoll an.

»Unterbrich sie nicht. Sie soll es uns selbst erzählen«, raunte er ihr zu.

»Ich habe ihn heute Früh im Briefkasten gefunden«, erklärte Kasia und legte den Kopf schief. »Ich hatte gerade Deg ausgeführt, als plötzlich ... Na, das weißt du aber doch selber, Papa.«

»Ich weiß!« Er blickte sie stolz an.

»Heißt das, wir können alle zusammen hingehen?« Sie schielte hoffnungsvoll zu Anna hinüber.

»Das heißt«, ergriff Stern die Initiative, »wenn ich einen guten Tee mit Zitrone und Zucker bekomme und ein gutes Mittagessen, dann werde ich es mir überlegen.« Er hoffte auf den Effekt seiner Worte.

»Und wenn es bloß Reisauflauf gibt?«, fragte Anna. »Ich hatte ja keine Ahnung, dass du heute zurückkommst. Ich kann schließlich nicht ewig warten«, setzte sie vorwurfsvoll hinzu. »Außerdem muss ich ohnehin gleich los.«

»Wieso denn das?« Er war überrascht.

»Na, aus dem gleichen Grund wie immer. In einer halben Stunde fängt mein Dienst in der Apotheke an.«

»Wenn du willst, begleite ich dich«, schlug er vor.

»Ich finde meinen Weg schon allein«, entgegnete sie barsch. »Wenn du nicht aufgetaucht wärst, hätte ich noch Kasia mitschleppen müssen. Weißt du, was mein Chef für eine Miene macht, wenn sich jemand Externes im Medikamentenraum aufhält? Ich bin noch nicht lange aus der Stadt zurück«, erklärte sie in einem Atemzug. »Ich war mit Kasia bei meinen Eltern. Ich soll dich von ihnen grüßen«, rief sie kurz darauf noch aus der Küche herüber, während sie die Auflaufform mit dem überbackenen Reis zum Aufwärmen auf den Gasherd stellte.

»Ich hab Flugzeuge gesehen«, platzte Kasia heraus, die noch immer die Hand ihres Vaters umfasst hielt. »So groß wie ein Haus, riesig! Und dann, als die Feuerwehrleute angefahren kamen, hat mir Mama drei Kugeln Himbeereis spendiert.«

»Das ist toll. Ich mag Himbeereis auch sehr gern.« Jakub zog sein Jackett aus und hängte es über den Stuhl. »Und was gab's sonst noch, mein Mäuschen?«

»Deg ist total böse auf dich. Er ist in seine Hütte gekrochen und will überhaupt nichts mehr fressen, stimmt's, Mama?«

Als Anna den Teller mit dem heißen Auflauf auf den Tisch stellte, berichtete er ihr von dem Fatum, das ihn verfolgte.

»Was denn für ein Fatum?« Sie hatte wohl nicht richtig zugehört. »Hab ich das vielleicht nicht lange genug aufgewärmt?«

»Doch, doch, es ist perfekt, Liebes. Ich könnte ein Pferd mitsamt Hufen verschlingen«, scherzte er. »Ich meinte den Zirkus. Bist du nicht der Ansicht, dass diese Einladung irgendwie seltsam ist?«

»Diese Zirkusleute sind unverschämt aufdringlich. Anscheinend wissen sie nicht, wohin mit ihren Karten«, versuchte sie, die Angelegenheit zu bagatellisieren. »Mir gehen diese sadistischen Tierdressuren und die infantile Jongleurin auf die Nerven. Da ist mir das miserabelste Theaterstück hundertmal lieber, aber wenn du willst, dann kannst du natürlich ...«

»Gehen wir nun zusammen hin?«, fragte Kasia ungeduldig. »Ala Piątkowska sagt, in dem Zirkus ist alles schrecklich, schrecklich fein. Sie war vorgestern da, und sie sagt, eine Frau ist auf Seifenblasen zum Himmel geflogen, und ein Mann hat sich bei lebendigem Leibe durchsägen lassen, und dann ...«

»Unglaublich!«, erwiderte Stern und streute noch eine Prise Zimt auf seinen Auflauf.

»Herr Piątkowski ist Lehrer«, ergänzte Anna in verändertem Tonfall. »Er hat Ferien und treibt sich nicht wie dein Papa tagtäglich in irgendwelchen obskuren Dörfern herum.«

Stern, der von dem unerwarteten Vorwurf überrumpelt war, verging schlagartig der Appetit. Er legte die Gabel nieder und suchte nach einer Erwiderung.

»Der Herr Redakteur fühlt sich doch nicht etwa auf den Schlips getreten?«, kam sie ihm zuvor.

»Sagen wir besser, er ist solche Beleidigungen gewöhnt. Vor dem Kind Szenen zu machen, scheint dir wirklich Vergnügen zu bereiten.«

»Dich frisst dein Ehrgeiz noch mal auf. Ich kann in diesem Hause kein Wort mehr sagen, ohne dass du dich gleich wie ein empfindsames Fräulein gebärdest. Außerdem, wenn du in einem ungünstigen Moment anrufst, musst du dich weiß Gott nicht vor mir rechtfertigen.«

»Ja, aber ...«

»Dein Bekannter hat übrigens eine interessante Stimme. Wer war denn das?«

»Murof, der Dorfschullehrer«, entgegnete er verdrossen.

»Dein Murof kann im Gegensatz zu dir wenigstens zuhören.«

Einen solchen Kommentar hatte Stern nicht erwartet. Ihm kam das perverse Lächeln des Lehrers wieder in den Sinn, während er Anna zuhörte, und er spürte Bitterkeit in sich aufsteigen.

»Wir gehen in den Zirkus, wenn du willst«, wandte er sich an Kasia und ließ Anna bewusst außen vor. »Jetzt muss Papa etwas schreiben, aber in einer Stunde gehen wir noch mal mit Deg spazieren.«

»Das ist der beste Ausweg«, stichelte Anna weiter. »Entweder zum Teufel fahren oder sich im Zimmer einschließen und auf dieser bescheuerten Maschine herumhämmern. Wenn du nicht da bist, macht sich ja zu Hause alles von allein.«

»Zeigst du mir das Schattentheater?« Das kleine Mädchen versuchte, aus dem Streit der Eltern Profit zu schlagen.

Anna sah Jakub strafend an. »Da kann man sagen, was man will, du hast sie wahrlich phantastisch erzogen«, schnaubte sie wütend und setzte gleich darauf, an Kasia gewandt, boshaft hinzu: »Dein Vater macht doch alles für dich. Findest du das nicht selbst komisch, dass so ein großes Mädchen wie du noch mit so einem Theater spielt? In zwei Wochen kommst du in die Schule. Schämst du dich nicht? Ala Piątkowska liest schon ganz allein in ihrer Fibel.«

»Das weiß ich wohl besser als du!«, rief Kasia und rannte weinend aus dem Wohnzimmer. Nur noch eine halbe Stunde, dachte sie, dann geht die Stiefmutter fort, und ich bin wieder mit Papa allein.

Anna war gegangen, ohne sich zu verabschieden. Der umgestürzte Hocker und der Bambusschuhlöffel im Korridor zeugten deutlich von ihrer Wut. Jakub war sich keiner Schuld bewusst. Er hatte sich mittlerweile schon an ihre Ausbrüche gewöhnt. Nach Peterchens Tod hatte sie einen Nervenzusammenbruch gehabt. Sie brachte es fertig, eine Untertasse gegen die Wand zu feuern, nur weil ihre Lieblingstasse zu Boden gefallen war, oder mit der Schere eine neue Bluse zu zerschneiden, weil sie fand, dass dieses elende Leben ihr etwas schuldig sei. Später schämte sie sich dann für ihre Aussetzer, vielleicht bedauerte sie diese sogar. Jedenfalls war sie danach bemüht, um jeden Preis seinen bohrenden Fragen zu entrinnen. Sie lief vor allem davon.

Sie war fort, also hätte er für eine Weile Ruhe. Er ergriff

die Situation beim Schopf und schloss sich in seinem Arbeitszimmer im ersten Stock ein, um den Text, den er sich bereits im Geiste zurechtgelegt hatte, zu Papier zu bringen. Er schrieb mit leichter Hand, so, als notiere er Sätze, die ihm jemand diktierte, und innerhalb einer knappen Stunde war er mit dem Artikel fertig. Gerade hackte er die letzten Worte in die Maschine, als Brodacki erschien. So, wie sie es verabredet hatten, war er gekommen, um die Reportage abzuholen. Stern zog den Bogen heraus, steckte alles zusammen in einen Umschlag und reichte ihn dem Praktikanten.

Der frisch gebackene Journalist war überglücklich. Die Müdigkeit war aus seinen Zügen gewichen. Schon auf der Treppe prahlte er damit, wie großartig Krösus alles gefunden habe. Die Fotos, die er entwickelt hatte, waren erschütternd. Selbst ohne eine einzige Zeile Text würden sie den Leser einfach überwältigen. Der Chef war geradezu in Ekstase geraten vor Begeisterung über die Aufnahmen von der Leiche und hatte mit einem anerkennenden Zungenschnalzen Brodacki versprochen, wenn der Text ebenso umwerfend wäre, würde er alles sofort freigeben. Die erste Montagskolumne hatte er natürlich für den patriotischen Umzug reserviert (mit dem skurrilen Bild des Zirkuswagens), die zweite war den Olympischen Spielen in Berlin vorbehalten, die dritte aber gehörte ihnen voll und ganz!

Der Praktikant verabschiedete sich und rannte zum Wagen, und Jakub und Kasia waren wieder allein.

Es war ein warmer Augustabend. Die Sonne war hinter Kleparów untergegangen, und über Pohulanka senkte sich die Nacht herab. Irgendwo in den Büschen hinter dem Haus zwitscherte eine Amsel. Stern spähte durchs Fenster und versuchte sie auszumachen. Die Buchen reckten ihre schwarzen Kronen zum Himmel empor. Hinter einem dicken, reich verzweigten Ast verbarg sich ein hässlicher, flechtenüberzogener Mond. Er erinnerte an das Gesicht eines Mörders.

Ein Mördermond, dachte Jakub, und sofort erwachte in ihm der Wunsch, in diese bleiche, vorwitzige Fratze hineinzuschlagen. Während er noch über eine solche Möglichkeit nachdachte, erklang aus einem der Nachbarhäuser frivoles Lachen. Eine Frau stöhnte immer wieder ganz laut: »Uuuh Jesuuuu, uuuh Jesuuulein! Uuuh Lie-ie-iebling! Jaaah, jaaah!« Als Stern dies zufriedene Frauengestöhn hörte, schloss er das Fenster und zog die Vorhänge zu.

Kasia musterte ihren Vater unverwandt. Sie wartete darauf, dass er sein Versprechen einlösen und das in einer Holztruhe auf dem Dachboden verstaute Theater hervorholen würde. Stern, von ihren Blicken genötigt, stellte dann auch ein paar Minuten später die verstaubte Wunderkiste auf den Tisch. Er wischte mit einem feuchten Lappen darüber und verwandelte sie gleich darauf mit ein paar geschickten Handbewegungen in ein Märchentheater. Die kleine Bühne, die er als Kind von seinen Eltern bekommen hatte, stand, und als auch der Pergamentvorhang an den kleinen Nägeln hing, hielt eine Zauberwelt in ihr Haus in Pohulanka Einzug.

Seit ihrer letzten Vorstellung im Winter hatten die papiernen Figuren, der aus schwarzer Pappe ausgeschnittene Wald, das Schloss und der Fluss in einem Säckchen aus Segeltuch gewartet. Kasia liebte den Moment am meisten, wenn der Vater die Kerze angezündet hatte und zum Schalter ging, um das Licht auszumachen. Dann zog das schwankende Flämmchen die vergessenen Helden auf die Bühne. Da war der Räuber mit seinem hohen Hut, der so böse mit den Beinen zappelte, wenn man an der Schnur zog, oder die dressierte Katze, die mit dem Schwanz wackelte und laut miaute, wenn sie es wollte.

Unverhofft, wie in einem richtigen Märchen, drängten die Schauspieler auf die Bühne und begannen, mit ihrer und ihres Vaters Stimme zu sprechen. »Sag was, so sag doch was«, brachten sie sich in Erinnerung, oder sie riefen: »Ich verstehe nichts, ich verstehe überhaupt nichts!« Sie waren wütend, so, als hätten sie in der grünen Kiste speziell auf diesen einen Abend gewartet, der über ihr Leben entschied. Als Kasia, die Däumelinchen spielte, den Räuber fragte, wie er heiße, antwortete Stern mit tiefer Stimme und ohne zu zaudern: »Murof.« Dieser Name war ohne jedes Nachdenken über seine Lippen gekommen, aber Kasia bekam es wie das echte Däumelinchen mit der Angst und begann zu weinen. Doch Stern ließ nicht locker. »Ich bin der böse Murof, und gleich nehme ich dich mit in den Wald. Du musst mit mir dorthin gehen«, rief er, dämpfte aber sofort die Stimme, weil das laute Weinen seiner Tochter ihn erschreckte.

Als er das Licht wieder anschaltete, saß Kasia mit geballten Fäusten unterm Tisch. Sie weinte immer noch.

»Das ist doch nur ein Spiel«, versuchte er, sie zu beschwichtigen. »Es ist nur ein Spaß im Märchen.«

»Pack diesen blöden Murof weg!«, schmollte sie. »Bring ihn schleunigst zurück auf den Speicher.«

Jakub aber hatte sich für den Räuber eine härtere Strafe ausgedacht. Er hielt die Papierfigur an die brennende Kerze und sah zu, wie die gefräßige Flamme bereitwillig an den gespreizten Beinen leckte.

»Lass das!«, schrie das kleine Mädchen entsetzt. »Das tut ihm doch weh. Nun wird er sich an uns rächen.«

Stern rettete den angesengten Rumpf und löschte mit seinen speichelbenetzten Fingern die Kerze. Anschließend klopfte er die Asche von Murof ab und packte ihn zusammen mit den anderen schweigenden Darstellern zurück in den Segeltuchsack. Ohne eine neuerliche Aufforderung Kasias abzuwarten, trug er das Schattentheater auf den Boden zurück und verschloss es in der blechbeschlagenen Holztruhe. Dann setzte er, um seine Tochter zu beruhigen, wie in früheren Jahren die italienische Spieluhr in Gang, die sie so liebte.

Er öffnete den bernsteingeschmückten, rechteckigen Deckel. Drückte das Zahnrad gegen die Walze und überprüfte mit einem Finger den Spielkamm. Er befestigte die kleine Kurbel an der Seite und zog die verborgene Feder bis zum Anschlag auf. Die sanfte Melodie ›O Mamma mia cara‹ wiegte die Kleine in den Schlaf.

Es ging schon auf neun Uhr zu. Stern stieg gemächlich aus dem Bett und öffnete das Fenster. Schon der erste tiefe Atemzug verdarb ihm seine gute Laune. Der Südwind trug den Malzgeruch aus der Brauerei Klein nach Pohulanka herüber. Er hasste deren Geruch wie die Pest. Insbesondere im Sommer litt er unter dieser Belästigung aus der Nachbarschaft. Anna tat es als Grille ab. »Du wirst mir doch nicht weismachen wollen, Liebster«, hatte sie erst einige Tage zuvor gesagt, »dass der Geruch aus der Brauerei ärger ist als der Gestank von Proderminsalbe. Dieses eklige Zeug kriegt man nicht mal beim Waschen von den Händen. Aber wir könnten natürlich ins Zentrum ziehen, wenn du dir das leisten kannst.« Diese kleine Boshaftigkeit, die ihm jetzt wieder einfiel, brachte ihn dazu, seine täglichen Pflichten in Angriff zu nehmen. Er schlug das Fenster zu, schlüpfte in seine Pantoffeln und zog den Morgenrock über. Bevor er ins Erdgeschoss hinunterging, warf er noch einen kurzen Blick in sein Arbeitszimmer. Er musste die Antwort auf eine Frage finden, die ihn beschäftigte. Er trat an den Schreibtisch und öffnete eine Schublade. Dann legte er den mit einem Leinenlappen umwickelten Gegenstand auf die Platte, schlug das erdverschmutzte Tuch auseinander und betrachtete das kleine stählerne Hufeisen. Interessant war nicht nur sein Aussehen, sondern vor allem seine Größe. Er wollte das Hufeisen schon direkt an seine nackte Ferse halten, aber bei der Vorstellung, dass das kalte Metall seine Haut berührte, schauderte ihn. Also dachte er sich etwas anderes aus. Er holte ein hölzernes Lineal aus der unteren Schublade, maß seine linke Ferse, hielt das Lineal anschließend an das Hufeisen und las dessen Breite und Länge millimetergenau ab. Achtundfünfzig zu sechzig Millimeter. Er verglich die beiden Werte noch einmal miteinander. Kein Zweifel, es war genau seine Größe.

Sowohl die außergewöhnliche Form wie auch die Größe legten den Schluss nahe, dass das Hufeisen auf persönliche Bestellung gefertigt worden war. Jemand hatte irgendwo diese Bestellung aufgegeben, dafür bezahlt und die Ware abgeholt. Aber wer? Es gab noch eine andere, allerdings wenig wahrscheinliche Hypothese, nämlich dass dieser Jemand das Hufeisen selbst geschmiedet hatte. Aber diese Möglichkeit war wohl ausgeschlossen, denn die präzise Ausführung bewies, dass es von fachkundiger Hand stammte.

Nachdem Stern die Mehrheit seiner Fragen beantwortet sah, ging er zufrieden hinunter zu seiner Tochter.

»Papa ist aufgestanden, Papa ist endlich aufgestanden! Wartet hier brav auf mich!«, sagte sie zu ihren im Halbkreis aufgereihten Puppen. »Papa macht mir Frühstück, ich komme bald wieder zu euch.«

Er begann, fröhlich zu singen: »Herr Richter nimmt einen Trichter, und da durch gießt er ...«

»Kakao, Ha-zwei-O ...!«, ergänzte Kasia sofort.

Während das kleine Mädchen frühstückte, ging Jakub ins Bad, um sich zu rasieren. Ein Bein auf den Hocker gestützt, lächelte er seinem Ebenbild zu und wartete auf dessen Reaktion. Dieser Kerl da im Spiegel hat keinen Funken Humor, dachte er, dafür aber geplatzte Äderchen in den Augen. Der sollte mal ein bisschen kürzertreten. Auf jeden Fall mal ein bisschen vom Gas gehen, wie Anna es auszudrücken pflegte.

Stern wischte sich das Gesicht mit einem Leinenhandtuch ab und cremte sich ein. Als er aus dem Bad kam, vermeldete Kasia, die sich gerade das Rührei vom Kinn leckte, sie habe alles aufgegessen.

»Du bist ein Prachtkind«, lobte er sie. »Jetzt werden wir ...«

»Uns anziehen«, beendete sie an seiner Stelle resolut den Satz. »Du hast gestern zu mir gesagt, dass wir am Sonntag zusammen zur Kirche gehen.«

»Und heute sage ich, dass wir nach der Messe bei Mama in der Apotheke vorbeischauen«, sagte Stern und fügte, den Widerwillen in den Augen seiner Tochter gewahr, eilig hinzu, sie würden danach auch schon mal den Zirkus von außen anschauen gehen.

Dieses Versprechen überzeugte Kasia. Sie nahm ihre Handschuhe, das weiße Täschchen und den Strohhut vom Tisch und musterte sich anschließend im Dielenspiegel. Nach einer Weile erschien Stern in seinem beigefarbenen Anzug, frisch gekämmt und duftend. Er hatte einen Knochen vom Mittagessen des Vortags in der Hand, den er Deg zuwarf, bevor er die Pforte schloss. Hand in Hand traten sie in ihrem Sonntagsstaat auf die Straße hinaus.

Da sie ein rasches Tempo vorlegten, erreichten sie die Kirche der Heiligen Jungfrau von Ostra Brama in einer knappen halben Stunde. Bevor sie eintraten, warf Kasia einer Bettlerin fünfzig Groschen in den Becher. Jedes Mal, wenn sie das tat, war sie beschämt und aufgeregt zugleich.

Sie kamen gerade richtig zum Beginn der Messe. Die Kirche war voll. Beide bekreuzigten sich und setzten sich in der letzten Bank an den Rand.

Die Predigt an diesem Sonntag war erhebend. Der Studentenchor sang ›Gott, schütze Polen‹ und anschließend das Tedeum.

»Diesen einen besonderen Tag bewahren wir für die künftigen Generationen Polens in unseren Herzen«, verkündete der Priester von der Kanzel. »Sie werden ihn begehen als ein Zeichen Gottes, von dem die Nation einst zehren wird.«

Die mit üppigen rhetorischen Schnörkeln ausgeschmückte Predigt zog sich in die Länge. Stern gähnte verstohlen. Er ließ seinen Blick zunächst über die versammelte Gemeinde wandern und anschließend hinauf zum Gewölbe. Gedankenverloren versuchte er, die Gestalt des Gekreuzigten aus ihrem Schatten zu lösen. Vom Altar schweifte sein Blick zu den bunten Glasfenstern des Seitenschiffes hinüber. Neben der in Orangetönen gehaltenen Rosette erregte die Gestalt eines Heiligen in einem bodenlangen violetten Mantel sein Augenmerk. Das lockige Haar und der kurze Bart erinnerten ihn an Hillel und den Traum, der ihn am Morgen in Unruhe versetzt hatte. Den Traum von einem Traum zu träumen – das war schon recht seltsam. Warum hatte er den Traum seines Freundes geträumt? Er erinnerte sich, dass er ihn für den Bruchteil einer Sekunde, kurz bevor er die Augen aufschlug, mit journalistischer Präzision vor sich gesehen hatte. Er war in der Wohnung der Gräfin Svetlana Solowjowa in Pijarów, die er aus Samuels Erzählungen kannte. Ein geräumiges Zimmer mit Blick auf den russischen Friedhof. Schwere Vorhänge, blank gebohnerter Parkettboden aus Ahornholz und ein versilberter Samowar, der aus Twer stammte.

Stern sprach mit der Gräfin. Er hörte sich ihre Nörgeleien, ihren Gesang und ihren Husten an. Ein Operettenlibretto: Die alte Gräfin wendet ihm den Rücken zu und schnürt in seiner Gegenwart ihr altmodisches Korsett auf. Die Kräfte verlassen sie. Ein tiefes Röcheln, als betätige sie eine Klosettspülung. Sie wirft die Krinoline von sich und den fischbeinverstärkten Unterrock. Noch ein heftiger Hustenanfall, und sie ist frei. Frei wie ein Fisch. Jetzt dreht sie sich um und wartet mit vorgestrecktem Bein, dass er (Stern oder Hillel?) ihr die Zigarette anzündet. Die teerüberzogene, gläserne Zigarettenspitze bewegt sich wollüstig in ihren Mund hinein und wieder hinaus. Immer schneller! Anstößige Gesten, als seine Hand sich gewaltsam in ihre knielangen Seidenunterhosen schiebt ...

Das war Samuels frivoler Traum. Er hätte ihn träumen sollen. Stern kannte die Gräfin Solowjowa nur aus seinen Erzählungen. Ihre Seufzer und ihr Weinen, wenn sie reglos, durch die Krankheit ans Bett gefesselt, darum bat, man möge ihr die Kissen aufschütteln, wenn sie mit einem Blick flehte, man möge ihr den aus der Nase quellenden Rotz vom Mund abwischen. Die Bälle und Abendgesellschaften, auf denen sie bei Grischa Fox Turgeniew, den Schwarm aller Frauen, kennengelernt hatte. Und noch etwas, was Hillel ein paarmal flüchtig erwähnt hatte: den würzig-warmen Duft brennender Zimtstangen, der den Geruch nach altem Schweiß übertünchen sollte. Ein Bukett aus behelfsmäßigen Räucherstäbchen, hatte Samuel erzählt, einfach in eine Kartoffelhälfte gesteckt. Ein Rest Champagner in einer Flasche. Ein Rest Kaviar auf einem Kristallteller. Der Rest vom Traum seines Freundes.

Die Messe ging zu Ende. Doch die Weisheit Salomos rumorte weiter in Sterns Kopf und verstärkte sein schlechtes Gewissen. »Des Menschen Herz erdenkt sich seinen Weg; aber der Herr allein gibt, dass er fortgehe.«

Aus dem kühlen Kircheninneren trat er mit Kasia auf die sonnenüberflutete Straße. Es war Mittag. An der Straßenbahnhaltestelle kommentierten zwei grauhaarige Herren die Wahl des neuen Rektors der Technischen Hochschule, und ihre Frauen disputierten über einen Roman.

»Findest du nicht, Jadzia, dass er da übertrieben hat?«

»Entschuldige, aber da bin ich anderer Ansicht. Ich kenne mehr als einen, der sich genauso an die Macht gedrängt hätte wie dieser schamlose Dyzma.« Das Gespräch brach ab. Die blaue Straßenbahn fuhr an der Haltestelle ein. Aus dem ersten Wagen stiegen ein dicker Eisenbahner mit einer Aktentasche, hinter ihm drei Soldaten, die Ausgang hatten, und eine schwitzende Nonne. Die diskutierende Gesellschaft stieg vor Stern und Kasia in den zweiten Wagen.

Jakub kaufte Fahrkarten beim Schaffner. Von der hinteren Plattform aus beobachteten er und Kasia, wie Häuser, Bäume und Menschen hinter ihnen zurückblieben. Nach einer Viertelstunde gelangten sie in die Grottgerstraße und stiegen aus. Rund fünfzig Meter hinter der Haltestelle befand sich im dreistöckigen Haus »Zur Waage« eine der ältesten Apotheken der Stadt, die Kronen-Apotheke. Als sie vor der Tür standen und die Klinke herunterdrückten, stellten sie fest, dass die Apotheke geschlossen war.

»Papa, wo ist denn Mama?«, fragte Kasia.

Stern antwortete nicht. Das Gesicht an die Scheibe gepresst, versuchte er hinter dem Verkaufstisch die vertraute Silhouette zu erspähen. Seine Neugier scheuchte einen Ordnungshüter auf. Wie aus dem Boden gewachsen, stand er neben ihnen.

»Was gibt's denn da zu gaffen, hä?«, schnauzte er den Journalisten an, als habe er einen ungezogenen Bengel vor sich. »Wolln sich wohl die Augen verderben, was? Kommen Sie Montag früh wieder, dann macht man Ihnen auf!«

Anna war nicht in der Apotheke. Sie hatte keinen Dienst. Hatte sie etwa gelogen? Stern war wütend. Er zog Kasia an der Hand mit sich fort und lief mit ungestümem Schritt bis zum Ende der Łyczakowska-Straße, wo auf einem Trainingsplatz des Sportclubs Sokół das Zirkuszelt aufgeschlagen war. Das schnelle Gehen und das Geschwätz seiner Tochter, die unaufhörlich etwas vor sich hinplapperte, linderten seine Wut. Auf der Hälfte des Weges machte ihnen bereits die Augusthitze zu schaffen. Kasia packte ihre weißen Handschuhe ins Täschchen und fächelte sich mit dem Strohhut Luft zu, so gut sie konnte.

Sie machten in einem Sommercafé Rast, tranken kalten Kwass, aßen leckere Eclairs, um danach frisch gestärkt ihren Weg fortzusetzen. Vor der Wiatrakowa-Straße bogen sie links ein und gingen durch das Tor. Als sie am ziegelgepflasterten

Handballplatz vorbeikamen, erblickten sie schließlich das über den Wipfeln der Bäume aufragende große Zirkuszelt.

Es war von bunten Wagen umringt, neben denen an der Deichsel festgebundene Zugpferde, ein scheckiges Lama und ein speicheltriefendes Kamel grasten. Die mächtigen Seile, die das Zeltdach spannten, erinnerten an ein bis zum Boden reichendes Spinnennetz, aus dem am Abend eine riesige behaarte Spinne hervorkriechen würde. Dieses kunstvolle Netz schützte ein Holzzaun aus transportablen Segmenten. Kaum waren sie dort angelangt, als dahinter auch schon ein erschreckend mageres Mädchen erschien. Sie hatte kohlrabenschwarzes Haar, eine leicht gebogene Nase und tiefbraune Haut. Sie kam sofort zur Sache.

»*Ciao!* Willst du dich mit mir anfreunden?«, fragte sie mit seltsamem Akzent und presste den Kopf gegen die Zaunstäbe.

Das war ein derart überraschender Vorschlag, dass Kasia ihren Vater ängstlich ansah.

»Meine Güte, ich fress dich schon nicht!«, erklärte die Kleine empört, machte einen gekonnten Handstand in ihrem karminroten Kostüm und zeigte dabei ihre dürren Beine. Während sie die beiden von unten her beäugte, rief sie gedehnt: »*Paola, Paola, rapido!*«

Auf ihren Ruf kam folgsam ein australischer Strauß herbei. Das Mädchen rollte sich über die Schulter ab und kam mit einer einzigen Bewegung wieder auf die Beine, ging leicht in die Knie und sprang dem Strauß in den Sattel. Als sie jetzt von oben auf Kasia und ihren Vater herabsah, begann sie ein merkwürdiges Gespräch mit ihnen. Sie hielt den Blick auf Stern gerichtet, obwohl sie die ganze Zeit mit Kasia sprach.

»Ich heiße Gisella, und du?«, fragte sie, an den Hals des Vogels geschmiegt.

»Kasia«, erwiderte Sterns Tochter und wurde krebsrot im Gesicht.

»Kaśka, Kaśka«, wiederholte das Mädchen. »*Va bene!* Du musst dir unbedingt meine und Paolas Nummer ansehen.«

Darauf gab Kasia stolz bekannt, sie hätten Karten für die Vorstellung am Donnerstag.

»Ihr habt also schon Karten?«, fragte Gisella mit einem entwaffnenden Lächeln.

Stern wurde zornig. Zahllose Fragen drängten sich ihm wieder ins Bewusstsein, auf die er keine Antworten finden konnte. Er hatte keine Lust herumzuraten, wer jene rätselhafte Person sein mochte, die die Frechheit besaß, so einfach über seine Zeit zu verfügen. Er packte seine Tochter bei der Hand, entschlossen, diese müßige Diskussion zu beenden.

Gisella fixierte ihn die ganze Zeit aus ihren kastanienbraunen Augen und erkundigte sich schließlich mit Unschuldsmiene:

»Also wollen Sie unseren berühmten Zirkus gar nicht sehen?«

Kasia protestierte sofort.

»Doch, natürlich wollen wir das. Stimmt's, Papa, wir wollen doch, oder?« Und plötzlich, als fürchtete sie, Gisella würde ihnen den Rücken kehren, stellte sie ihr die nächste Frage:

»Fliegst du auf den Seifenblasen?«

»Paola, Schluss damit! *Adesso basta!*«, schrie die Kleine und fasste den Strauß beim Schnabel. »Das erfährst du alles, wenn du kommst. Und du sollst auch wissen, Kaśka, dass dieser Zirkus meiner Großmutter gehört«, plapperte sie weiter. »Sie wird euch erzählen, dass ich die Mühle in Brand gesteckt und Anda herausgelassen habe, aber glaubt ihr nicht. Ariel ist eine Hexe. Gestern hat sie in der Arena nackt beim Schein einer Kerze getanzt.«

Das Geplapper des Mädchens verstörte Stern. Sie redete wie eine alte, verbitterte Frau. Jakub wollte Kasia ein weiteres Mal mit sich fortziehen, aber Gisella erriet seine Gedanken.

»Ich bewundere Max Cianti, obwohl er erwachsen ist«, begann sie von Neuem. »Heute hat er sich wieder beim Rasieren geschnitten. Ich habe den Blutstropfen gesehen, der ihm elegant wie eine Ballerina zum Kinn hinabgelaufen ist. Max hat ihn mich ablecken lassen. Er ist aus Eisen, ich schwöre es. Ich mag es, wenn er sein Rasiermesser am Handtuch abwischt und in das hölzerne Etui zurücklegt. Dann spült er den Pinsel aus und wickelt die Seife in einen Lappen. Max sagt, ohne seine Lavendelseife gibt es für ihn keinen Auftritt. Er hat immer Angst«, erklärte sie und sprang von ihrem Strauß herunter. »Immer erinnert er sich an Fogg und die schreckliche Schande, als er versuchte, Schauspieler zu werden.«

»Hat er etwa vom Theater zum Zirkus gewechselt?« Stern konnte seine Verwunderung nicht verbergen.

»Nach dieser verdammten Rolle hätten Sie das auch getan. Er wartete ruhig in seiner Garderobe, als plötzlich … Als er nach dem Klingelzeichen auf die Bühne lief, hat ihm der besoffene Souffleur aus Spaß ein Bein gestellt. Max ist wie eine lahme Krähe zu Boden gegangen. Er hat sich in der Dekoration verheddert und konnte nicht mehr aufstehen. Er hat sich hin und her geworfen und geflucht, bis ihm der Hals wehtat. Er, so ein Klotz, der jeden Abend Hufeisen verbiegt, war hilflos wie ein Kind. Überall lag Staub. Dicke, große Flocken. Da hat er einen Asthmaanfall bekommen, und aus war es mit seiner Rolle!«

»Eine echte Blamage«, bekannte Stern.

»Hab ich's nicht gesagt?«

»Und was geschah dann?«, fragte Kasia und musterte Gisella, die ihre Arme ausstreckte und sich in einen Baum verwandelte, voller Bewunderung.

»Jetzt spricht der Baum zu euch, seht ihr?« Sie lachte und bewegte wiegend ihre Schultern. »Der Baum sagt, dass Max unseren Zirkus schließlich lieben gelernt hat. Besonders den

Pfau Igor, der neunundsiebzig Federn hat, und meine Paola, die mit einem Hund, einer Ratte und einer Amsel in der Manege im Kreis trabt. Alles wird gut«, tröstete sie Stern. »Sie brauchen sich keine Sorgen zu machen.«

»Worüber mache ich mir denn Sorgen?«, wollte er wissen.

»Um alles«, entgegnete sie mit eigenartiger Selbstsicherheit. »Sie müssen nur sofort nach Hause gehen.«

Stern lachte. Die Bemerkung des altklugen Mädchens amüsierte ihn. Er wäre ihr nie begegnet, wenn nicht Anna gewesen wäre. Wenn sie ihn nicht irregeführt hätte, wäre er mit Kasia sicher einen anderen Weg gegangen. Er wollte sie noch etwas fragen, aber Gisella sprang von ihrem Strauß herunter, stieß ihn dabei mit ihren bloßen Füßen in die Seite und verschwand zwischen den bunten Wagen.

»Dein Freund mit den Schläfenlocken war schon wieder hier«, sagte Anna statt einer Begrüßung, »und er lädt dich ganz herzlich auf eine trockene Mazze ein.«

»Tatsächlich?« Stern trat hinter ihr in die Küche, um ein bisschen mehr zu erfahren.

»Frag ihn doch selbst, was er genau von dir will«, erwiderte sie und wandte ihm den Rücken zu. »Ich hatte keine Lust, mit einem besoffenen Itzek Stille Post zu spielen.«

»Mit uns hast du es wahrhaftig nicht leicht«, sagte Stern und blinzelte wütend.

»Worum geht es dir eigentlich?«

»Um deinen Apothekendienst.«

»Mein Gott, fängst du jetzt wieder damit an.« Sie griff sich das Küchenhandtuch vom Hocker und trocknete sich die Hände ab.

»Wir wollten dich besuchen«, fuhr er fort, schwieg dann aber, als er sah, dass Kasia im Flur lauschte.

»Ich bin dir also ganz plötzlich wieder eingefallen«, warf sie ein und holte eine alte, hölzerne Mühle aus der Kredenz.

»Ich wüsste gerne, wo du gesteckt hast«, fragte er, seine aufsteigende Wut bezähmend.

»Ich glaube, mein lieber Mann, du bist eifersüchtig. Seh ich das recht?«

Er antwortete nicht.

»Du hast vor verschlossener Tür gestanden?« Sie spielte mit ihm wie die Katze mit der Maus, während sie den Kartoffelkuchen mit Pfeffer abschmeckte.

»Willst du dich über mich lustig machen?« Er senkte die Stimme.

»Ich kann dir alles bis ins Kleinste erzählen. Bis Mitternacht drei blutende Halbstarke vom Nationalfeiertag, um eins eine Darmkolik, früh um drei ein Glassplitter im Auge und, Herr Redakteur …«

»Red doch keinen Blödsinn.«

»Ich habe Irene im Krankenhaus vertreten. Ich hatte noch einen Notdienst nach meinem eigenen Notdienst«, sagte sie, während sie die Kartoffelfüllung mit der Messerspitze kostete. »Ihr Sohn hat sich eine Angina eingefangen. Ich hätte anrufen können, ich weiß. Aber ich wäre im Traum nicht auf die Idee gekommen, dass du dir um mich Sorgen machst.«

Stern setzte sich auf die Stuhlkante. Aufmerksam sah er zu, wie sie, über den Tisch gebeugt, Speck würfelte und in die Pfanne gab. Er machte sich Vorwürfe, dass er sie zu Unrecht verdächtigt hatte. Als ihm Gisellas Worte wieder einfielen, musste er unwillkürlich lachen.

Sie hob den Kopf.

»Was ist denn daran so komisch, Kuba? Gestern bist du erst in allerletzter Sekunde heimgekommen und hattest überhaupt keine Lust auf ein Gespräch.«

»Du hast damit angefangen.«

»Ich oder du, lassen wir das jetzt mal beiseite. Ich bin fix und fertig«, sagte sie und zündete das Gas in der Backröhre an. Dann setzte sie sich an den Tisch, schloss vor Müdigkeit die Augen und verharrte eine Weile reglos, während sie dem gleichmäßigen Geräusch des brennenden Gases lauschte.

»Wir haben den Zirkus gesehen«, rief Kasia stolz vom Flur her. »Und ein Mädchen auf einem Strauß hat mir erzählt, dass ...«

»Ich hätte diesen Notdienst nicht übernehmen dürfen.« Anna war immer noch in ihre eigenen Gedanken vertieft.

»Hörst du? Kasia will dir erzählen, dass wir zum Zirkus auf dem Sokoł-Sportplatz gelaufen sind«, erklärte Stern und beobachtete Anna, die ihre Finger keine Sekunde ruhig zu halten vermochte und jetzt an ihren goldblonden Haarsträhnen zupfte.

»Ja genau, Zirkus«, sie reagierte wie ein Automat. »Ich hatte auch einen ziemlichen Zirkus. Eine furchtbare Nacht. Notdienst im Krankenhaus. Sie haben einen betrunkenen Typen gebracht. Der junge Kerl hat sich mit dem Rasiermesser zerfetzt, weil ihm irgendeine Alicja den Laufpass gegeben hat. Drei Stunden haben sie ihn genäht. Ich habe den ganzen Gazevorrat aus der Krankenhausapotheke holen müssen. Ich dachte mir, wenn du vielleicht ...«

»Ja?« Er sah in ihre vor Müdigkeit halb geschlossenen Augen.

»Auf den Kartoffelkuchen aufpassen könntest und anschließend mit Kasia zu Hillel gehen, vielleicht war es ja wichtig ...« Sie brach ab und gähnte. »Geh ruhig, Kuba. Ich lege mich ein bisschen aufs Ohr.«

Gesättigt von dem köstlichen Kartoffelkuchen und zufrieden, dass sie erneut zu zweit waren, machten Stern und Kasia in der Zielona-Straße 15 halt. Das weit geöffnete Fenster deutete darauf hin, dass der Hausherr daheim war, aber was bedeutete der Bambuskäfig auf dem Fensterbrett?

Ist er nun da oder nicht?, grübelte Stern, als er zum wiederholten Male auf den Klingelknopf drückte. Als er schon im Begriff war, wieder fortzugehen, gewahrte er schließlich am Fenster den dunklen Haarschopf. Hillel gähnte so fürchterlich, als wolle er die ganze Stadt verschlingen.

»Wen sehe ich denn da!«, schrie er mit seiner lauten Bassstimme aus dem ersten Stock herunter. »Den Herrn Redakteur Stern in eigener Person, den ersten Spezialisten in dieser Stadt für Leich...« Er unterbrach sich.

Es verging eine halbe Ewigkeit, bevor der irgendein Gebet murmelnde Hillel schließlich an der Tür erschien. Das Schloss gab ein entsetzliches Geräusch von sich, ein stählerner Riegel wurde quietschend zurückgeschoben, und auf der Schwelle erschien Samuel in einem dunkelgrünen, völlig zerknitterten Morgenrock. Er hatte verquollene Augen. Er war bleich. Um die Stirn hatte er ein feuchtes Handtuch zu einer Art Turban gewickelt. Die roten Fransen, die ihm ins Gesicht hingen, sahen aus wie gefärbte Schläfenlocken.

»Mir platzt gleich der Schädel, Kuba! Ich kann keinen Schritt mehr tun.« Er sah verwundert auf Kasia, die hinter dem Rücken des Journalisten hervorspähte. »Was steht ihr denn da herum? Bitte sehr!«

Der Empfang war nicht gerade herzlich. Stern schaffte es gerade noch, Kasia zuzuflüstern, dass sie gleich wieder gehen würden, als Hillel seine Gäste plötzlich von unten herauf anblickte. Durchaus möglich, dass er vor ein paar Stunden betrunken in Pohulanka erschienen war. Auch jetzt verströmte er noch einen grässlichen, mit Knoblauch vermischten Alkoholdunst.

Nachdem er sich wieder hochgerappelt hatte, ließ der Advokat seine Gäste allein und verschwand in der Küche. Das Zimmer hatte sich im Verlaufe von zwei Tagen bis zur Unkenntlichkeit verändert. Auf den Sesseln lag Garderobe verstreut, daneben der flüchtig hingeworfene ›Lemberger Kurier‹ und die zerlesenen ›Literarischen Blätter‹. Auf dem runden Tischchen mit dem fleckigen Tischtuch stand eine kristallene Salatschüssel, in der ein mit Zwiebelringen behangener Korkenzieher lag. Das dekadente Bild ergänzten Wachsflecken von der Schabbeskerze, die auf den Teppich getropft waren und nun eine Art Echsenschwanz bildeten. In diese chaotische Szenerie trat, schwer schnaufend, der Hausherr.

Kasias Gegenwart irritierte ihn, und er bemühte sich gar nicht erst, dies zu verbergen. Er stellte ein Tablett mit Vanille-Halwa vor sie hin und sann angestrengt darüber nach, womit er sich seine Ruhe noch erkaufen könnte. Erstaunt, dass das kleine Mädchen sein Lieblingsnaschwerk verschmähte, zog er schließlich die obere Schublade seines Schreibtisches auf. Er riss ein paar Blätter aus einem leeren Heft heraus, dann holte er aus der unteren Schublade einen Packen Buntstifte, die von einem Gummi zusammengehalten wurden.

»Da hast du eine anspruchsvolle Beschäftigung, mein Fräulein, und jetzt lässt du den Papa in Frieden«, erklärte er in einem Ton, der keinen Widerspruch duldete.

Er hatte Stern allein da haben wollen, sich vielleicht mit ihm betrinken. Die leere Flasche Pfefferwodka und das von Fingerabdrücken übersäte Glas waren ein sichtbarer Beweis seiner Verzweiflung.

»In der ›Megilla‹ steht: ›An der Art, wie du dir auf die Lippe beißt, erkenne ich, dass du ein Weiser bist.‹ An deiner ernsten Miene erkenne ich, dass du mich prüfen willst.«

Diese neunmalkluge Einleitung verhieß nichts Gutes. Ohne auf die Warnung zu achten, senkte Stern die Stimme und fragte:

»Woher wusstest du es? Woher wusstest du, dass er auf so grausame Weise am Baum endet?«

»Sei nicht albern, Sternchen. Ich habe lediglich gesagt«, Hillel hatte mit seiner schweren Zunge zu kämpfen, »dass die Kabbala der vertrocknete Baum der Erkenntnis ist. Kapiert? Es ist geschehen, was geschehen musste. Du hast den

Gehenkten und den Turm gesehen. Im Zirkus siehst du hundertmal mehr.«

»Also du warst das?«

»Ja, ich war das«, erwiderte Samuel sichtlich stolz auf sich. »Ich habe gewusst, dass du dich darüber freust. Ich empfehle euch besonders eine Nummer. Darin tritt die kleine Jüdin Gisella auf, die mich sehr, aber wirklich sehr interessiert. Nein, nicht auf diese Weise, mein Freund!« Er blickte Stern strafend an.

»Du meinst, sie ist ein begabtes Kind?«, hakte der Journalist nach.

»Hab ich gesagt, dass sie ein Kind ist?«, fragte Hillel und lachte hinterhältig. »Sie ist doppelt so alt wie wir beide.«

»Unmöglich.«

»Frag sie doch selbst! Sie behauptet, wir seien verwandt. Sie sagt, ihre Großmutter Ariel und mein Großvater mütterlicherseits seien sich einst begegnet und …«

»Ich kenne Gisella auch«, unterbrach Kasia die genealogischen Erläuterungen.

»Soso, sieh mal einer an … Aber du weißt nicht, dass Gisella aus Italien stammt. Ich vermute, sie hat hier eine spezielle Mission zu erfüllen.«

»Und die wäre?«

»Die Mosaiksteinchen musst du dir schon selbst zusammentragen. Auf jeden Fall hast du Material für deine Reportage. Sobald sie irgendwo mit ihrem Zirkus auftaucht, kommt es zu einem schrecklichen Blutbad.«

Stern bedauerte, dass er Hillel nicht nach Kurojad und Daniluk befragt hatte. Allerlei Zweifel drängten sich ihm wieder auf, aber er begriff, dass er sich ihnen selbst stellen musste.

»Kennst du auch meine Bestimmung?«, fragte Samuel, und wie es seine Art war, gab er gleich selbst die Antwort darauf: »Ich fahre zu Maria und Isaak nach Haifa.«

Stern versuchte, Blickkontakt mit Hillel aufzunehmen, aber dessen blutunterlaufene Augen waren unter den geschwollenen Lidern kaum zu erkennen.

»Warum sagst du nichts? Ich fahre nach Haifa!« Der Hausherr hob die Stimme.

»Ich glaube es nicht!«

»Dann glaub es eben nicht, du Ungläubiger!«, entgegnete der Advokat und rülpste laut.

»Noch vorgestern ...«, begann Stern, aber Hillel fiel ihm ein weiteres Mal ins Wort.

»Ich habe mich heute Nacht dazu entschlossen. Unumstößlich!«

»Ist irgendwas geschehen?«, mutmaßte der Journalist, während er beobachtete, wie Kasia mit völliger Hingabe eine phantastische Vision zu Papier brachte.

»Es heißt, das Unglück mache blind, aber ich habe klar gesehen! Seit heute bin ich frei! Keinerlei Verpflichtungen mehr. Keinerlei! Svetlana Solowjowa ist von dieser Welt gegangen«, verkündete er mit leiser Stimme und nahm das nasse Handtuch vom Kopf. »Gestern Abend hat die sklerotische alte Schachtel Feuer gelegt. Ich habe dir mindestens hundert Mal von ihren Schrullen erzählt. Dass sie Zimtstangen in eine Kartoffel gesteckt und angezündet hat. In ihrem Zimmer roch es wie am Altar der Isis.«

Stern fiel das abendliche Schattentheaterspiel mit seiner Tochter wieder ein. Die brennende Kerze, der aufdringliche Murof, die Rache, die Kasia angekündigt hatte, und auch sein späterer perverser Traum von der Gräfin. Zufall, oder hatte sich darin das Verhängnis angekündigt?

»Sie ist am Kohlenmonoxid erstickt«, schloss Hillel mit veränderter Stimme. »Der Herr Redakteur wünscht gewiss ein paar Einzelheiten. Bitte zu schreiben: Gegen dreiundzwanzig Uhr bemerkte der Nachbar aus dem Parterre Brandgeruch im Korridor. Fünf Minuten später wurden Hämmer und Brecheisen eingesetzt. Fachleute stemmten die Tür auf, die tüchtige Feuerwehr rückte an. Es gab mehr Rauch als Feuer. Der Wandschirm, der Wandteppich aus Wolle und das bepisste Federbett brannten. Weißt du, was der Feuerwehrmann gesagt hat? Dieser Kenner der Sieben Schmerzen klugscheißerte, es sei ein traumhafter Tod, an Kohlenmonoxid zu ersticken. Der Knochenmann zieht dir die Seele so sanft aus dem Leib wie ein Taschendieb auf der Łyczakowska-Straße deine Brieftasche. Hast du das aufgeschrieben?« Er unterbrach seinen Bericht und holte tief Luft, als söge er dichten Rauch ein. »Die Solowjowa hat mir ein Testament mit drei Punkten hinterlassen«, setzte er zu einem kleinen Exkurs an. »Erstens muss ich ihr ein orthodoxes Begräbnis ausrichten. Zweitens soll ich die Möbel, die Bilder und den Schmuck verkaufen und den Erlös für den Altar in der Sankt-Georgs-Kathedrale stiften.«

»Und drittens?« Stern war neugierig.

Hillel blickte den Freund an.

»Das ist ja gerade die Überraschung!«

»Was für eine?«

»Sie wartet auf dich, Sternchen. Dort.«

Jakub stand auf und trat ans offene Fenster, in dem der Bambuskäfig mit der reglosen Amsel stand. Der müde Vogel hatte ein Quäntchen Schatten gefunden, gerade genug, um sein schwarzes Köpfchen hineinzulegen. Von Zeit zu Zeit öffnete er sein linkes Auge und schloss es dann langsam wieder, als habe er nichts Betrachtenswertes entdeckt.

»Ich verstehe nicht.«

»Versprich mir«, sagte Hillel, den Blick auf den Rücken des Freundes geheftet, »dass du dich während meiner Fahrt nach Haifa um den Liebling der Gräfin kümmerst. Es ist ein hochempfindsames Tier. Nach den gestrigen Erlebnissen will es nicht fressen, geschweige denn singen. Also, wie steht's? Bist du einverstanden?«

Er sah Kasia an, die die ganze Zeit, ohne den Blick von ihren Blättern zu wenden, aufmerksam das Gespräch verfolgte. »Das Beste wäre«, bemerkte er schüchtern, während er einen Finger an die Nasenspitze führte, als wolle er so seine eigene Nüchternheit überprüfen, »wenn dieses bezaubernde kleine Persönchen sich gleich mit ihm anfreunden würde. Weißt du, worum es mir geht?«

»Ich weiß«, sagte Stern ohne Enthusiasmus.

»Ich erinnere mich noch, als dein Vater klein war ...«, begann der Advokat und betrachtete Kasia.

»Verschon sie mit deinen dummen Geschichten«, fuhr Jakub dazwischen, als er sah, wie seine Tochter auf Zehenspitzen zum Fenster schlich.

»Kluges, tapferes Mädchen!«, lobte Hillel. »Ja, genau so! Da muss man keine Angst haben.«

»Bitte, wie heißt dieser traurige schwarze Vogel mit dem gelben Schnabel?«

»Amsel«, entgegnete Hillel und erhob sich schwerfällig aus seinem Sessel. »Aber warum traurig?«

»Weil er nicht fröhlich ist«, gab Stern trotzig zurück und machte Samuel am Fenster Platz.

»Und weiter? Hat der Vogel keinen Namen?«, erkundigte sich Kasia resolut und sah Hillel an, der den Käfig vorsichtig vom Fensterbrett herunternahm.

»Sein Frauchen hat ihn Pierre gerufen«, erklärte er näselnd, während er den Käfig auf das Tischchen stellte. »Pierre ist das französische Wort für Peter, aber dieses schöne, wohlklingende Wort bedeutet auch Stein«, erläuterte er zufrieden. »Pierre schweigt beharrlich wie ein echter Stein, aber du kannst ihn natürlich auch anders nennen.«

»Man kann doch nicht einfach so den Namen wechseln!«, protestierte das kleine Mädchen. »Stimmt's, Papa? Pierre ist Pierre.«

»Richtig!«, pflichtete Samuel, der bereits wieder in seinem

Sessel versank und das nasse Handtuch an seine Stirn presste, ihr bei. Ein Weilchen beobachtete er Kasia, die gespannt um den Käfig herumstrich und ihn staunend beäugte. »Großartig! Danke, mein Lieber, dass ihr gekommen seid«, sagte er und gab deutlich zu verstehen, dass er den ermüdenden Besuch abkürzen wollte. »Mich hämmert es scheußlich in den Schläfen. Ich muss mich sofort hinlegen. Mein Gott, jetzt hätte ich es doch tatsächlich fast vergessen!«, rief er und wandte sich dann ganz sachlich an Stern: »Das Begräbnis der Solowjowa ist am Mittwoch in der Piaseczna-Straße. Sei unbedingt um sechzehn Uhr da! Du kannst dir nicht vorstellen, wie viel Nerven mich das heutige Gespräch mit dem Batjuschka gekostet hat. Heute Abend gehe ich wohl in die Synagoge. Aj-aj-aj, was bin ich nur für ein Dummkopf!«, sagte er weinerlich. Er schlurfte in seinen Pantoffeln in die Küche, um eine runde Blechdose mit aufgemaltem Segelschiff zu holen. »Das ist für deinen Pierre!« Er reichte Kasia die Dose. »Sein Lieblingsleckerbissen: Kaviar. Ich habe euch noch nicht gesagt, dass er ihn der Gräfin am liebsten direkt aus dem Mund pickte!«

Kaum war er mit Kasia auf die verschlafene Straße getreten, als sich Stern betrogen fühlte, so, als hätte er auf dem Jahrmarkt ein Los gekauft und nur einen jämmerlichen Trostpreis erhascht: einen kleinen, mit Sägemehl gefüllten Ball. Wenn Kasia nicht gewesen wäre, wer weiß, möglicherweise hätte er die Amsel freigelassen und den Käfig voll Zorn in die Büsche geschleudert. Wütend auf sich selbst und auf Hillel, vernahm er von der Seite:

»Mach dir keine Sorgen, Papa. Ich weiß schon, was ich tun muss, damit unser kleiner Schweiger anfängt zu fressen.«

»Wirklich?« Jakub sah Pierre, der vergeblich versuchte, in seinem Käfig das Gleichgewicht zu halten, reserviert an.

»Das ist doch kinderleicht«, erklärte sie selbstsicher. »Man muss nur ein bisschen Ton nehmen und daraus einen Mund formen. Dann kann man die Fischeier hineinlegen, verstehst du?«

Stern rührte die Vorstellungskraft seiner Tochter.

»Papa, sag doch was! Hörst du, Papa?« Kasia ließ nicht locker und zog an seiner Hand.

»Ich höre dich ja, Liebes.«

»Wir haben Herrn Hillel gar nicht gefragt, warum diese böse Frau Pierre in sein Gefängnis gesperrt hat, stimmt's Papa?«

»Richtig, das habe ich vollkommen vergessen.«

»Papa, Papachen?«, säuselte sie und zog erneut an seiner Hand. »Wie alt ist er denn? Hundert oder dreißig?«

Der Journalist sah auf den hilflosen, erschrockenen Vogel. Solche Fragen hatte er sich nie gestellt, also antwortete er ausweichend:

»Ich fürchte, nur Pierre kann dir diese Frage beantworten. Verstehst du?«

»Ich verstehe, Papa! Ich glaube, ich verstehe.«

Den Kopf voller ungeklärter Fragen, versuchte er, sich die Jagd auf Amseln vorzustellen. Er hatte einmal von Daniluk gehört, die beste Zeit dafür sei der Juli. Dann grub der listige Vogelfänger in den Kirschgärten am Waldrand hohe Stöcke ein, die er mit Leim aus Mistelbeeren bestrich. Arglose Drosseln, Seidenschwänze, Finken, Stare und Amseln blieben daran hängen.

Ihre Amsel – Pierre – brauchte heute Ruhe. Stern beschloss, den Käfig in seinem Arbeitszimmer aufzustellen, da wäre er sicher, so wie andere vor Annas Augen verborgene Gegenstände und Dokumente.

Als sie nach Hause kamen, schlief Anna noch. Ohne sich darüber zu beunruhigen, trug er den Käfig mit dem verschreckten Gast in sein Arbeitszimmer und stellte ihn auf den Tisch am halb geöffneten Fenster. Er war froh, dass es von Annas Seite keine Fragen geben würde. Er konnte sich wohl denken, wie sie den miesen Kuhhandel mit Hillel beim Anblick des geduckten, halbtoten Vogels kommentieren würde.

Als er sich in seinen Sessel setzte, um eine Zigarette zu rauchen, kamen ihm noch mehr Fragen in den Sinn. Er dachte über Samuels unerwartete Entscheidung nach. Während er den schweigenden Singvogel betrachtete, gelangte er zu dem Schluss, dass sein Freund der Geliebte der Gräfin gewesen war und diese Tatsache vor ihm verborgen hatte. Nie war er mit einem gemeinsamen Besuch bei ihr einverstanden gewesen. Er hatte sie vor ihm versteckt gehalten, also musste er wohl eifersüchtig gewesen sein. Nicht ausgeschlossen, dass die Solowjowa tatsächlich um vieles jünger gewesen war, als er vorgab. Wenn er von ihr sprach, nannte er sie kurz »die Gräfin« oder einfach »die Solowjowa«, ohne je ihr Aussehen zu beschreiben. War sie tatsächlich so abstoßend gewesen? War sie wirklich deshalb gestorben, weil sie brennende Räucherstäbchen in eine Kartoffel gesteckt hatte? Vielleicht war ihr Verhältnis aber auch rein platonisch gewesen, und Hillel hatte die Bekanntschaft ganz einfach aufrechterhalten, um in der Sprache Lermontows mit ihr zu plaudern?

Stern spürte in diesen Erzählungen eine gefährliche Falschheit. Wer war die Solowjowa für Samuel wirklich gewesen? Warum hatte er erst nach ihrem Tode den Mut, zu Maria und Isaak nach Haifa zu fahren? Waren hier nicht nur Gefühle im Spiel, sondern auch eine große Erbschaft? Von diesen Fragen umgetrieben, auf die er keinerlei Antwort wusste, rauchte er seine Zigarette zu Ende, und als er sie ausgedrückt hatte, schloss er wie die Amsel seine Augen und sank in leichten Schlummer.

Er konnte Redaktionskonferenzen nicht ausstehen. Diese widerwärtigen Soloauftritte. Krösus lümmelte dann in einem

Sessel, paffte eine seiner geliebten Dunhills und kehrte völlig ungestraft den Flegel heraus. Aber diesmal verlief ihre Montagvormittagszusammenkunft, auf die er so gar keine Lust gehabt hatte, gänzlich anders als sonst. Die nach allen möglichen Seiten ausgeteilten Vorwürfe betrafen ihn nicht.

Sie saßen in der üblichen Zusammensetzung im kleinen Konferenzraum, dessen Fenster direkt auf die Hetman-Wälle hinausgingen. Das Leben, das wie der verlachte, schlammstinkende Peltew dahinfloss, fand dank seiner Arbeit den Weg in die Zeitungsspalten, bezauberte die Leser wie die schöne blaue Donau und kokettierte mit ihnen, wie die langbeinigen Tänzerinnen im Qui pro Quo. Krösus gestattete es keinem, müßig zu sein. Sensationsreportage, Sport, Wirtschaft, Politik, die neuesten Börsennotierungen und die Kulturnachrichten sollten den Lesern einen sättigenden Brei bieten, der süchtig machte. Das zusammengekochte Gericht musste erstklassig sein! Krösus zahlte schließlich für ihre Kochkünste.

Das Redaktionskollegium war ein brodelnder Schmelztiegel. Hier waren die verschiedensten Temperamente und Fähigkeiten versammelt; plötzliche journalistische Höhenflüge paarten sich mit zerbrochenen Karrieren. Zum Beispiel dieser Stanisław Długolato – ein Rotschopf mit Nickelbrille –, beherrscht von dem unbändigen Drang, den Sport auf die Seite eins zu bringen. Seine wahre Leidenschaft war der Fußball, schließlich hatte er selbst einmal mit ziemlich großem Erfolg bei Pogoń Lwów gespielt. Er gratulierte Stern als Erster aufrichtig zu dem gelungenen Text.

»Genial!«, raunte er ihm ins Ohr. »Mit dieser Leiche haben Sie ein phantastisches Tor geschossen. Wissen Sie, dass ich Sie direkt ein wenig beneide?«

»Um was denn?«, fragte Jakub und beobachtete Krösus, der auf der Schwelle zum Konferenzzimmer stand und in seinem dicken Heft energisch etwas unterstrich.

»Um die Olympiade«, entgegnete Długolato und baute auf den Effekt seiner Worte.

Stern blickte in die blauen, von schweineborstenartigen Härchen gerahmten Augen.

»Ich verstehe nicht. Mir schien, dass Sie sich doch wohl bei uns um den Sport kümmern, Herr Staś.«

»Wie Sie sicher mitbekommen haben, sind die Olympischen Spiele gestern zu Ende gegangen«, erklärte Długolato mit wichtiger Miene. »Hitler hat eigenhändig den Gashahn abgedreht und so das Friedensfeuer gelöscht. Berlin, Herr Jakub, ist schon Geschichte, Sie dagegen feiern jeden Tag Ihre eigene kleine Olympiade! Na ja, fast jeden Tag«, verbesserte er sich, als er sah, dass Krösus auf seinen Platz zusteuerte.

Der Chef musterte seine Redaktion mit forschendem Blick und zwängte sich in seinen Lieblingssessel. Sein schwerer Blick ruhte zuerst auf Halina, die für die Kultur verantwortlich war. Halinka, »das rosa Schweinchen« mit den üppigen, schweren Brüsten, wich seinem aufdringlichen Blick aus und suchte irgendwo an der Wand einen Punkt, den sie fixieren konnte. Rechts von Stern saß, rasiert und verführerisch duftend, Brodacki, der aus lauter Nervosität seine Zähne zur Nagelpflege einsetzte.

Dann war da noch Mańkiewicz, genannt Manio, ein grau melierter, breitschultriger Mann in einem sportlichen Leinenanzug, der sich in der Politik verdammt gut auskannte und dem selbst Krösus lieber nicht in die Quere kam. Jetzt saß er links von Andrea, einem langbeinigen Mädchen mit vollen, feuchten Lippen, die für die Anzahl der gedruckten Nekrologe, Reklameseiten und Annoncen verantwortlich war. Andrea machte Manio unverhohlen schöne Augen. Ihr entwaffnender Blick, an den Krösus fest glaubte, brachte der Redaktion eine wunderbare Sache ein, nämlich Geld. Rechts von Andrea saß, das Kinn wie auf einem Heiligenbild aufgestützt, der Älteste der Runde, Herr Witek, der

Buchhalter genannt, weil er sich seit undenklichen Zeiten im ›Kurier‹ mit der Wirtschaft befasste. Der Buchhalter verschlief für gewöhnlich die Sitzungen oder gähnte diskret. Es genügte aber, dass irgendein Stichwort fiel – zum Beispiel die »Dollarabwertung« –, schon warf er mit Zahlen um sich und zitierte den Standpunkt des Zentralbank-Direktors.

An diesem Tag begann Krösus seinen wohl arrangierten Angriff bei Stopka, der Korrektorin. Das war eine dreißigjährige, wie eine Pensionatsschülerin gekleidete Frau, die mit ihrem Äußeren um Verzeihung dafür zu bitten schien, dass sie überhaupt auf der Welt war. Ihre fast durchscheinenden Finger drehten nervös am obersten Knopf ihrer Bluse. Der Chef, dem Stopkas Angst nicht entging, las ihre Korrekturfehler absichtlich laut vor und amüsierte sich dabei glänzend.

»Da steht ›Jadtinktur‹, heißen müsste es aber, bitte schön, ›Jodtinktur‹. Sie haben doch wohl in der Schule gelernt, was das ist. Jodtinktur ist eine alkoholische Lösung aus Jod mit einem Zusatz von Jodsalz. Haben Sie sich das notiert? Das können Sie zur Abreibung der Epidermis verwenden, wo und mit wem auch immer Sie sich diese abreiben, beste Frau! Eben ›Jodtinktur‹ und nicht ›Jadtinktur‹ hat die einzige Tochter dieses Grubenschleppers getrunken, und sie haben das verzweifelte Mädchen nicht etwa auf dem Bürgersteig sitzen lassen, sondern ihr den Magen ausgepumpt. Oder – wieder blickte er Andrea an – der Prozess in Brzeg. Da verstehen Sie überhaupt nichts. Da muss es nicht heißen ›das Gericht beugte sich‹, sondern ›das Gericht neigte dem und dem zu‹, alles andere sind Stilblüten. Es müsste heißen ›Zwischenfälle beim Treffen‹, und Sie schreiben hier, verdammt noch mal, ›Zwischenfelle beim Treffen‹. Na, herzlichen Glückwunsch!«

Bei diesen Worten begann im Sekretariat das Telefon zu schrillen. Die Tür ging auf, und Kazia spähte herein.

»Chef, der Mann in der Leitung sagt, es sei dringend, und

Sie haben doch gesagt, dringende Anrufe soll ich sofort zu Ihnen durchstellen«, flötete sie zuckersüß.

»Gesagt, gesagt«, grummelte Krösus. Er erhob sich von seinem Schreibtisch, zupfte seine Krawatte zurecht und sandte einen beredten Blick in die Runde, der deutlich verriet, was er von solchen nicht eingeplanten Unterbrechungen hielt. Balzend wie ein Pfau quetschte er sich ins Sekretariat.

»Ja ... ja ... Wer bitte? Aha, ich kenne Sie ... Was? Na, hören Sie mal, Sie belieben wohl zu scherzen, wir haben hier gerade Redaktionssitzung. Was eine Redaktionssitzung ist? In zehn Sekunden lege ich auf.« Er blies den Rauch an die Decke. »Ja, Sie haben noch fünf Sekunden. Das ist ein sehr guter Text? Na, was denn sonst? Es gab keinen Nebel? Was denn für einen Nebel, verdammt noch mal! Sie hängen sich da an irgendwelchen blödsinnigen Details auf. Wir haben Spätsommer, wenn's da abends regnet, herrscht früh Nebel. Klar! Wir haben ihn zusammen geschrieben«, log er wie gedruckt. »Warum sagen Sie denn das nicht gleich? Ich lasse Sie nicht zu Wort kommen? Ich? Aber wir reden doch die ganze Zeit miteinander, dafür habe ich Zeugen! Ja. Mein Gott, ich bin doch nicht die Auskunft! Ich muss mich nicht an alle Telefonate erinnern. Dafür habe ich meine Sekretärin!« Er reichte Kazia die Zigarre und angelte sich einen Stift. »Wiederholen Sie noch mal. Mur wie in Mure? Und am Ende ein f, klar.«

Bei der Silbe »Mur« kreuzten sich Sterns und Brodackis Blicke. Krösus, der ihnen den Rücken zuwandte, notierte Namen und Telefonnummer des Lehrers auf einem Blatt.

»Selbstverständlich«, fuhr er fort. »Sie haben recht. Eine schlechte Nachricht ist für uns eine erstklassige Nachricht! Wo haben Sie ihn gefunden? Unglaublich! Ist er freiwillig gesprungen? Nein, das macht überhaupt nichts! Keine Ursache. Auf Wiederhören.«

Diese Worte oder eher Wortfetzen konnten nur eins bedeuten – eine weitere Fahrt nach Rowy und ein Szenario schreiben, das das Leben diktierte. Stern hörte jedoch noch etwas anderes heraus. Den erwachenden Neid seines Chefs. Wenn dessen Lob ausblieb, hieß es, auf der Hut zu sein. Bei solch einem beredten Schweigen sammelte Krösus für gewöhnlich seine Kräfte und ließ dann einen gnadenlosen Hagel aus Beschimpfungen auf sein auserwähltes Opfer niederprasseln. Stern wartete nun darauf, aber nichts geschah. An diesem Tag stand das Telefon im Sekretariat überhaupt nicht mehr still. Gratulationen und Verwünschungen nahmen kein Ende. Der Chefredakteur gab sich geschäftig. Er entschuldigte oder bedankte sich, drohte und fluchte, das Zepter fest in der Hand. Die Montagsausgabe des ›Kurier‹ auf seinem Schreibtisch war bald von Notizen übersät und zur Mittagszeit nur noch ein Fetzen. Der Chef war in seinem Element, sprühte vor Energie und trieb seine aufgescheuchten Redakteure zur Arbeit an.

An demselben Montag, am Nachmittag, erhielt Krösus unverhofft Unterstützung von einer Seite, von der er sie wohl am wenigsten vermutet hätte.

»Meinen aufrichtigen Glückwunsch«, sagte Anna, als Jakub aus seinem Arbeitszimmer ins Wohnzimmer herunterkam. »Ich hätte nicht gedacht, dass mein Mann in der Stadt bereits eine solche Berühmtheit ist.«

»Nun weißt du es also«, erklärte er fröhlich und setzte sich ihr gegenüber in einen Sessel.

»Ja, jetzt weiß ich's!«, entgegnete sie und schoss einen giftigen Blick in seine Richtung.

Stern nahm ihr die zusammengerollte Ausgabe des ›Kurier‹ aus den Händen. Er richtete sich im Sessel auf und wartete auf das, was Anna noch sagen würde, darauf, dass die ganze Wut, die sie von der Arbeit mit nach Hause gebracht hatte, aus ihr herausbrach.

»Interessiert es dich denn nicht, warum?«, fragte sie und trat hinter ihn. »Na, schlag schon auf und lies. Ganz Lemberg redet davon, was du für ein schneidiger Kerl bist. Und weißt du, was sie noch sagen?«

»Wer denn?«, fragte er, während er zufrieden die Titelseite betrachtete.

»Ich bitte dich, halt mich doch nicht für blöd.« Vor ihrem nächsten Ausbruch sog sie rasch die Luft ein.

»Ich bin ganz Ohr, Liebes.«

»Sie sagen, mit deiner widerwärtigen Geschichte hättest du den Nationalfeiertag verunglimpft.«

Stern wunderte sich. Prozessaussagen und Berichte über Verbrechen gehörten in der Presse zum Alltag. Alle bedeutenden Blätter brachten sie, sogar die ›Literaturnachrichten‹. Er war sehr neugierig, wie Anna auf die Nachricht reagieren würde, dass Kaiser Haile Selassie einige Tausend hübsche Italiener hatte kastrieren lassen. Es bedurfte wohl eines gewissen Zusammenhangs dafür, dass der Tod die Menschen berührte.

»Das ist ja wohl absurd!«, empörte er sich und wandte sich zu ihr um.

»Sie sagen, das sei geradezu eine Provokation! Für euch bedeuten weder die Armee noch Marschall Rydz-Śmigły etwas, da zählt nur eure verdammte Hölle. Die Leute lesen dein Schmierblatt von den Innenseiten her. Begreifst du immer noch nicht?«

Stern schlug erneut die Zeitung auf. Bevor er zu dem Artikel über Selbstjustiz gelangte, sah er sich den Bericht über die Prozession und die Bilder von der Abschlussfeier der Olympiade in Berlin an. In der Spalte über dem furchtbaren Bild entdeckte er seinen Namen in großen Lettern.

»Und hier kommt auch schon die nächste sensationelle Nachricht …« Sie hatte ganz offensichtlich nicht die Absicht, ihn in Frieden zu lassen.

»Heute hast du wohl lauter sensationelle Nachrichten für mich«, spottete er, darauf gefasst, dass Anna sich erneut wichtigmachte.

»Unsere Bonne verlässt uns.«

»Magda?« Er wurde sofort wieder ernst. »Hat sie dir gesagt, weshalb?«

»Sie hat eine bessere Arbeit gefunden.«

»Besser bezahlt?«

»Davon rede ich doch. Wie ich sehe, trifft dich das nicht sonderlich. Sicher findest du etwas Passendes in euren Anzeigen. Aber bis dahin wirst du ab September Kasia zu deinen Eltern bringen müssen. Ganz sicher an jenen Tagen«, setzte sie hinzu, »an denen der Herr Redakteur seinen Arsch bewegen und wieder mal wegfahren muss. Warum sagst du nichts? Machst du dir etwa Sorgen, was deine Mutter für ein Gesicht zieht?«

»Red keinen Unsinn, sie mag Kasia.«

»Ja, sie vergöttert sie geradezu, aber noch viel mehr liebt sie ihre Ruhe. Dann kann sie deinen Vater ungehindert verhätscheln.«

»Mein Vater ist invalide. Du weißt sehr wohl, dass er im Krieg ertaubt ist.«

»Du bist selbst ein Invalide.«

Stern streckte seine Beine aus, durchaus gewahr, dass er Anna mit seiner Haltung provozierte. Er wollte sich ihren Angriffen entziehen, aber er wusste wohl, dass sie ihn bei diesem meisterhaft inszenierten Gespräch bald in weitere Fallen locken würde.

»Ach ja, inwiefern?«, fragte er und verschränkte die Hände hinter dem Kopf.

»Du hast dein Mitgefühl für deinen Heldenvater verloren! Im ersten Krieg hat dein Vater noch die Japaner in der Mandschurei zerhackt, wie du immer getönt hast, im zweiten Krieg hatte er weniger Glück und ist bei einem deutschen

Gärtner in der Gegend von Leipzig gelandet. Wenn er invalid geworden ist, im dritten Krieg gegen die Bolschewiken, warum besuchst du ihn dann in letzter Zeit überhaupt nicht mehr?«

Mit diesen Worten hatte sie ihn tief getroffen. Er hatte seinen Vater einen ganzen Monat lang nicht mehr gesehen. Durch seine journalistischen Recherchen hatte er seine eigene Familie aus den Augen verloren. Anna plusterte sich weiter auf, während er sich – nach einer Rechtfertigung suchend – den letzten Besuch bei seiner Mutter ins Gedächtnis zurückrief, ausgerechnet den, bei dem sie in der Küche die Socken seines Vaters gestopft hatte. Sie hatte in einem grauen, verwaschenen Pullover am Fenster gesessen.

»Vati gefällt deine neue Erzählung sehr«, hatte sie gesagt und den Blick von ihrer Stopfarbeit gehoben. »Nur hast du dir ein viel zu trauriges Ende ausgedacht, findest du nicht?«

»Das ist keine Erzählung, sondern eine Reportage«, hatte er sie verbessert und dabei beobachtet, wie die Nadel in raschen Sprüngen mal nach rechts, mal nach links glitt und das kratergroße Loch in der Socke mit Garn überzog. »All das ist wirklich passiert, Mama«, fügte er hinzu, während sie das Fadenende mit Spucke anfeuchtete und anschließend vergeblich versuchte, das Nadelöhr zu treffen. Er kam ihr zu Hilfe, traf das Öhr beim ersten Versuch und machte zum Schluss noch einen Knoten in den Faden.

»Ich kenne mich ja da nicht aus, aber …« Sie verstummte, um ihm Nadel und Faden wieder abzunehmen. »Weißt du, Vater kann es immer noch nicht verwinden, dass du nicht Anwalt geworden bist.«

»Mama, lass uns nicht mehr darüber reden. Das ist schon fünfzehn Jahre her.«

»Vater sagt, dass jetzt die Juden alle Posten in dieser Stadt besetzt haben.«

»Blödsinn!«, sagte er wütend.

»Und dein Bekannter, wie hieß er noch gleich ...«
»Hillel.«
»Genau, Hillel. Angeblich ...« Sie ließ den Satz wie einen Faden abreißen.
»Das ist mein bester Freund.«
»Weißt du«, schnitt sie ein völlig anderes Thema an, während sie immer wieder zur Tür blickte, »es sieht so aus, als ginge es Vater ein bisschen besser, er versucht wieder zu malen. Nur die Hand, die er sich gebrochen hatte, zittert noch ein bisschen. Schön, dass Kasia bei ihm sitzt, mit ihr kann er sich auf seine Weise verständigen.«

»Was ist mit Edek?« Stern hatte endlich die wichtigste Frage gestellt, die nach seinem drei Jahre älteren Bruder.

»Der hat Vater Märchen aufgetischt, dass er nach Spanien geht, einen Hafen bauen. Das mit seinem Hafen war eine richtige dicke Ente, wie ihr das nennt. Vor einem Monat ist eine bunte Ansichtskarte aus Bilbao von ihm gekommen.«

»Und was hat er dir geschrieben?«

»Dasselbe, aber ich weiß, was ich weiß. So viel Kummer hatten wir seinetwegen. Gericht, Arrest. Vater hat den Advokaten teures Geld bezahlt. Edek hat Schulden hinterlassen, und wir leben von Vaters Kriegsrente. Gut, dass wir wenigstens die haben, aber manchmal ...«

Jakub spürte, wie ihm Tränen in die Augen traten, die immer dann kamen, wenn ihn die Mutter des Schlimmsten verdächtigte – fehlender Liebe. Er griff nach seiner Brieftasche und legte fünfzig Zloty neben den Porzellanfingerhut auf den Tisch.

»Kubuś, das musst du nicht tun!«, sagte sie mit einem gewissen Stolz in der Stimme.

»Mama, hör auf. Das ist nicht für Brot gedacht, das ist für Vaters Medikamente!«

Sie legte die fertig gestopfte Socke beiseite und machte sich daran, an ihrem Pullover einen Knopf anzunähen. Sie behielt ihn am Leibe und hielt dabei einen roten Faden im Mund. Er fragte nicht, weshalb. Als er noch ein kleiner Junge gewesen war, hatte sie ihm erklärt, das täte sie mit Absicht, um nicht ihr Gedächtnis zuzunähen. Sie erinnerte sich auch heute noch an alles, obwohl sie nicht nachtragend war. Sie hatte ihm längst verziehen, dass er ein Jahr nach Agnieszkas Tod eine neue Schwiegertochter ins Haus gebracht hatte. Jetzt hätte er ihr gern diesen speichelfeuchten Faden aus dem Mund gezogen, um die traurigen Erinnerungen auszulöschen.

Rasch stand er auf und ging zur Wohnzimmertür. Als er sie öffnete, erblickte er den Vater, der vor der Staffelei saß und mit zitternder Hand mit seinem Pinsel blaue Farbe aufnahm. Es kam ihm vor, als hätte er es eilig. Mit kreisenden Bewegungen trug er die Farbe am Rande der Pappe auf, die Spitze des Pinsels wieder und wieder in ein Kännchen mit Wasser eintauchend. Das feuchte Dachshaar bog sich geschmeidig und hinterließ eine unvollendete Spur – den Versuch eines bewölkten Himmels.

»Alle Achtung! Das ist aber mal eine gelehrige Schülerin«, flüsterte er, während er zusammen mit Jakub Kasia betrachtete. »Aus der wird bald eine Tamara de Lempicka werden, na, die mit den Porträts, von der du mir erzählt hast. Versprich mir, Kuba, dass du öfter mit Kasia zu uns kommst.«

»Aber natürlich«, antwortete er rasch und ohne Überzeugung.

Als Anna jetzt etwas von Mannespflichten erzählte, kam Stern eine weitere vergessene Szene ins Gedächtnis – ein Sonntagsspaziergang mit den Eltern im Stryjski-Park. Wie viele Attraktionen es da gegeben hatte! Die Fahrt auf einem vergoldeten Karussell, auf einem Holzpferdchen, das im Rhythmus der Musik bis fast in den Himmel galoppierte, duftende Zuckerwatte und sogar ein magisches buntes Jojo, das er gemeinsam mit Edek geschenkt bekam. Nach den Spielen im Park stand der Besuch bei Großmutter Róża und Großvater Pawel, der in der Łyczakowska-Straße ein mit geheimnisvollen Schätzen angefülltes Antiquariat betrieb, auf dem Programm. Der kleine Kuba mochte wohl damals an die elf Jahre alt gewesen sein. Wahrscheinlich war während jener sonntäglichen Besuche, als er, auf der Suche nach Herrn Pickwick, die verstaubten Jahresbände des ›Roj‹ durchblätterte, seine Leidenschaft für den Journalistenberuf entstanden. Nach Dickens hatte er sich Ibsen vorgenommen, danach den skandalumwitterten Strindberg und schließlich Gogol mit seinen überraschenden Zwerchfellattacken. Kuba hatte sich in seinem Abiturjahr gekugelt vor Lachen über die Eulenspiegeleien eines Chlestakow, der – ähnlich wie der zahnlose Kurojad – ein kleines, heruntergekommenes Städtchen zum Narren hielt.

»Ich habe sie längst durchschaut, sie ist eine schreckliche Heuchlerin«, schloss Anna gerade und riss ihn brutal aus seinen Jugenderinnerungen.

Jakub hatte genug von diesen Reibereien. Er hatte sich selbst das Versprechen gegeben, dass er sich heute, da er einen weiteren beruflichen Erfolg errungen hatte, durch nichts und niemanden aus der Fassung bringen lassen würde. Er entschuldigte sich kurz bei Anna und ging unter dem Vorwand, seinen Artikel fertigschreiben zu wollen, und mit dem Versprechen, bald wieder herunterzukommen, in sein Arbeitszimmer.

Glücklich über seinen Rückzug schloss er die Tür, um gleich darauf festzustellen, dass der alte Pierre gestorben war. Eine grüne Schmeißfliege vollführte vor seinem Auge einen nervösen Tanz. Ihr hässliches Brummen machte Stern wütend. Er sah sich im Zimmer um und ergriff dann das Bambusstöckchen mit der ledernen Fliegenklatsche. Seinen Abscheu überwindend, öffnete er das Türchen des kleinen Käfigs und schob wie ein Chirurg das todbringende Instrument hinein. Er schlug blitzschnell zu, verfehlte jedoch das Insekt. Wütend über sein Scheitern warf er die Fliegenklatsche auf den Schreibtisch und schob vorsichtig die geballte Faust in den Käfig. Angewidert griff er nach dem gefiederten Leichnam, der schlaff wie ein angestochener Luftballon zwischen seinen Fingern hing. Dabei entstand in seinem Kopf ein überraschendes Rebus, hervorgerufen durch die drei Buchstaben, die ihm aus den Worten FÖTOR, STRUMPF und MUTTER entgegensprangen. Er überlegte noch, was für ein komplizierter Mechanismus sie wohl miteinander verbinden mochte, als die Buchstaben sich in seinem Kopf vervollständigten zu dem aufdringlichen Wort, das ihn verfolgte – »Forum«. Vielleicht war es aber auch umgekehrt? Vielleicht war es ja andersherum geschehen, und das vieldeutige Wort hatte sich zuerst festgesetzt, wie ein antikes Siegel, das beflügelnde Assoziationen weckte?

Stern liebte solche semantischen Gedankenspiele und hatte nie erwogen, sie mit irgendjemand zu teilen. Er bewegte sich dann im Geiste vom Gegenstand zur Bezeichnung und schrieb ihr wie ein Demiurg einen bestimmten Wert zu. Früher hatte er versucht, diese verwickelten Gedankengänge in Versform zu bringen. Er hatte sogar geglaubt, ein vielversprechender Dichter zu werden. Im ›Pro Arte‹ hatte er genau sechs solcher Werke veröffentlicht. Als die Glückssträhne vorbei war und die Kritiker eimerweise Schmutzwasser über ihm ausgossen, hatte er sich die Flausen aus dem Kopf geschlagen. Schließlich hatte die Vernunft gesiegt, und er war Tagelöhner der schreibenden Zunft geworden. Viele Male hatte er Briefe von seinen Lesern bekommen, in denen sie gleichsam heiße Tränen über die Schicksale vergossen, die er beschrieb. Ein gutes Dutzend Jahre hatte er auf solche Momente hingearbeitet, die Krösus lakonisch mit »So sollte es immer sein« bewertete. Aber dieses »immer« verlangte ihm auch immer wieder neue Anstrengungen ab.

Er schlüpfte mit dem linken Fuß aus seiner Ledersandale und zog anschließend die Socke aus. Er hielt sie wie einen Beutel auf und beförderte mit einer präzisen Bewegung die tote Amsel hinein, bis sie mit dem Schnabel vorn anstieß. Noch die andere Socke darüber – und der so verborgene kleine Leichnam landete in seiner Hosentasche.

Mit diesem Baumwollsarg trat Stern in die Küche. Er nahm den Abfalleimer und ging auf die Straße hinaus. Als er die Gartenpforte geschlossen hatte, schob er die Hand in die Hosentasche und überprüfte mit dieser unsinnigen Geste, ob Pierre nicht etwa wie durch ein Wunder davongeflogen war. Er ging am Fliederbusch und dem rostigen Hydranten vorbei. Vor der gemauerten Müllgrube blieb er stehen und entfernte die Stahlabdeckung. Er stülpte den Kübel um und begann, auf den Boden klopfend, mit der Begräbniszeremonie.

Das Einfachste hatte er hinter sich. Nun musste er überlegt handeln. Jakub blickte sich diskret um. Die Luft war rein, er zog rasch die Socken heraus und warf sie in die hinterste Ecke der Müllgrube. Er hatte Pierres Begräbnis hinter sich gebracht, war die Leiche auf fachmännische Art und Weise losgeworden, so, wie das auch der Mörder getan hatte, über den er schrieb. Die irrationale Angst, die ihn dazu gebracht hatte, höchste Vorsicht walten lassen, erregte ihn. Sie lud zu einem seltsamen Spiel ein, bei dem es nicht mehr um Schmerz oder um das Opfer ging, sondern darum, sich selbst zu beweisen, dass er besser als andere war.

Was er mit dem Käfig anfangen sollte, wusste Stern allerdings noch nicht. Auch war er noch unschlüssig, welche Worte er am besten wählte, um Kasia nicht unnötig wehzutun. Bedächtig ging er zur Hundehütte, um den schwanzwedelnden Deg zu streicheln. Der alte Mischling spürte die Falschheit in seinem Verhalten. Er schnüffelte ausgiebig an der Hosentasche, in der noch kurz zuvor Pierre gesteckt hatte, und leckte ihm dann die Hand. Damit bestach er ihn.

Stern brachte ihm zur Belohnung nach dem Abendessen einen leckeren Schweineknochen.

Überraschenderweise nahm Kasia den Tod des Vogels völlig natürlich auf.

»Er wollte nicht ohne sein Frauchen leben, Papa«, erklärte sie leise, so, als wollte sie nicht, dass Anna im Wohnzimmer zufällig ihr Gespräch mitbekam. »Ich habe von Anfang an gewusst, dass Pierre nicht überlebt.«

Als er versuchte, sein Handeln zu rechtfertigen, erwiderte Kasia nur, dass sie zusammen mit Ala im letzten Jahr zwei »elende Tauben« unter der Magnolie begraben habe.

Am Abend, als die Sonne hinter den Dächern des nahen Filipówka verschwunden war, kehrten seine Gedanken, als hätten sie sich gegen ihn verschworen, wieder zu der auf den Müll geworfenen Amsel zurück. Stern überkam eine unwiderstehliche Lust zu einem Experiment. Als Anna ihren Kopf schon auf das Kissen gebettet hatte, bat er sie, für einen Moment die Augen zu schließen. Sie war zwar verwundert über diesen Vorschlag, ließ sich aber bereitwillig darauf ein. Jakub brachte aus der Küche die Blechdose mit dem Kaviar, die Hillel ihm gegeben hatte, und eine eisgekühlte Flasche Champagner. Das Ergebnis dieses Experiments überraschte ihn vollends. Anna lachte aufgeregt, als er ihr die gallertartigen Fischeier in den Mund schob. Sie spielte mit ihm und benutzte sein Spiel für ihre erotischen Phantasien.

»Darf ich?«, fragte sie und bot ihm ihre feuchten Lippen wie zu einem Kuss. »Lass es mich sehen, Kuba, bitte!«

»Nun sei doch nicht so ungeduldig«, ermahnte er sie. »Einen Moment noch!«

Er hielt den Daumen auf den Korken, und als dieser mit einem Knall heraussprang und gegen die Wand knallte, neigte Stern die grüne Flasche und goss rasch zwei Gläser voll.

»So, jetzt darfst du«, sagte er stolz. »Das ist speziell für dich.«

Sie öffnete die Augen und blickte ungläubig drein. Sie war beeindruckt, als er ihr das Glas mit dem eiskalten Champagner reichte. Doch als er schon hoffte, sie würde sich ihm hingeben, musste er voller Bedauern hören:

»Halt dich zurück, Kuba, meine Periode ist erst in zwei Tagen vorbei.«

Die einige Tage zuvor angekündigte Pressekonferenz am Dienstag um elf im Polizeigebäude in der Leon-Sapieha-Straße begann mit einer Viertelstunde Verspätung. Selten genug bekam man offizielle Verlautbarungen an jenem Ort zu hören. Diesmal war man anscheinend zu der Ansicht gelangt, eine solch moderne Form der Informationsweitergabe sei unabdingbar und die Angelegenheit zu brisant, als dass man den weiteren Verlauf dem Zufall überlassen könne.

Es wurde gemunkelt, dass Abgeordnete der Nationaldemokraten die Konferenz organisiert hätten. Anderen Stimmen zufolge ging sie auf eine Initiative des erst seit zwei Monaten in seinem Amt befindlichen Ministerpräsidenten Składkowski zurück. Tatsächlich hatte die Polizei die Einladungen an die meisten Tages- und Wochenzeitungen verschickt. Allerdings waren trotz aller Bemühungen nicht gerade viele Gäste im Empfangssaal im ersten Stock erschienen. Die meisten waren aus verständlichen Gründen aus Lemberg, es kamen aber auch Journalisten aus Brześć, aus Krakau und sogar aus der Hauptstadt. Die Abordnung des ›Kurier‹ setzte sich aus dem Duo Stern/Brodacki zusammen.

Als die Plätze in der ersten Reihe gefüllt waren, trat Zięba mit einer prall gefüllten ledernen Aktentasche in den Saal. Der Inspektor trug einen eleganten stahlgrauen Anzug, dazu ein weißes Hemd und eine dunkelblaue Krawatte mit roten

Streifen. Eine junge Aspirantin in einem cremefarbenen Jackett begleitete ihn, um die Veranstaltung zu protokollieren. Es war ihr erster Auftritt an Ziębas Seite, und da sie spürte, dass die Blicke der Männer alle auf sie gerichtet waren, hielt sie hartnäckig den Kopf gesenkt.

Der Inspektor selbst war nicht minder verlegen. Das anspruchsvolle Publikum brachte ihn ins Schwitzen. Er begann, sich nervös zu räuspern und die Dokumente aus seiner Tasche zu ordnen. Schließlich nahm er den von seinen Vorgesetzten abgesegneten Bericht zur Hand und las ohne weitere Einleitung:

»Die aktuellen Ereignisse machen eine Reihe grundsätzlicher Erklärungen notwendig. Die Republik kann ihr Wissen nicht länger auf Vermutungen aufbauen. Daher haben wir, Ihren Erwartungen entsprechend, in der Kommandantur der Woiwodschaft eine knappe Informationsschrift erarbeitet, die es Ihnen, den Journalisten, erleichtern soll, Ihre Publikationen vorzubereiten. Ich bitte um Ihre Fragen«, schloss er und blickte selbstzufrieden und hochnäsig auf die Versammelten hinunter.

»Zu welchem Thema denn?«, fragte Marcin Nowak, ein grau melierter Vierziger von den ›Nachrichten‹, unbekümmert und schlug sein Notizbuch auf.

Zięba bemerkte erst jetzt, dass er einen gravierenden Fauxpas begangen hatte. Hastig stellte er sich und die Aspirantin Jola vor, begrüßte die Anwesenden und begann dann, die Geschichte der Morde in Rowy von seinen Blättern abzulesen, wobei er immer wieder den Fortschritt bei den Untersuchungen unterstrich.

»Und nun zu den Einzelheiten, die Sie interessieren dürften«, sagte er. »Der aufgefundene Andrzej Workuć war fünfundzwanzig Jahre alt und ledig. Personenbeschreibung: groß, breitschultrig mit blonden Haaren und einer Tätowierung in Form eines Schweinerüssels auf der linken Brust.

Er stammte aus einwandfreiem Hause. Der Vater ist Eisenbahner, die Mutter Schneiderin. Wegen Vergewaltigung der sechsjährigen Tochter eines Nachbarn war er zu zehn Jahren Gefängnis verurteilt worden. Im Oktober letzten Jahres unternahm er einen gescheiterten Fluchtversuch. Dafür wurde er zusätzlich zu zwei Jahren Schwerstarbeit in einer Besserungsanstalt verurteilt. Weiterhin wachsende Aggression gegenüber seinen Mitgefangenen. Verstärkte Überwachung. Leider, trotz ausgeprägter Vorsichtsmaßnahmen, vor einem Monat Überfall auf einen Wärter. Die sofort aufgenommene Verfolgung endete mit der Auffindung seiner Leiche.«

Diese flüchtig hingeworfene Beschreibung versetzte die Versammelten in Aufruhr. Der Vierziger von den ›Nachrichten‹ hielt es nicht länger aus und fragte, den Blick auf Zięba gerichtet: »Dürfen wir also schreiben, es ist bewiesen, dass Andrzej Workuć die Morde begangen hat?«

»Nein.«

»Wenn ich nur Ihr ›Nein‹ hinschreibe, wird meinen Artikel niemand lesen wollen. Verraten Sie uns doch bitte ein bisschen mehr.« Der Journalist wurde ungeduldig.

»Das versuche ich doch die ganze Zeit, aber Sie lassen mich ja gar nicht in Ruhe ausreden.« Der genervte Polizist rieb sich mit einem Tüchlein die Schweißtropfen von der glänzenden Stirn.

»Soll ich mir meine Fragen also auch lieber selbst beantworten?«, erkundigte sich die kurzhaarige Journalistin der ›Literaturnachrichten‹, neben der Aspirantin die einzige Frau in dieser Männerrunde, der man einen Flirt mit dem Dichter und Kritiker Boy-Zeleński nachsagte, herausfordernd.

»Um Himmels willen, nein!« Der Inspektor hatte sich sofort wieder in der Gewalt. »Ich bin doch eigens für Sie gekommen. Für die anderen Herrschaften natürlich auch.«

»Trägt Andrzej Workuć die Schuld an der Mordserie in

Rowy?« Brodacki deutete eine Verneigung in Richtung der brünetten Journalistin an.

»Habe ich etwa dergleichen behauptet?« Zięba funkelte den Praktikanten zornig an. »Ich darf hinzufügen, dass der Pfarrer von Rowy zusammen mit dem Lehrer des Ortes die Leiche des Häftlings auf einem Steinhaufen unter einem geologischen Messpunkt entdeckt hat.« Er machte eine Pause und schob das oberste Blatt unter die anderen. »Der Verurteilte hat keinen Abschiedsbrief hinterlassen«, las er langsam vor und betonte dabei jedes Wort. »Also, wie ich schon sagte, er hat keinen Brief hinterlassen. Ich meine damit einen Brief, wie ihn Selbstmörder für gewöhnlich schreiben.«

»Ein selbstmörderischer Sprung auf einen Steinhaufen, ohne Zeugen?«, fragte die Brünette und nahm ihre Brille ab. »Nun machen Sie aber keine Witze! Soll ich etwa schreiben, das schlechte Gewissen habe Workuć in einen Ikarus verwandelt?«

»Was finden Sie denn daran so verwunderlich? Nach aktuellem Stand der Ermittlungen wird die Beteiligung Dritter ausgeschlossen. Lediglich theoretisch …«

»Was bedeutet ›theoretisch‹?« Die Brünette sah von ihrem Stenogramm auf.

»Man darf davon ausgehen, dass …«

»Ich bin ganz Ohr.«

»Die Lage der Leiche deutete nicht darauf hin, dass ihm jemand bei diesem Akt der Verzweiflung behilflich war. In den Taschen des Häftlings fanden sich einige Schwarzbrotrinden, eine zerkrümelte Zigarette, das Bild eines jungen Mädchens in einem Buchenrahmen und noch etwas.«

»Können wir dieses Etwas sehen?« Die Korrespondentin der ›Literaturnachrichten‹ lächelte zurückhaltend und hängte ihre Strickjacke über die Stuhllehne.

Der Inspektor stellte theatralisch seine Aktentasche auf

das Pult und holte wie ein Zauberkünstler eine Papiertüte daraus hervor. Er wartete einen Moment, bis die Spannung ihren Siedepunkt erreicht hatte, dann legte er den Buchenholzrahmen mit der Fotografie auf den Tisch und dazu zwei kleine Hufeisen und ein paar Nägel.

»Bitte sehr. Das ist der Rahmen mit dem Foto, und das hier ... Hufeisen und Nägel. Genau solche, wie sie an den Fersen der Opfer gefunden wurden«, sagte er.

»Wie würden Sie denn diesen spezifisch polnischen Stil der Ermordung unschuldiger Frauen kommentieren?«, fragte ein strohblonder, breit lächelnder Journalist vom ›Ukrainischen Wort‹.

»Nun, dazu könnte ich durchaus einiges sagen«, entgegnete Zięba, bemüht, das Geratter der von der Krakauer Straße herannahenden Straßenbahn zu übertönen, »aber aus Rücksicht auf die anwesende Dame muss ich Ihnen dies leider heute vorenthalten.«

»Wenn Sie einer Antwort ausweichen, ist das doch ein klarer Beweis dafür, dass die nationalen Minderheiten hier schikaniert werden«, bemerkte ein dunkelhaariger Brillenträger vom jüdischen Blatt ›Unsere Revue‹ bissig.

»Meine Herren, hier ist nicht der Ort für nationalistische Meinungsverschiedenheiten. Konzentrieren wir uns lieber aufs Thema!«, empörte sich Nowak.

»Heißt das, die Sache ist abgeschlossen?«, fragte Stern, während Brodacki, die allgemeine Aufregung ausnutzend, Fotos von den makaberen Requisiten schoss.

»Es heißt«, begann der vom Blitzlicht geblendete Inspektor blinzelnd, »dass der Täter unsere Pläne gemein durchkreuzt hat und dass wir wohl nie erfahren werden, was ihn tatsächlich zu seinem Handeln getrieben hat.«

»Vorausgesetzt, er hatte keinen Komplizen«, warf ein dickleibiger Journalist vom ›IKC‹ ein, der an den aus seinem Hemd hervorspitzenden roten Härchen zupfte.

»Wenn Sie im Besitz solch weitreichender Kenntnisse sind, sollten Sie uns vielleicht daran teilhaben lassen.« Zięba nutzte die Provokation geschickt aus. »Allerdings erscheint mir dies absolut unwahrscheinlich. Im Übrigen erwarten Sie bitte keine Wunder von uns.«

»Wir haben in diesem Land schon lange verlernt, auf Wunder zu warten«, warf die Brünette ein, erstaunt über den Stil, in dem der Polizist die Pressekonferenz führte.

»Das habe ich nicht gemeint.« Der Inspektor musterte die Journalistin, als wolle er sich ihr Bild einprägen. »Verehrte Frau, um genau zu sein, darf ich Ihnen mitteilen, dass die ganze Zeit über in der Umgebung intensive Fahndungen betrieben wurden, Lemberg eingeschlossen.«

»Sie wollen uns doch nicht etwa weismachen«, fragte Nowak den in Verlegenheit geratenen Zięba triumphierend, »dass der Mörder in seiner gestreiften Sträflingskluft sich im Hotel George einquartiert und ein Frühstück aufs Zimmer bestellt hat. Trug er einen Anzug, als sie ihn gefunden haben, oder hatte er seinen Gefängnisdrillich an?«

Der Inspektor fühlte sich nun endgültig in die Ecke getrieben. Er blickte zu seiner Protokollantin und anschließend mit zusammengekniffenen Lippen zu dem Journalisten hinüber. Dann begann er, nervös mit den Fingern auf den Tisch zu trommeln.

»Vor einer Weile haben Sie der Polizei Schludrigkeit vorgeworfen. Sie wollen scheinbar absichtlich nicht verstehen, Herr Nowak, dass der Fall abgeschlossen ist? Mir ist natürlich schon klar, dass Sie ...«

»Sie sind ja wohl nicht der Initiator dieser Konferenz. Ich sehe keinen Sinn darin, das Publikum mit Banalitäten zu unterhalten, die irgendjemand aufgeschrieben hat«, donnerte Nowak.

»Dann ergänzen Sie es doch bitte auf Ihre Weise.«

»Schlagen Sie uns damit vor, wir sollen die Rollen tau-

schen?«, fragte Stern und packte den Stier bei den Hörnern.
»Was sind denn das für Fakten, die niemand bestätigen kann?«
»Klare Fakten bedürfen keines Kommentars. Die Journalisten, darunter auch Sie, haben das Ihre dazu beigetragen, sorglose Sommerfrischler aus Rowy zu vertreiben. Ihre gestrige Beschreibung der Lynchjustiz, diese abschreckenden Details und die abscheulichen Bilder, all das ist selbstverständlich das Recht der freien Presse, die man in keiner Weise einschränken darf, aber ... Ich schlage Ihnen vor, das Thema abzuschließen. Insbesondere, weil die Erwartungen der Stadtväter dahin gehen ...«
»Na großartig! Haben Sie uns etwa eingeladen, um uns zu indoktrinieren?« Die Korrespondentin der ›Literaturnachrichten‹ blickte zornig von ihren Notizen auf. »Könnten Sie vielleicht wenigstens auf eine meiner Fragen eine ehrliche Antwort geben?«
Der Inspektor, der eine Falle witterte, ließ seinen Blick über die Versammelten gleiten.
»Fragen Sie!«
»Die grundlegende Frage nach dem ... Motiv?«
»Da müssen Sie schon den Selbstmörder persönlich fragen«, erwiderte der Polizist süffisant.
»Wie wäre es, wenn Sie ihn fragten?« Brodacki revanchierte sich bei Zięba mit dem gleichen Maß an Unverschämtheit.
»Und wenn er uns nun kein Motiv verraten hat?«, gab dieser zurück, ohne auf die Polemik einzusteigen.
»Ach, hat der Tote es Ihnen nicht verraten?« Stern nutzte blitzschnell den sprachlichen Lapsus des Inspektors aus.
Zięba hätte die Konferenz gern beendet. Die Rolle des Prügelknaben machte ihm überhaupt keinen Spaß. Irritiert und mit versagender Stimme, den Blick auf die verstörte Protokollantin geheftet, erklärte er:
»Wenn die von mir hier vorgetragenen Fakten Ihnen nicht

genügen, dann sollten Sie sich selbst nach Rowy bemühen und sich dort umhören.«

Die Brünette lieferte einen weiteren Beweis ihrer journalistischen Fähigkeiten. Sie nahm ihre Korallenkette aus dem Mund und säuselte mit Unschuldsmiene:

»Selbstverständlich nehme ich Ihren Rat gerne an. Ich habe vor meiner Abfahrt nur noch eine kleine Bitte.«

»Alles, was Sie wollen.« Der Inspektor sammelte zufrieden seine Papiere ein und schickte sich gerade an hinauszugehen, als Szumiłło in den Saal hereinplatzte. Konsterniert trat er an Zięba heran und flüsterte ihm etwas ins Ohr. Der Inspektor betrachtete ihn ungläubig, und als sich Szumiłło mit seinem Watschelgang entfernte, fuhr er fort, als sei nichts gewesen: »Ich habe heute keinerlei Geheimnisse vor Ihnen.«

»Also gestatten Sie mir, Workuć' Mithäftlinge zu befragen?« Die Journalistin sah Zięba bittend an.

Der Inspektor war in die Falle getappt.

»Aber das ist völlig ausgeschlossen!«, empörte er sich.

»Ich würde den Gefangenen nur ein paar einfache Fragen stellen.« Die Brünette sah sich auf der Suche nach Unterstützung aus dem Kollegenkreis um.

»Ich versichere Ihnen, das ist sinnlos.« Zięba gab nicht nach.

Die verbalen Rangeleien dauerten noch einige Minuten an. Schließlich dankte der Inspektor den Anwesenden und beendete sichtlich erleichtert die Pressekonferenz. Auch die Protokollantin atmete auf. Sie nahm ihr Heft und ging still hinaus, ohne auch nur einmal den Blick zu heben. Hinter ihr strömten die Teilnehmer der Konferenz auf den Korridor. Einige davon, die Stern erkannten, beglückwünschten ihn aufrichtig zu seinem letzten Beitrag, andere, die in ihm einen gefährlichen Konkurrenten sahen, blickten ihn hasserfüllt an. In der Eingangshalle holte Zięba Stern ein und gab ihm die Hand.

»Na, Sie sind ja schon wieder in aller Munde!«, bemerkte er mit unüberhörbarem Sarkasmus und nutzte auch gleich die Gelegenheit, um sich zu beschweren: »Sie haben mich ja heute ganz schön in die Pfanne gehauen, Herr Jakub! Sind Sie immer noch sauer wegen der Ansichtskarte? Das war doch nur ein Spaß!« Hartnäckig seine Hand haltend, sah er ihm in die Augen. »Ich war tatsächlich auf der ›Lemberg‹.«
»Sie vergnügen sich auf den Wellen, und mein Kollege und ich« – er deutete auf Brodacki – »sind währenddessen auf der Suche nach diesem Irren durchs Gebüsch gekrochen.«

»Darum hat Sie niemand gebeten«, schnitt ihm Zięba das Wort ab, und noch bevor Stern ihm etwas erzählen konnte, machte er auf dem Absatz kehrt und lief seiner hüftschwingenden Protokollantin hinterher.

Auf halbem Wege in die Redaktion, an der Sankt-Georgs-Kathedrale, fragte Brodacki, der bis dahin geschwiegen hatte, Stern nach der Brünetten.

»Ich dachte, Sie kennen sie.«

Der Praktikant sah ihn ungläubig an.

»Unmöglich. Das war unsere Konkurrentin?«, knurrte er mit seltsamem Groll in der Stimme. »Warum haben Sie mir das nicht gleich gesagt?«

»Ich hatte keine Gelegenheit dazu. Sie haben ja die ganze Zeit über die Protokollantin mit den Augen ausgezogen.«

Ihr Gespräch brach unvermittelt ab, als sie an der Ecke Zygmuntowska-/Mickiewicz-Straße auf einen Menschenauflauf stießen. Aus dem ersten Stockwerk eines dreistöckigen Hauses wurde gerade eine Arbeiterfamilie auf die Straße gesetzt. Die hochschwangere Frau schluchzte herzerweichend. Mit einer Hand drückte sie ihre verweinte Tochter an sich, mit der anderen wischte sie sich die Tränen ab, die ihr übers Gesicht liefen.

»Lieber Gott, warum denn bloß?«, schrie sie den gleichgültigen Leuten zu. »Warum bloß?!«

Ihr Mann und ein spindeldürrer Sohn schleppten gemeinsam ein Kinderbett zum Leiterwagen. Der Junge stolperte versehentlich über den Bordstein und ließ das wertvolle Möbelstück fallen, das daraufhin in mehrere Teile zerbrach. Der Vater trat mit den Füßen nach den Überresten des kostbaren Familienbesitzes und verfluchte den Sohn. Aus lauter Wut trat er die dünne, von Rostflecken übersäte Matratze mit Füßen. Schmollend rannte der Junge ins nächstliegende Tor und schrie von dort seinem Vater zu: »Mann, dann mach doch deinen Dreck alleine, du alter Sack!«

Aus dem offenen Fenster im ersten Stock schaute der Hausbesitzer herab. Sein rundes Gesicht zeugte von stoischer Ruhe. Zwei kräftige Kerle, die er angemietet hatte, trugen rasch Tische, Stühle sowie allerlei eilig zusammengepackten Kleinkram nach unten. Der Berg auf dem Leiterwagen wuchs zusehends.

Ein angetrunkener Schornsteinfeger, der gekommen war, um die Kamine vom Ruß zu befreien, beobachtete die Zwangsräumung. Über seiner rechten Schulter hing der Kehrbesen samt Kugel, der die im Rinnstock hockenden Zwillinge gewaltig zu faszinieren schien. Die Jungen waren mit zerknitterten Hemden und schmutzstarrenden kurzen Hosen bekleidet. Jeder von ihnen hielt die Hälfte eines Sonnenblumenkopfes in der Hand, und wie auf Kommando spuckten sie die Spelzen gleichzeitig auf den Bürgersteig. Die Zwangsräumung rührte sie nicht. Sie verstanden die Welt der Erwachsenen nicht. Ganz auf die köstlichen Kerne und die Utensilien des Schornsteinfegers konzentriert, erlebten sie ein weiteres aufregendes Abenteuer.

Das traurige Schauspiel fand aber noch mehr Zuschauer. Aus fast allen Fenstern ragten Köpfe, und da die Mittagszeit herannahte, durchwehte ein Geruch nach gebratenem Fisch, Erbsensuppe und Hefekuchen die Straße.

Stern und Brodacki wechselten auf die andere Straßenseite, um den Gaffern auszuweichen, und waren ein paar Minuten später im Kościuszko-Park angelangt. Dort analysierten sie inmitten von sorglosen Spaziergängern den Verlauf der Pressekonferenz. Ziębas nichtssagende Worte waren nicht der Rede wert. Derart nebulöse Phrasen konnten sie selbst produzieren. Dagegen beschäftigte sie Szumiłłos unverhofftes Erscheinen. Sie hätten viel darum gegeben, um zu erfahren, was der schnaufende Dickwanst dem Inspektor ins Ohr geflüstert hatte.

Die Gelegenheit dazu ergab sich alsbald, und dazu verhalf ihnen der brillante Krösus. Ihr Bericht von der Pressekonferenz hatte ihn aufs Neue in Aufregung versetzt. Wie ein kleines Kind, das einen Schmetterling gefangen hat, presste er sadistisch die Finger zusammen, eifrig darauf bedacht, das zugkräftige Thema nicht auszulassen.

»Szumiłło, Szumiłło«, überlegte er, die speichelfeuchte Zigarre im Mund. »Ist das nicht dieser Fettkloß, der die Leiche in den Sack gepackt hat?«

»In eine grüne Decke«, verbesserte ihn Brodacki.

»Sack oder Decke, das ist doch für die Leser gehupft wie gesprungen, Herr Adam: Auf die Leiche kommt es an. Stimmt's, Herr Jakub? Was rede ich eigentlich lange. Sie sollten das, als unser Spezialist *per mortes*, Ihrem Kollegen besser selbst erklären. Sie beide sind also der Ansicht, um das Rätsel zu lösen, brauche es einen Priester?«, fragte er rein rhetorisch. »In Rowy gibt es doch sicher eine Kirche, was? Jemand liest dort die Messen und nimmt den Sündern die Beichte ab. Dieser Jemand muss Zugang zum Gewissen der Allgemeinheit haben.« Er stieß eine heftige Rauchwolke aus, und als diese herabsank, warf er Brodacki die angewärmten Schlüssel zu. »Was sehen Sie mich denn so an? Sie können fahren. Warten Sie aber noch auf Stern, er kommt gleich zu Ihnen hinunter.«

Der Praktikant war verblüfft. Nachdenklich verließ er das Büro seines Chefs und stieß an der Treppe mit dem noch tiefer in Gedanken versunkenen Fräulein Stopka zusammen. Die beiden nahmen einander nicht einmal wahr, und nach einem knappen Wort der Entschuldigung setzte jeder seinen Weg fort.

Stern war ebenfalls überrascht. Die Sache hatte doch – so, wie es schien – ihr Finale schon gehabt. Der Triumph war hinausposaunt worden. Es hatte deswegen bereits Glückwünsche und Lob geregnet. Sein Text war ein durchschlagender Erfolg gewesen, und nun bot sich ihm eine weitere, völlig unerwartete Fahrt.

»Ich habe Sie absichtlich aufgehalten, um Ihnen eine persönliche Bitte zu übermitteln. Nicht meine eigene, sondern die von Herrn Murof.« Krösus setzte eine geheimnisvolle Miene auf. »Als er während unserer Redaktionssitzung angerufen hat, hat er versprochen, eine Sensation zu enthüllen. Das Problem besteht darin, dass er Sie zu seinem Vertrauensmann auserkoren hat. Er lädt Sie persönlich zu sich ein. Was sagen Sie dazu?«

Stern verspürte ein leichtes Schwindelgefühl im Kopf. Ihm lag schon eine scharfe Antwort auf der Zunge, aber er wollte es sich mit Krösus nicht verderben. In seinem Beruf schätzte er am meisten seine Unabhängigkeit, alle Empfehlungen, so auch diese, empfand er als einen Angriff auf seine eigene Person.

»Sie kennen doch meinen Lieblingsspruch?«

Der Chef ließ Stern keine Chance, noch länger zu grübeln.

»Dass die Menschen Schweine sind?«

»Genau!«, bestätigte Krösus zufrieden. »Und ich möchte, dass Sie diese neugierigen Schweine zu Murofs Versteck führen.«

Wenn Ereignisse aus der Vergangenheit sich wiederholten, verursachte das bei Stern Übelkeit, so auch diesmal, als er zu seinem Leidwesen tatsächlich noch einmal mit Brodacki nach Rowy fuhr. Er hegte einen heftigen Groll auf die ganze Welt, und das lag nicht allein an Krösus' Entscheidung. Er hatte private Gründe dafür. Das, was er von Anna zu hören bekommen hatte, reichte gleich für ein paar Scheidungsverfahren. Er war auf einen Sprung nach Hause geeilt, um ein paar Sachen einzupacken und sich umzuziehen. Hätte er gewusst, was ihn erwartete, hätte er sich in der Stadt neu eingekleidet oder sogar schlimmstenfalls seinen Beruf hingeworfen. Abermals Drohungen, Tränen und schließlich eine Erpressung. Ihm stieß jedes Wort bitter auf, am allermeisten aber dauerte ihn Kasia.

Mit verkniffenem Mund, sich von innen auf die Lippen beißend, zählte Jakub Stern erst Schäfchen, dann Wolken und zuletzt die Bäume am Wegrand. Das gleichmäßige Tuckern des Motors schläferte ihn so herrlich ein, als schnüffle er an chloroformgetränkter Gaze. Das Knarzen der Federung in den lederbezogenen Sitzen erinnerte ihn an die anheimelnden Laute seines Schaukelstuhls aus Weidengeflecht. Im selben Moment verschwanden die Hügel von Zniesienie und der Sandberg im Kaiserwald, dafür tauchte vor ihm das Bild seines Arbeitszimmers auf. Er sah sich selbst, wie er nach dem Aufwachen über seinen Mahagonischreibtisch gebeugt stand und den Gegenstand auswickelte, den Daniluk ihm, in ein Leinentuch eingeschlagen, gegeben hatte. Wie er seinen eigenen Fund danebenlegte, eine albtraumhafte Sammlung arrangierend. Wie er, inspiriert wie ein Künstler, versuchte, die unsichtbare Grenze zu überschreiten, die diese unbelebten Objekte eifersüchtig bewachten.

Als er noch klein war, hatte er wahrhaftig an Zauberei geglaubt. Er hatte die Augen geschlossen und die Hand über seine gefundenen Schätze ausgestreckt. Hatte einen Zauberspruch aufgesagt und durch eine Flaschenscherbe in die Sonne geblickt. Dann hatte er auf eine von grünlicher Patina überzogene alte Münze gehaucht und sich mithilfe seiner Vorstellungskraft in eine Märchenwelt versetzt. Hatte Häuser und Straßen überwunden. Blitzschnell die Epochen gewechselt, indem er ein längst aus der Mode gekommenes Gewand überstreifte. Jetzt hielt er, wie früher in seinem Traum, die Hand über das kleine stählerne Hufeisen gestreckt und sprach die Zauberformel »Muroforum – Forumurof«.

Er verspürte eine Kälte, als verschlösse sich der Gegenstand feindselig vor ihm, so, wie eine aufgestöberte Muschel ihre Schale zusammenklappt. Er strengte seine Phantasie noch mehr an. Hüllte gleichsam das gebogene Metall darin ein. Er wünschte, ein Vogel zu sein, und sei es auch nur für einen kurzen Moment. Nun bin ich die Amsel, dachte er und wurde – neben Brodacki in seinen Traum abgetaucht – zu dem alten, nach dem Tode der Gräfin verwaisten Pierre.

Geschwind flog er durch die Lücken zwischen den Bäumen dahin, glitt unfassbar schnell an den alten Baumstämmen und mit spitzen Nadeln bewehrten Ästen der Foresta Umbra vorüber. Entzückt über seine Freiheit, beschrieb er hoch oben in den Lüften einen Bogen, um gleich darauf im Sturzflug in eine Gruppe von Laubbäumen neben einer kleinen Lichtung einzutauchen. Er flog von einer einsamen Buche herab und setzte sich auf den biegsamen Zweig eines Haselstrauchs, von wo er die auf der Lichtung versammelten zweibeinigen Wesen beäugte. Klopfenden Herzens beobachtete er die grausame Szene. Er sah alles, aber konnte und wollte es nicht benennen. Und er wollte sich auch nicht daran erinnern. Energisch schlug er mit den Flügeln und plusterte seine vom Regen durchnässten Federn. Er wandte seinen Kopf dem blendenden Licht zu, das wie eine eben erwachte Sonne aus einem schwarzen Kasten schoss. Interessiert betrachtete er die Frauenleiche, und erschrocken über einen heftigen Fluch schlug er im Auto die Augen auf.

Verschlafen schielte er zu dem Praktikanten hinüber, als befürchte er, dieser könnte seinen seltsamen Traum mitbekommen haben. Aber Brodacki wandte nicht einmal den Kopf. Er fuhr langsam an den Rand, schaltete den Motor aus, um sich rasch voller Ehrfurcht zu bekreuzigen.

Vor der dunkelblauen Motorhaube des Tatra nahm ein bizarres Schauspiel seinen Lauf. Stern sah eine solche Zeremonie zum ersten Mal in seinem Leben. Sie hätte wohl eher in seinen Traum als in die Wirklichkeit gepasst.

Eine bildschöne junge Zigeunerin saß auf dem Kutschbock, und zwei alte Zigeuner hielten sie an den Ellenbogen gefasst. Sie war festlich gekleidet – das weiße Kleid mit buntem Flitter übersät und eine rote Rose in den Haaren –, so, als führe sie zu ihrer eigenen Hochzeit. Ungewöhnlich gleichmäßige Züge. Ein bezauberndes, fast maskenhaft starres Antlitz, das Schönheit, Ernst und Ruhe verstrahlte. Der Wagen, auf dem sie fuhr, war mit einem Teppich aus Feldblumen geschmückt. Blau und gelb. Darüber ein gemalter Märchenhimmel aus goldenen Halbmonden und Sternen auf der Innenseite des Verdecks. Wer hätte vermutet, dass dies ein Begräbnis war?

Wohl waren die bei einer solchen Zeremonie üblichen Gesänge und Klagen zu vernehmen, aber wie sonderbar sie sich anhörten! Die Klagen pflanzten sich wellenartig von Wagen zu Wagen fort, vom Ende zum Anfang und wieder zur Mitte des Zuges und bis hinauf in den wolkenlosen Himmel. Man hätte meinen können, es seien Waldfrösche oder aufdringliche sibirische Mücken. Der beunruhigende Rhythmus eines Tamburins und ein ergreifendes Weinen, als würde jemandem die Haut vom lebendigen Leibe gezogen. Eine Menschenmenge in dieser Einöde, auf dem Feldweg zwischen Rowy und Zduny, gerade wie an einem Markttag auf den Hetman-Wällen. Geschirr klirrte, Pferde schnaubten, Lederriemen ächzten, Janitscharenmusik, der Geruch nach Lagerfeuer, Hafer und ... dem unsichtbar alles umkreisenden Tod. Aber auch der Geruch des Lebens. Denn aus dem mittleren Wagen, der für einen Augenblick stehen blieb, sprang in hohem Bogen eine kleine, splitternackte Gestalt ins Feld. Stern, nunmehr hellwach, sah, wie der braune Knirps kauernd seine Notdurft verrichtete. Der Kleine betrachtete mit großem Interesse das, was er auf dem sonnenverbrannten Stoppelfeld hinterließ. Als er fertig war, spuckte er wie ein Erwachsener aus, riss den am Feldrain wachsenden Mohn ab und kletterte geschickt wieder auf den Wagen zurück.

Als die Wagenkolonne entschwunden war, lenkte Brodacki ihr Fahrzeug auf die Straße zurück. Sie fuhren über den Damm bei den Teichen, zwischen den Kirschgärten hindurch und hielten schließlich vor der kleinen, aus Ziegeln errichteten Kapelle, vor der Pfarrer Stanisław, der Dorfgeistliche von Rowy, einsam die Madonnenfigur anbetete.

Von Weitem gemahnte die dürre, gebeugte Gestalt in der Soutane an eine Vogelscheuche. Diese grauhaarige Vogelscheuche zog jetzt eine Taschenuhr hervor, klappte sie auf und las die Zeit ab, als habe sie es eilig. Als sie die unerwarteten Besucher gewahrte, schob sie die Uhr in die Tasche zurück und nahm ihr Gebet wieder auf. Sie beendete es mit einem flüchtigen Kreuzzeichen und begrüßte anschließend wortreich die beiden Fremden. Auch willigte sie gern ein, mit ihnen mitzufahren, und lud Stern und Brodacki ins Pfarrhaus ein.

Stern wollte nicht vorschnell urteilen, aber der Gedanke, der Priester habe absichtlich auf sie gewartet, nistete sich in seinem Kopfe ein. Er hatte genug von diesen überraschenden Zufällen. Von plötzlichen Anrufen, von schockierenden Weissagungen, von sonderbaren Geschenken und Warnungen. Dazu noch jene absurden Vogelträume, gerade dann, als er sie am wenigsten erwartet hatte. Und nun diese überaus herzliche Begrüßung und die Einladung, zu überschwänglich, um nicht seinen Argwohn zu wecken. Das Bild des Efeus, der sich heimtückisch an den sonnenheißen Ziegeln emporwand. Dazu noch die staubige Soutane und die ausgetretenen Ledersandalen.

Eine halbe Stunde später erklärte Pfarrer Stanisław Stern mit demselben Ernst, von dem all seine Worte durchdrungen waren, die heidnischen Bräuche.

»Die ziehen seit ihrer Geburt durch die Lande, Herr Jakub. Sie stammen wohl aus dem fernen Indien, aber ihr Zuhause ist Gottes ganze Welt. Wahrscheinlich kutschieren sie deshalb die Tote von Tagesanbruch bis Tagesende auf allen Feldwegen herum. Das erinnert mich an einen Brauch, von dem mir Pfarrer Flis aus einem ermländischen Dorf bei Allenstein berichtet hat. Dort bringt die Familie des Verstorbenen den Sarg hinter die Dorfgrenze, damit er ein letztes Mal seine Felder umrunden kann. Plötzlich, als sei ihm der Zweck von Sterns Besuch wieder eingefallen, wechselte er das Thema: »Man erzählt sich also in der Stadt, dass ich alles weiß, und putscht das Ganze auch noch zum Skandal hoch?«

»Nun, zumindest sagte dies Inspektor Zięba, der die Pressekonferenz leitete.«

»Seltsam, wirklich höchst seltsam. Hat er auch erzählt, dass ich mich dorthin begeben habe, um dem Sterbenden meinen seelsorgerischen Beistand zu leisten? Nein?« Er warf Stern einen fragenden Blick zu. »Der Lehrer hat mich zu der Leiche geführt. Wir haben uns über die letzte Tragödie im Dorf unterhalten, über die Schule und über seine behinderte Tochter, und so sind wir, ohne es zu merken, bis an den Hügel gelangt. Und da …«

»Ja?« Mit dieser kurzen Frage trat Jakub eine ganze Lawine an Bekenntnissen los.

»Sie lebt dort.« Der Priester deutete auf den Wald. »Dort

steht ihr Haus. Die Bestie läuft über das Moos, faulende Blätter und Pilze sind ihre Verbündeten.«

»Den Schatten nicht zu vergessen«, warf Stern ironisch ein und sah zu Brodacki hinüber, der sich im Liegestuhl ausgestreckt hatte. »Sie haben den Schatten nicht erwähnt, in dem man sich so vortrefflich verbergen kann.«

»Oh ja! Das Dunkel, der Schatten und das klebrige Grau, das unsere Sinne einschläfert. In dieses ominöse Reich voll tückischer Fangnetze setzen wir unsere Schritte. Herr Jakub, das ist nicht mehr das alte Rowy, wie es Ihr Vater noch kannte. Die Leute hier belauern einander wie Raubtiere. Im Angesicht des Tabernakels wird die Sünde geboren.«

»Haben Sie deshalb einen Fluch über die Bestie verhängt?«

Diese Frage blieb, wie so viele andere, unbeantwortet. Stattdessen erging sich Pfarrer Stanisław in Ausführungen über die schlechte Ernte, den Tod des unvergesslichen Marschalls, nach dem die Welt sich so verändert hatte, und die himmelschreiende Dominanz der Juden. Während der Stunde, die sie auf der Veranda saßen, wärmte die Sonne den Garten, und die Magnolie entfaltete ihre blassrosa Blüten. Eine schwache Brise trug ihren süßen Duft herüber. Stern verspürte, genau wie Brodacki, Lust, sich in einen Liegestuhl zu legen und ein kleines Nickerchen zu halten. Der Waldrand auf der linken Seite der Veranda erinnerte den Journalisten an einen an den Horizont geworfenen Reiserbesen. Über seinem struppigen Geäst zog eine einsame Wolke dahin wie ein großer Zeppelin. Eine ebenso große, allerdings täuschend echt wirkende Zigarre hatte im Mai während der Messe des Ostens über dem Stryjski-Park geschwebt.

»Wie leicht ist es doch, lieber Herr Jakub, den Glauben an den Sieg des Guten zu verlieren«, sagte der Priester und bereitete Sterns Tagträumen ein jähes Ende. »Ich, Sie und die Bestie werden die Versuchung verspüren. Und darauf beruht ...«

»Die Fügung des Schicksals?«, fragte der aus seinen Gedanken gerissene Journalist.

»Die wahrhaft göttliche Gerechtigkeit. Der heilige Augustinus von Hippona sagt ...«

Stern lauschte schweigend den nun folgenden Ausführungen, während er den Pfarrer aufmerksam betrachtete und versuchte, irgendein Zeichen zu erhaschen, das ihm seine Aufgabe in Rowy erleichtern würde. Stattdessen servierte dieser ihm stetig neue Rätsel. Wie die Erzählung von der Bestie, die über weiches Moos läuft, und andere mit christlicher Philosophie angereicherte Geschichten. Von all diesen ungeklärten Fragen geplagt, folgte Stern dem Priester ins Empfangszimmer und ließ Brodacki auf der Veranda zurück.

»Da sich die Gelegenheit ergibt, lade ich Sie herzlich zum Dessert ein. Ihr Kollege schläft ja wahrlich den Schlaf des Gerechten. So sieht nun mal unser Schicksal aus, Herr Jakub, heute brennende Sonne, morgen bläst uns der Wind ins Gesicht, und übermorgen haben wir katastrophales Regenwetter.« Der Hausherr sehnte sich augenscheinlich nach einem Zuhörer. »Gleich bringt Zofija meinen Lieblingsnachtisch. Sie werden es nicht glauben, wenn ich sage, dass diese unscheinbare Frau hier auf dieser Veranda einen Kristallspiegel auf einem Bolschewiken zertrümmert hat. Das ist die wahre Zofija! Diese Kalmücken wollten sie dafür, pfui ... Aber unser Herrgott wacht über die Armen. Zofija hat sich in unserer Pfarrgemeinde auch als Archäologin verdient gemacht. Jawohl! Sie hat unter Einsatz ihres eigenen Lebens die geschändete Figur unseres Herrn vom Grund der Kloake heraufgefischt. Die Sowjets haben nicht einmal die Heiligenfiguren verschont. Kopf und Hände sind weg, aber unser Herr hat es überstanden. Ein Mirakel, dass es die Figur noch gibt! Aber ich sehe schon, dass Sie todmüde sind.« Er hatte bemerkt, wie sich Stern die Hand vor den Mund hielt. »Ich werde Ihnen etwas Faszinierendes verraten! Etwas, das Sie bestimmt wieder munter macht, natürlich nur, wenn Sie Lust haben, sich einen längeren Monolog anzuhören.«

»Aber ja, das wäre mir ein Vergnügen.« Jakub lehnte sich bequem im Sessel zurück.

»Diese Nacht habe ich von meinem Elternhaus geträumt – wohl, weil ich mich danach sehne. Es steht sehr weit von hier entfernt, in Konstantynów. Ja, ja, Herr Jakub, auch Ihr Vater wusste, dass ich nicht von hier stamme. Ich habe zwei ältere Brüder zurückgelassen, ein gutes Dutzend Hektar fruchtbarer Erde, ein Flüsschen und einen Teich, in dem es von Krebsen nur so wimmelte.« Er lachte bei dem Gedanken daran. »Das kleine Gut meines Vaters blüht und gedeiht heute wie der Garten Eden. Umgeben ist es von einer Steinmauer mit einem Tor aus gebrochenem Feldstein. Wie verzaubert habe ich in meinem Traum vor jenem Tor gestanden. Die im Stein verstreuten Glimmerpartikel funkelten über mir wie der Stern von Bethlehem. Die hohe gotische Wölbung erinnerte mich an das Tor am Łyczakowski-Friedhof, durch das man, wie Sie sicher wissen, mit einem voll beladenen Heuwagen hindurchfahren kann. In diesen steinernen Spitzbogen hat einer meiner Urahnen ein Kreuz und drei mechanische Uhrwerke eingemauert.«

»Sie sprechen in Rätseln.«

»Ich muss gestehen, dass es mich selbst verwirrt. Schon mein Großvater, auch ein Stanisław, wusste nicht mehr, wozu diese Konstruktion dienen sollte. Vielleicht eine Warnung vor der Vergänglichkeit der Zeit? Vielleicht ein anderes verborgenes Symbol? Verrostetes Eisen und eine kleine Nische mit einem schräg liegenden Kreuz.«

»In welchem Zusammenhang steht das mit ...« Stern wies auf den Wald.

»Gott obsiegt«, sagte der Priester und schloss die Augen. »Wenn ich vom Tor träume, von diesem Tor, dann weiß ich eins: Es gibt ihn. Und jetzt möchte ich Sie bitten, gemeinsam mit mir zu beten. Lassen Sie uns den Herrn bitten, dass niemand mehr in unserem Wald solch scheußliche Verbrechen begeht.«

Sterns Miene verdüsterte sich. Der Vorschlag schien ihm unpassend. Er hatte große Lust, sich dagegen aufzulehnen. Ein Gebet gegen kaltblütig geplante Qualen? Als die ersten Worte des Vaterunsers fielen, ertappte sich Jakub bei dem entsetzlichen Gedanken, dass der Ratschluss Gottes von einem Wahnsinnigen vollstreckt wurde. Es muss einen unbegreiflichen Sinn in diesen Verbrechen geben, versuchte er, eine Erklärung zu finden. Selbst wenn er sich rein auf die Auferlegung ritueller, sadistischer Qualen beschränken sollte. Sofort fiel ihm die verrückte Diskussion mit Hillel ein, in der dieser sich auf die unantastbare göttliche Ordnung berufen hatte.

»Dein Wille geschehe«, wiederholte Stern laut und beschloss, sich für die kurze Zeit seiner journalistischen Recherchen in die Rolle des Täters hineinzuversetzen.

»Amen!«, beendeten sie das Gebet und blickten sich für einen kurzen Moment in die Augen. Stern lief ein eisiger Schauer den Rücken hinunter. Er fühlte sich schuldig, wie Judas, der sich durch den Kuss vom Glauben abwandte.

Schon einmal, als Kind, hatte er dieses beschämende Gefühl verspürt. Er hatte Pech gehabt, dass Großmutter Róża ihn direkt vom Hof zur Abendmesse abholte. Er hatte gerade mit seinen Kameraden Büchsenschlagen gespielt. Er hatte eine großartige Ausrüstung bei sich, einen Knotenstock aus Eichenholz, den er selbst mit seinem Messer zurechtgeschnitzt und mit einer Glasscherbe geglättet hatte und mit dem sich die leeren Konservendosen vortrefflich ins Ziel befördern ließen. Als die Großmutter ihn rief, nahm er den Stock mit in die Kirche. Er war sicher, wenn er ihn auf dem Hof ließe, würde einer seiner neidischen Kameraden ihn sofort entwenden. Also wanderte der Eichenknüppel unter den Mantel. Der kleine Kuba hielt ihn mit seiner rechten Hand umfasst und ging konsequent ein paar Schritte hinter seiner Großmutter her. Gegen Ende der Messe, als der Priester mit dem Klingelbeutel kam, rutschte ihm der Knüppel unverhofft aus den verschwitzten Fingern und fiel mit Getöse auf den Fußboden. Es herrschte Fassungslosigkeit. Kuba fand sich umgehend wie ein echter Verbrecher, bestraft von der Großmutter wie vom Priester, im Beichtstuhl wieder, wo er eine halbe Stunde lang kniend all seine Sünden bekannte. Mit diesem Ereignis verband sich ein gewisses Missverständnis. Am Ende der Beichte, als ihm schon die Knie steif geworden waren, fragte ihn die Stimme hinter dem Gitter, ob er das denn öfter mache.

»Mit meinem Knüppel?«, fragte Stern stotternd.

»Mit deinem Knüppel, du Schmutzfink, mit deinem Knüppel!«

»In letzter Zeit jeden Tag, natürlich nur dann«, bekannte er, »wenn auch die Kameraden auf dem Hof sind.«

Die neugierige Stimme hinter dem engmaschigen Gitter fragte erneut:

»Jeder mit seinem?«

»Ja, Pater, jeder nimmt dazu seinen eigenen.«

Nach dieser befriedigenden Erklärung erhielt der junge Stern schließlich seine Absolution.

Jakub sog die Luft durch die Nase ein und ließ seine Erinnerungen Erinnerungen sein. Dem weihevollen Geruch des Pfarrhauses nach Kerzen, alten Büchern und frisch polierten Möbeln fügte das von der Pfarrköchin zubereitete Dessert eine lebensfrohe Note hinzu. Das alte Weiblein, das der Priester Zofija rief, stellte drei Porzellanteller mit in der Röhre gebackenen Kläräpfeln hin. Deren verführerischer Duft brachte dem Journalisten schlagartig seinen leeren Magen ins Bewusstsein. Gierig teilte er mit seinem Silberlöffel etwas von dem zuckersüßen Fruchtfleisch ab und tauchte es in den goldgelben Vanillepudding, in dem der Apfel schwamm. Er war völlig hingerissen. Der im Brunnen gekühlte Nachtisch schmeckte hervorragend.

»Vanillepudding. Eine Köstlichkeit, für die ich sterben könnte. Ich bin in ganz Rowy als Feinschmecker bekannt. *Degustare vitam et fortunam meam.* Dazu noch ein *Domaine du Mas Neuf* aus dem Languedoc. Jedes Jahr lasse ich mir sechs Literflaschen davon kommen. Strohfarben, passt hervorragend zu Desserts.« Der Pfarrer hielt die Flasche schräg und goss den Wein in die Gläser. »Und jetzt sagen Sie doch mal, um auf unser Gespräch zurückzukommen, sind all diese Erfahrungen, die wir machen, nicht dazu angetan, uns zu ergötzen?«

Stern schwieg, genoss die belebend kühle Süßspeise und spülte mit dem blumigen Muskateller nach.

»Wir sind doch nur Seine Kinder, die Er auf verschiedene Weise Prüfungen unterzieht. Darum ist es wichtig«, der Hausherr stieß seinen Teelöffel so schwungvoll in die goldbraune Haut, dass der Saft auf den Dessertteller rann, »dass wir hier in unserem, von aller Welt vergessenen Rowy unseren Glauben nicht verlieren. In dieser Welt ist Platz für ...«

»Beides: Dessert nach dem Mittagessen und Verbrechen?«

Pfarrer Stanisław leckte seinen Teelöffel ab und trank genau wie Stern einen Schluck von dem aromatischen Wein hinterher. Als er sich mit der Serviette den Mund abgewischt hatte, erwiderte er gedehnt:

»Ja nun, mein lieber Herr Jakub, diese Welt ist nun mal so eingerichtet. Doch wenn du in Nöten bist, steht Gott dir bei. An jenem schrecklichen Tag, an dem unser Schmied ums Leben kam, haben seine Frau und seine Kinder bei mir Zuflucht gesucht. Ich habe sie ins Städtchen gebracht, dort sind sie sicher. Sie werden abwarten, bis sich die Wogen wieder etwas geglättet haben, und dann zurückkehren. Wussten Sie übrigens schon, dass unser kleines Rowy früher direkt am

Fluss gelegen war?«, lenkte er von dem unangenehmen Thema ab. »Bis zum Bug ist es ein Katzensprung, dann kommt die Wisełka, und dann, heidewitzka, übers Meer ...«

»Nein, das wusste ich noch nicht«, entgegnete Stern, der allmählich genug hatte von dieser langen, fruchtlosen Unterhaltung.

»Ach, wie schade! Das ist doch ein Traumthema für einen Sensationsartikel! Letzte Woche haben unsere Bauern im Torfmoor ein original Wikingerboot ausgegraben. Drei Schritte breit und achtzehn Schritte lang. Wie sich herausstellte, wurden bereits zu jener Zeit in unserem Dorfe Opfer dargebracht. Wäre nicht der Zufall gewesen, ich hätte nie davon erfahren. Der verschnürte, vom Torf konservierte Leichnam hat wohl schon seit Hunderten von Jahren in diesem Boot gelegen. Jemand hat dem Opfer die Hände zusammengebunden und einen ledernen Sack über den Kopf gestülpt. Als ich den Riemen durchschnitten und den hässlichen Sack heruntergezogen hatte, kam eine schöne junge Frau zum Vorschein. Sie trug einen dicken Zopf, und ihren Hals schmückten ein Bronzehalsband und drei Majolika-Perlen. Zu guter Letzt habe ich, was für eine göttliche Fügung, ihren sterblichen Überresten auf unserem stillen Friedhof ein christliches Begräbnis zuteil werden lassen. Aber damit ist die Geschichte noch nicht zu Ende«, fuhr der Pfarrer fort, »denn Zigeuner, die durch Rowy zogen, haben bei Nacht das uralte Boot auseinandergenommen, um ein gigantisches Feuer damit zu entfachen – wie prosaisch diese Leute veranlagt sind! Sie hatten in Zduny fünf Hühner gestohlen, auch davon weiß ich, und haben sie zum Abendbrot gebraten. So sind von jenem alten Relikt nur noch Hühnerknochen und Asche geblieben, Herr Jakub.«

»Entschuldigen Sie, Herr Pfarrer, aber meinen Sie nicht ...«

»Ich meine überhaupt nichts«, erklärte der Hausherr kühl und fuhr sich nervös mit der Hand durch sein graues Haar.

»Persönlich tut es mir leid um diese Männer und Frauen. Gott allein weiß, warum sich auf unserem Boden eine Hölle von dantischen Ausmaßen aufgetan hat. Manchmal habe auch ich genug davon. Die Frauen sind mit dem Gedanken an Erholung hierhergekommen. Sie wollten fort von überreizten Menschenmengen, lärmenden Autos und Straßenbahnen. Lemberg ist eine ungewöhnlich schöne, aber auch gefährliche Stadt.«

»Ganz offensichtlich nicht so gefährlich wie das kleine Rowy«, hielt Stern dagegen. »Apropos, eine dieser Frauen war schwanger. Sie musste entsetzlich leiden. Sollte das wohl auch eine jener Prüfungen gewesen sein, denen wir uns unterziehen müssen, um Christi Leiden nachzuerleben?«

»Weder Sie noch ich werden dies je erfahren.« Der Pfarrer versuchte, das Gespräch, das allmählich brisant wurde, wieder in harmlosere Bahnen zu lenken. »Sie wissen doch sehr gut, dass der strengste Richter das eigene Gewissen ist.«

Bevor Jakub antworten konnte, trat Brodacki ins Zimmer.

»Herr Pfarrer, sagt Ihnen der Name Kłoński etwas?«, fragte er und griff ohne weitere Umstände nach seinem Dessertteller.

»Sprechen Sie um Gottes willen diesen Namen nicht aus! Das ist ein Entarteter! Er kommt mit dem Motorrad in die Messe gefahren! Möglicherweise hat er auch in dieser Geschichte seine Hand im Spiel. In seinem Palast gehen angeblich schreckliche Dinge vor sich ...«

»Was passiert denn dort?«, hakte der Praktikant nach, den Mund gefüllt mit dem köstlichen Dessert.

»Hier ist nicht der rechte Ort, um darüber zu reden«, erklärte der Pfarrer und lockerte mit dem Zeigefinger seinen Kragen, der ihm zu eng zu werden schien. »Wenn es Sie interessiert, dann fragen Sie diesen Gauner doch selbst. Und eins noch, Herr Jakub«, wandte er sich zur Abwechslung wieder an Stern. »Ich habe Sie beide um des Andenkens an Ihren

Vater willen, den ich als einen wahren Freund empfunden habe, bei mir aufgenommen. Das bedeutet aber nicht, dass Ihr Schmierblatt, wie heißt es noch gleich ...«

»›Kurier‹, Herr Pfarrer, ›Ku – rier‹!«, entgegnete Brodacki, der hastig seinen Wein herunterstürzte und wie wild mit seinem Löffel werkte, um die kulinarische Verspätung aufzuholen.

»Richtig. Eurem Schmierblatt, diesem ›Kurier‹, sollte man eigentlich Zugang zu jedweden heiligen Häusern und Geheimnissen verwehren.«

Nach einer Viertelstunde Fahrt in dem von der Sonne aufgeheizten Wagen war der Praktikant der Erste, der es nicht mehr aushielt.

»Das ganze Theater war wirklich für die Katz.«

Stern reagierte nicht.

»Diesen Menschen gibt es nicht! Er hat sich in Luft aufgelöst, und wenn dem so ist, dann ...« Brodacki verstummte abrupt und wich einem großen, mitten im Wege liegenden Feldstein aus. »Ich habe Staub in der Lunge und stinke wie ein Skunk hundert Meilen gegen den Wind! Sollten wir nicht besser ...«

»Was?«

»Krösus hat uns aufgetragen, vor Ort etwas über das Verbrechen herauszufinden, nicht irgendwelche beliebigen Eindrücke zu sammeln. Wir springen umher wie die Laus auf dem Kamm und verfolgen kopflos jede falsche Fährte. Auf die erste hat dieser bescheuerte Kurojad uns gelockt, dem wir gestattet haben, uns wie kleine Jungs zu behandeln. Dann dieses Großmaul von Murof, und jetzt auch noch dieser launische Pfaffe. Mit seinem dämlichen Jesus und Konsorten ... Chef, wir sind Journalisten und keine FBI-Agenten.«

»So, und wo würden Sie anfangen?«, schnaubte Stern, erbost über den anmaßenden Ton seines Praktikanten.

»Klarer Fall, bei den Hufeisen«, erwiderte Brodacki ungerührt. »Ich möchte wissen, wer sie angefertigt hat, für wen, wann und ...«

»Für wie viel?«

Brodacki zerbiss sein Mentholbonbon, und als er es hinuntergeschluckt hatte, servierte er Stern einen weiteren Schwung Fragen.

»Warum hat der Schmied geschwiegen? Das ist doch völlig widersinnig! Er ist schließlich schon nach dem ersten Mord in Verdacht geraten. Vielleicht wusste er zu viel, oder jemand hat ihn erpresst? Ich hätte mich verteidigt, wenn ich Beweise gehabt hätte. Ich hätte keinem erlaubt ...«

»Allein gegen ein ganzes Dorf?«, unterbrach ihn Jakub. »Als sie in sein Haus eingedrungen sind, hat er selig geschlummert. Als sie ihn aus den Federn gerissen haben, hat er den Hocker neben seinem Bett gepackt. Er hat gekämpft, er wollte ihnen nicht lebend in die Hände fallen. Szumiłło hat erzählt, noch bevor er den Mund auftun konnte, habe er bereits ein Scheit zwischen die Augen bekommen und sei bewusstlos zu Boden gesunken. Sie haben ihn an den Baum genagelt, während er bewusstlos war.«

»Ein humaner Tod, da kann man nicht meckern, besonders nicht, da doch seine Frau und seine drei Kinder zugegen waren«, sagte Brodacki. Nach einer Weile kramte er das nächste Mentholbonbon aus seiner Tasche, und als es in seinem Mund verschwand, setzte er mit einem Seufzer hinzu: »Ein hoffungsloser Fall, das Opfer nimmt das Geheimnis mit ins Grab.«

Stern war nicht gewillt, sich provozieren zu lassen. Schließlich war er es, der Krösus einen emotional ergreifenden Text abliefern sollte, und nicht der Praktikant. Er sah durch die Scheibe, auf der Fliegen und Käfer zerplatzten, auf die Straße hinaus und dachte gähnend an das vorzügliche Dessert beim Pfarrer zurück.

»Jetzt hab ich's!« Brodacki gab nicht auf und trommelte einen wilden Rhythmus aufs Lenkrad. »Wir fahren den Mörder fangen und stellen ihm ein paar Fragen: ›Guten Tag, werter Herr! Seien Sie gegrüßt! Wir würden gerne ein kurzes Interview mit Ihnen führen, was halten Sie davon?‹ All das nur, weil so ein Verrückter in den Wald geflohen ist. Vor Hunger hat er Walderdbeeren und Heidelbeeren gefressen, und als er einem einsamen Weibsbild begegnet ist, hat er sie so lange missbraucht, bis es wehtat. Zum Schluss ist er dann auf den hölzernen Turm geklettert und hat einen eindrucksvollen Salto gemacht! Er hat bestimmt damit gerechnet, dass ihn der Lehrer findet, wenn er mit dem Pfarrer einen Spaziergang macht. Wir sind schon ein ganzes Ende Weg für nichts und wieder nichts gefahren. Können Sie mir mal verraten, Chef, was das alles soll? Für den Leser ist das doch eh Jacke wie Hose.«

»Was ist Jacke wie Hose?«

»Der muss doch nicht wie wir durch die Lande fahren. Der macht's viel klüger: sitzt bequem in seinem Sessel, schlürft seinen Kaffee und raschelt in aller Ruhe mit unserer Zeitung.«

»Also kann man ihn anlügen und Fakten erfinden?«

»Habe ich etwa dergleichen behauptet?« Brodacki drosselte das Tempo und lenkte den Wagen geschickt über die hölzerne Brücke.

»Das musst du gar nicht explizit. Für dich zählt doch einzig und allein der Absatz. Wenn der steigt, wirst auch du bedeutender und mit dir dein Text, den du auf dem Abtritt verfasst hast.« Vor lauter Zorn war Stern dazu übergegangen, seinen Praktikanten zu duzen.

Der schluckte den ungerechten Angriff hinunter.

»Mit Ihnen kann man nicht mal mehr einen Scherz machen. Mir ging es doch um etwas ganz anderes.«

»Ach ja, worum?«

Er machte ein betretenes Gesicht.

»Werden Sie mir aufrichtig antworten?«

»Ich habe keinen Grund, irgendetwas zu verbergen ...«

Brodacki hatte nur darauf gewartet.

»Wenn dem so ist, dann frage ich geradeheraus: Sind Sie eigentlich glücklich?«

Stern witterte die Falle.

»Ich verstehe nicht ganz, wie du das meinst. Ich denke, ja ... doch, ich bin glücklich«, erwiderte er unsicher.

»Hier?« Der Praktikant ließ nicht locker. »Am Arsch der Welt? Selbst wenn ich es wollte, ich kann es nicht glauben!«

»Aber es stimmt!« Jakub hatte nicht die Absicht, sich vor Brodacki eine Blöße zu geben.

»Sie sind glücklich damit, dass Sie Ihre junge, verdammt schöne Frau zu Hause gelassen haben?«

»Das geht dich nichts an!«

»Gerade haben Sie noch gesagt, Sie ...«

»Na und?!« Stern hieb wütend mit der Hand auf die hölzerne Armatur. Die Frage berührte ihn stärker, als er erwartet hätte. Aufgebracht kehrte er in Gedanken zu Anna und Kasia zurück, zu den Dingen, die sich nicht gerade aufs Beste fügten. Er hatte den Tag, an dem Anna unverhofft in der Redaktion erschienen war, noch gut in Erinnerung. Er sah die aufdringlichen Blicke seiner Kollegen. Manio, der Buchhalter und Długolato, alle hatten sie bewundernd die sich unter dem engen Rock abzeichnenden Gesäßbacken angestarrt. Ja, er war eifersüchtig, und dass Brodacki seine Frau so deutlich in Erinnerung hatte, schien ihm ein Frevel.

»Ich habe ein eisernes Prinzip.« Er versuchte zu verbergen, dass ihm das Blut in den Adern kochte. »Ich trenne Privatleben und Beruf ganz strikt. Das ist Teil unseres Berufsethos'.«

»Oho!«, entgegnete der Praktikant. »Erst neulich haben Sie mir erklärt, dieser Beruf sei wie eine alte Hure, der jegliche Ethik am Arsch vorbeigeht.«

»Deswegen hast du ihn dir also ausgesucht?«

Der Streit fand ein jähes Ende, als hinter einer Kurve unvermutet ein massives Hindernis auftauchte. Brodacki zog mit aller Kraft die Bremse und klammerte sich ans Lenkrad. Der Tatra bohrte sich mit den Rädern in den Sand, drehte sich zur Seite und stoppte keinen Meter vor einem Fichtenklotz, auf dem ein Halbwüchsiger saß und einen Apfel verspeiste.

»Soll dich doch gleich die Krätze holen!«, knurrte Brodacki böse.

»Wär vielleicht besser, wenn du auf den Weg schauen würdest, verdammt noch mal!«, herrschte Stern ihn wütend an und rieb sich sein schmerzendes Handgelenk. »Du alter Streithammel!«

»Dann setzen Sie sich doch selbst ans Steuer!« Der Praktikant stieß die Tür auf und sprang aus dem Wagen. »Das ist ja wohl ein schlechter Scherz hier, was?«, brüllte er den jungen Viehtreiber an. »Hast du das Auto nicht gesehen, du Blindschleiche!«

Der erschrockene Junge warf die Überreste seines Apfels fort, sprang auf den Stamm und trieb mit einem effektvollen Peitschenhieb sein Pferd zur Arbeit an.

»*Dawaj*, Petra, *nu dawaj!*«, schrie er aus Leibeskräften.

Die Stute beugte sich dem schmerzhaften Befehl und zog energisch den Klotz an den Rand. Der Junge, der sich in seinem offenen Hemd wie ein Zirkusdompteur ausnahm, entfernte sich in Richtung Sägemühle.

»Da haben wir aber noch mal verdammt Glück gehabt!«, sagte Stern, wieder besänftigt. »Wenn Sie nicht so ein gutes Reaktionsvermögen gezeigt hätten, hätte uns dieser Jungspund alle beide ins Jenseits befördert.«

Der Praktikant hatte nach diesem Lob von Stern den vorangegangenen Wortwechsel vergessen. Er ließ den Motor an, und mit ein paar geschickten Lenkradbewegungen steuerte er den Tatra wieder auf die Sandpiste zurück.

Der Wagen erklomm eine kleine, von Haselsträuchern bestandene Anhöhe. Als sie oben waren, hatten Stern und Brodacki ihre gute Laune wiedergefunden. Von Weitem erblickten sie bereits das Ziel ihrer Fahrt – einen einstöckigen, von einem alten Park umgebenen Palast.

Aus der Nähe betrachtet, wirkte der im Grünen verborgene Bau wie das Werk eines überspannten Architekten. Warum dieser wuchtige, neugotische Stil? Wozu dieser viereckige Turmanbau mit Kuppel, der aussah wie das Minarett einer Moschee? Und warum bildeten die jahrhundertealten Kastanien ein gleichschenkliges Dreieck, mit einer Rabatte in der Mitte, die an ein offenes menschliches Auge erinnerte?

Als das Auto vor den terrassenartigen Stufen hielt, kam ihnen ein Lakai in Livree entgegen. Er legte keine Eile an den Tag und hatte das Gesicht eines verschmitzten großen Jungen.

»Nun lauf schon, guter Mann, und sag deinem Herrn, dass zwei Redakteure des Lemberger ›Kurier‹ in einer wichtigen Angelegenheit zu ihm kommen«, wandte sich Stern an ihn und schloss die Wagentür.

Der Lakai rührte sich nicht, also gab Stern ihm seine Visitenkarte und fünfzig Groschen Trinkgeld, um ihn zu motivieren. Das wirkte. Der Diener dankte höflich und bat, leise zu sein, da sein Herr gerade ein Schläfchen halte und erst in einer Stunde geweckt zu werden wünsche.

Jakub machte es sich zusammen mit dem Praktikanten in der riesigen Eingangshalle bequem, in der eine angenehme Kühle herrschte. Sich selbst überlassen, hatten sie mehr als genug Zeit, verrostete Husarenwaffen, eine marmorgefasste Uhr und darüber einen ganzen Wald aus Hirschgeweihen zu bestaunen. Als sie die reich geschmückten Wände ausgiebig betrachtet hatten, wanderte ihr Blick zu einem farbigen Fresko an der Decke weiter. Das Gemälde stellte den an einen Mast gebundenen Odysseus und die nackten Sirenen dar, die ihn mit ihrem Gesang verlockten. Der aus dem Zwischengeschoss herabblickende Lakai ermunterte sie, sich das mythologische Fresko gründlich anzusehen. Sein »Der Herr schläft noch« und sein frecher Blick begannen allmählich, beiden Journalisten auf die Nerven zu gehen. In dieser Grabesstille war nur das irritierende Ticken der Uhr zu hören. Als die Zeiger auf siebzehn Uhr sprangen, kam derselbe Diener, diesmal mit einem weißen Hemd, einer braunen Weste und hellgrünen Hosen mit Hosenträgern bekleidet, endlich zu ihnen herunter.

»Wir wollten mit deinem Herrn sprechen, nicht mit dir, du Hornochse«, servierte Brodacki ihm eine kleine Kostprobe aus seinem Schimpfwortschatz. »Ich hoffe, dein schlafmütziger Herr bekommt seinen Hintern bald mal aus dem Bett hoch.«

»Nun, hier bin ich doch«, entgegnete der Lakai und schob die Daumen unter die Hosenträger, »und ich fühle mich bestens ausgeschlafen, aber den ›Hornochsen‹ und den ›schlafmützigen Herrn‹ nimmst du zurück, sonst zieh ich dir das Fell über die Ohren.«

Brodacki verstummte verdutzt. Seine Vorwitzigkeit war verflogen, und er verhedderte sich stammelnd in Entschuldigungen. Kłoński, der sich wie der Lemberger Schriftsteller Leopold von Sacher-Masoch für kurze Zeit in einen Lakaien verwandelt hatte, bat, erfreut über seinen gelungenen Scherz, die beiden Journalisten in den nächsten Raum.

»Sie müssen doch zugeben, meine Herren, das war ein köstlicher Schelmenstreich! Es tut mir aufrichtig leid, dass nicht ich ihn ersonnen habe«, erklärte er, während er ihnen gleichsam zur Versöhnung das Zigarettenetui hinhielt.

Nach dieser komischen Vorstellung entspannte sich die Atmosphäre.

»Verstehen Sie mich bitte nicht falsch. Seit zwei Wochen treibt sich hier alles mögliche Gesindel herum. Ein Zirkusmädchen mit einem Lama, ein Gnom mit einem Löwen. Juden, Mörder und ...«

»Schwindler, die andere zum Narren halten!«, setzte Stern boshaft hinzu und nahm sich eine Zigarette.

»Ja, Gauner gibt's wahrlich mehr als genug!«, fuhr der Hausherr, ohne mit der Wimper zu zucken, fort. »Meinen afghanischen Windhund haben sie mir vergiftet, die Scheiben in der Orangerie eingeschlagen und den Vorratsspeicher angezündet. Zu alledem ist heute auch noch ein Wagenzug Zigeuner mit einer Leiche hier durch die Gegend gefahren, da verstehen Sie doch wohl selbst ... Bitte schön! Möchten Sie auch?«, wandte er sich an Brodacki. »Richtig! Letztens habe ich sogar von der erstaunlichen Theorie gehört, dass Tabakrauchen schädlich sein soll, deswegen will ich Sie auch gar nicht dazu ermuntern. Was wollte ich doch gerade ...« Er suchte nach den passenden Worten. »Die Herren Redakteure sind aus dem königlichen Lemberg selbst, sehr schön. Mir scheint, Sie hinken mit Ihren Nachforschungen etwas hinterher. Aber wir werden dank dessen zumindest in der ganzen Republik berühmt. Rowy, ach, dieses Rowy«, seufzte er spöttisch, während er Stern Feuer gab, »das ist wirklich ein gefundenes Fressen für die Klatschpresse. Aber wozu auf diese unerfreulichen Dinge zurückkommen? Dafür ist schließlich die Polizei da.«

Kłoński beendete seinen Monolog und dirigierte seine Gäste mit einer ausladenden Geste in den Salon. Den großen Raum mit zwei hohen Fenstern und einer nach oben führenden Treppe zierten imposante alte Teakholzmöbel, denen man die Hand des Meisters ansah. Eine massive Kommode mit einem guten Dutzend Schubladen, ein runder Tisch mit drei gedrechselten Beinen und sechs Stühle mit bequemen, gut geformten Lehnen vermittelten ein Gefühl von sublimem Komfort und orientalischer Eleganz. Dieser exotische Anstrich wurde noch verstärkt durch die an der Wand hängenden afrikanischen Masken und zwei holzgeschnitzte Pelikane, die jemand vor dem zum Garten hin geöffneten Fenster so platziert hatte, dass sie sich mit den Schnäbeln berührten. Von der mit Boiserien verkleideten Decke hing ein Teakholzleuchter mit Messingbeschlägen herab, wie sie auch der in der Sonne glänzende Schreibtisch aufwies.

Kłoński trat zum Schreibtisch, auf dem ein Grammophon der Marke His Master's Voice stand, erkennbar an dem weißen Hund, der mit gespitzten Ohren vor einem Schalltrichter sitzt.

»Nach diesem boshaften Scherz schlage ich vor, dass wir uns den heiteren Dingen zuwenden. Ich werde Ihnen etwas Lustiges vorspielen! Oh!« Er wandte sich an Brodacki und wies auf eine ebenholzfarbene Scheibe der Brüder Korzynski. »Ist Ihnen das überhaupt genehm?« Er legte sie sorgsam auf die Gummiunterlage. Mit seiner Rechten schwenkte er den Tonarm darüber und ließ die Nadel zielgenau auf die Rille sinken. Dann stellte er mit dem Schieber an der Skala das passende Tempo für die Melodie ein. »Erkennen Sie es, meine Herren? Unter dem blauen Himmel Argentiniens«, begann er zu singen. »Das ist Zula Pogorzelska, sie hat die schönsten Beine der ganzen Hauptstadt. Ich habe sie im Qui pro Quo in der Senatorska gesehen. Ein zweites Mal beim ›Rendezvous der Stars‹ in der Karowa. Die Music-Hall unter der Leitung von Wlasto persönlich. Eine Revue nach der anderen, und mit dabei Zula, die Zelichowska, die Kalinówna, Halama, Górska, Laska, Bodo«, er sprudelte die Namen nur so heraus. »Dazu noch Tom, Kondrat und Kosztuski. Zu guter Letzt noch der Dana-Chor und die sechzehn zauberhaften Rexgirls. Meine Eintrittskarte hat mich sechs Zloty gekostet.« Er sog den Rauch ein und blies ihn anschließend in Kringeln bis unter die Teakholzlampe. Plötzlich fiel ihm etwas ein, er drehte sich zu der nach oben führenden Treppe um und rief: »Lena! Lena, Liebling, hörst du?!«

»Ich bin schließlich nicht taub!«, kam es schnippisch zurück.

»Komm endlich herunter, wir haben Gäste aus Lemberg!«

»Die beiden, *schto maschinoj prijechali*, die mit Wagen sind gekommen?«

»Jaha! Genau die! Bring uns doch bitte etwas zu trinken. Am besten Rheinwein oder irgend so was, du kennst dich ja damit aus. Bist du so gut?«

»*Kak sachotschu*, wie du willst!«

»Ich lege mich nicht gerne mit ihr an, sie kann einen nämlich in Grund und Boden reden.« Kłoński streifte die Asche von seiner Zigarette ins Maul eines Messing-Frosches, der als Aschenbecher diente.

Nach einer Weile erschien auf der obersten Treppenstufe eine hochgewachsene, wohlproportionierte Blondine in einer weißen Bluse mit Jabot und einem engen beigefarbenen Rock.

»Gestatten Sie, meine Herren«, der Hausherr wies auf die Frau, die tänzelnd die Stufen herunterkam, »das ist Lena!«

»*Dlja kawo Lena, dlja tawo Lena*, meinetwegen, bin ich eben Lena«, sagte die glattfrisierte Blondine und stellte einen ausladenden Korb mit zwei Flaschen und Kristallgläsern auf der marmornen Tischplatte ab.

Ihre außergewöhnliche Schönheit elektrisierte Stern und Brodacki. Sie waren hingerissen von der Ebenmäßigkeit ihrer Züge, dem ausdrucksvollen Blau ihrer großen Augen und der idealen Form ihrer Brauen und ihres Mundes. Es erschien ihnen unmöglich, dass ein solch göttliches Wesen plötzlich in Rowy auftauchen und noch dazu dieselbe Luft wie sie atmen sollte.

»Meine Lena!«, sagte Kłoński und trat zum Grammophon, um ein weiteres Lied der Pogorzelska aufzulegen.

»Von wegen ›deine‹!«

»Was habe ich mir mit dieser Prinzessin nur angetan«,

bemerkte der Hausherr und zwinkerte Stern gerade in dem Moment zu, als aus dem Grammophon erklang: »Ich schlaf nicht gern alleine ...«

»Ich weiß nicht mal, warrrum«, sang der Blondschopf, nicht ohne den gewünschten Effekt zu erzielen.

»Mein Gott, was für eine Frau«, setzte Kłoński seinen Monolog fort. »Sie kriegt nie genug. Einen Palast wollte sie, nun hat sie ihn! Sei nicht so träge, Kleines, gieß den Herren ihren Wein ein. Das sind unsere neuen Freunde.«

»Was du nicht sagst!«, entgegnete Lena und nestelte an der Teerose an ihrem Dekolleté.

»Ich muss wohl erklären, dass Lenotschka Alexandrowna Wojsjewitsch aus Kiew für einen Gastauftritt zu uns gekommen ist. Wie sie das angestellt hat? Das bleibt ihr süßes Geheimnis. Sie hatte genug vom Roggenbrot bei den Proletariern. Ich habe sie persönlich auf dem Bahnhof in Lemberg entdeckt. Sie war schmutzig, verlaust und hungrig. Sie hat mir erzählt, dass man ihre Eltern, Besitzer eines kleinen Tabakladens in der Saratow-Gasse, wegen eines dummen Witzes nach Sibirien geschickt hat. Stimmt's, Lena?«

»Hören Sie nicht auf ihn, er lügt *kak sabaka!*«, erklärte sie, während sie Wein in die Kelche goss. »Wie gedruckt.«

»Du bist die Schwindlerin. Jedes Mal denkt sie sich etwas Neues aus. In der ersten Version sind ihre Eltern ertrunken, während sie auf einem Dampfschiff die schäumende Wolga hinabfuhren. In der zweiten, genauso absonderlichen, sind sie blutrünstigen Tschetschenen in die Hände gefallen, als sie im Kaukasus wanderten. Ihr Großvater väterlicherseits baut angeblich mit den Engländern ein Kraftwerk für die Chinesen, und ihre Schwester ...«

»Könntest du bitte Klappe halten, du Papagei?!«

»Aber natürlich, Liebling. Ich habe sie an diesem hübschen Zopf aus der Bahnhofskloake gezogen. Sag, dass du mir dafür noch über den Tod hinaus dankbar sein wirst, Lena.«

»Kannst du lange warrrten«, erwiderte Lena und knallte unsanft die Flasche auf den Tisch. »*Sachotjelos*, alter Schuft! Hättest du wohl gern!«

»Sie sehen ja selbst, meine Herren Redakteure«, schäkerte Kłoński und schob ein Taschentuch unter das durchnässte Tischtuch. »Um wieder aufs Thema zurückzukommen, ich erkläre mit ausdrücklichem Bedauern, dass ich Ihnen absolut nicht weiterhelfen kann.«

»Wobei?«, fragte Stern und drückte die widerwärtige Zigarette aus.

»Jetzt spielen Sie aber den Naiven.« Der Hausherr amüsierte sich sichtlich in seiner Rolle. »Bei der Jagd natürlich! Seit nahezu einem Monat macht die ganze Gegend hier Jagd auf den Irren aus dem Wald. Alle reden darüber. Wenn ich wüsste, wer dieser Mistkerl ist, der die Weibsbilder beschlägt, würde ich liebend gern mit ihm persönlich ein Hühnchen rupfen. Lena tut wegen dieser Geschichte nicht einen Schritt aus dem Palast. Überall, na fast überall muss ich mit hin. Vorgestern haben sie angeblich so einen entlaufenen Irren an einem geologischen Messpunkt gefunden, solche Gerüchte machen hier ja blitzschnell die Runde. Der war tot. Angeblich hat er fliegen lernen wollen, ist dabei aber auf die Schnauze gefallen. Alle erzählen, dass er angeblich der Ausreißer war. Zuvor hat der Pöbel in Rowy als abschreckendes Beispiel einen unschuldigen Schmied zu Tode gefoltert. Ich muss zugeben, diese Häufung grausamer Verbrechen begreife ich nicht.«

Brodacki hörte nur mit halbem Ohr zu, während er lüstern auf Lenas tiefes Dekolleté schielte. In seinem Kopf glomm der verrückte Gedanke auf, er könne, so wie der Hausherr, dieses Mädchen ganz für sich allein haben. Er lauerte darauf, einen Blick von ihr zu erhaschen, während er ihren dicken, über den Rücken hängenden Zopf mit seinen Blicken verschlang.

»Im Dorf gibt es nur noch eine Person, die genau solche Märchen erzählt wie Lena. Ich befürchte, Sie waren heute bei ihr.«

»Wir waren beim Pfarrer«, gab Brodacki amüsiert zurück und drehte das Weinglas zwischen den Fingern.

»*Ty menja*, Wiktor, *nje srawniwaj* mit habgierigem Halunken aus Rowy, *charoscho?!*«, entrüstete Lena sich. »Vergleich mich nicht mit dem, kapiert?!« Dann trank sie den Wein gleich aus der Flasche. »*Wot, snalasjja saschtschinik* von Gottes Gnaden, hat sich Beschützer gefunden!«

Kłoński nahm ihr sanft die Flasche aus der Hand und stellte sie auf den Tisch.

»Tatsache ist, dass der Pfaffe zu mir gekommen ist, um Geld für einen neuen Altar zu erbetteln. Ich habe ihm wahrheitsgemäß gesagt, dass mein Geld alle ist. Da hat er mich, was vorauszusehen war, einen ungewaschenen Dreckskerl genannt.«

»Haben Sie zufällig eine der getöteten Frauen gekannt?«, erkundigte sich Stern.

»Um Gottes willen, was hätte ich wohl mit so einer zum Himmel stinkenden Sache zu schaffen? Andererseits haben sich diese Puppen das doch selbst eingebrockt. Mit Blumen behängt sind sie durchs Dorf flaniert, haben sogar den Kerlen dort schöne Augen gemacht, jetzt haben sie eben die Quittung dafür bekommen. Ich gebe Ihnen mein feierliches Ehrenwort, und Lena ist meine Zeugin, dass ich nicht dieser Mistkerl bin. Enttäuscht? Das haben Sie doch beide gedacht! Was für Zeiten sind das bloß. In diesem Dorf, den Pfarrer eingeschlossen, hasst doch einer den anderen! Wenn man die von der Leine lässt, beißen sie einander binnen drei Sekunden tot.«

»Und der Palast?«

»Das ist eine völlig andere Sache.« Kłoński nahm wütend seine Zigarette aus dem Mund.

»Im Dorf heißt es, Sie hätten ihn beim Kartenspiel gewonnen.« Brodacki sprang Stern augenblicklich bei.

»Von wegen, gewonnen! Sawicki hat mir die Wette vorgeschlagen. Ihm und nicht mir ist Lena ins Auge gestochen, so wie auch Ihnen – ohne Ihnen zu nahe treten zu wollen.«

Der Praktikant fühlte sich ertappt und wandte beschämt seinen Blick von der Blondine ab. Kłoński, zufrieden mit der Wirkung seiner Worte, fuhr fort:

»Wie gesagt, Alfons hat darauf bestanden zu spielen. Ich habe ihn gewarnt, weil er mein bester Freund aus Schulzeiten war. Ich habe ihn angefleht, er solle mich in Ruhe lassen, vergeblich. Er hat, wie alle Sawickis, ein eigenartiges Ehrgefühl eingeimpft bekommen.«

»Im Dorf geht die Rede, Sawicki sei ein hoffnungsloser Alkoholiker.«

»Blödsinn. Der säuft genauso wie Sie und ich. Ich kenne Alfons, da waren wir noch so klein. Für das Geld von seinem alten Herrn sind wir jede Woche in P. ins Kino gegangen. Als wir auf dem Gymnasium waren, hat ihm sein Papa, Gott hab ihn selig, tagtäglich zwei Zloty mit auf den Schulweg gegeben. Verwöhnt hat er sein Söhnchen nach Strich und Faden, das ist alles. Jede Ferien hat er ihn nach Italien mitgenommen, wo er dann letztendlich auch verschwunden ist.«

»Verschwunden in welchem Sinne?«, fragte Brodacki neugierig.

»*Pjerjestal bytj*, hat aufgehört zu sein«, erklärte Lena philosophisch und warf ihm einen vielsagenden Blick zu. »*Paschol s schenoj* ist mit Frau in Berghöhle gegangen und hat sich in Luft aufgelöst.«

»Auch der Bergführer ist verschwunden«, fügte Kłoński hinzu. »Und unser Alfons ist mutterseelenallein auf der Welt zurückgeblieben.«

»*Ja slyschala*, ich habe gehört«, erklärte Lena mit ernster Miene, ohne den Praktikanten aus den Augen zu lassen,

»dass da bei Neapel *plywiot* unterirdischer Fluss fließt. *Mnje kaschetsja,* hat man mir gesagt, *schto naschli jejo,* dass ihn haben überfallen seine zwei jüngere Zwillingsbrü...«

»Zwillinge sind bekanntlich immer zwei«, witzelte der Hausherr mit unverhohlener Genugtuung.

»Ich wollte nur *skasatj,* sagen, dass einer von ihnen *propal,* verloren ging, *a wtaroj,* und zweiter, *was wyschol,* herauskam nach Sonntag, *potjeral,* ist verrückt geworden. *A ty wsio,* und du alles spottest über mich.«

»Ich spotte nicht. Ich bewundere aufrichtig, was du alles weißt! Ich darf noch ergänzen, dass die Sawickis mit ihrer Vorliebe für unberührte Natur mitten in einem Wald angehalten haben, Liebes. Die Italiener nennen ihn Foresta Umbra, das bedeutet Schattenwald. Angeblich war ein großer Felsbrocken auf die Motorhaube ihres Wagens gefallen.«

»Demnach kam dieser Halt völlig unplanmäßig?«, schaltete sich Brodacki ein.

»So ist es. Ein unplanmäßiger Halt auf dem Weg zwischen Peschici und Monte Sant'Angelo. Die Karosserie war eingedrückt, die Frontscheibe zerschlagen, und der Motor war komplett im Eimer! Der Wagen war schrottreif, und die Weiterreise konnte nur auf Eselsrücken fortgesetzt werden.«

»Und wie ging es weiter?« Der Praktikant sah Lena neugierig an.

»Ja, erzähl weiter«, bat diese, an Kłoński gewandt.

»Stell dir eine ganze Wolke von Fliegen vor, Liebling. Ach, was sage ich, Abertausende, Millionen. Sie setzen sich in deine schönen Haare, verkleben dir die Augen, schwirren dir in den Hals ...«

»*Pjerjestan!* Hör auf!« Lena erhob sich empört. »*Ty djelajesch eta spezjalna?* Machst du das mit Absicht?«

Kłoński nahm sie sanft bei der Schulter und drückte sie wieder auf ihren Platz.

»Scharen von Fliegen. Sie fielen über sie her wie gefräßige

Heuschrecken, deshalb ergriffen sie panisch die Flucht. Es scheint, dass der Führer sie dann in die nächstbeste Grotte gezogen hat, den Rest, meine Herren, können Sie sich wohl denken.«

»Bitte, erzählen Sie weiter«, sagte Stern, dessen Interesse geweckt war.

»Lena ist sehr empfindlich. Ich möchte nur noch anmerken, dass Alfons' Vater der Schlag traf, als seine Frau so mir nichts, dir nichts verschwand. Ihr Führer Mario, ein Italiener mit Affenarmen und einem Pferdegesicht, war ebenfalls verschwunden. Alfons Sawicki blieb also allein zurück. Nun, vielleicht nicht ganz, denn statt seiner Mutter tauchte ein kleines, auf allen Vieren kriechendes Mädchen auf. Es klingt zwar belanglos, aber dieses schwarzhaarige Findelkind ...«

»*Ty objeschtschal a tom nje gawaritj*, du hast versprochen, nicht darüber zu reden«, warf Lena flehend ein.

Brodacki sah Kłoński vorwurfsvoll an.

»Ja nun, da ich es versprochen habe ... Also, zurück zu dem Spiel mit Alfons um den Palast«, der Hausherr wechselte das Thema, »das war so ehrlich wie selten eins! Dass mein Schulkamerad sich als kompletter Idiot erwies, steht auf einem anderen Blatt. Ich will damit sagen, dass er die Partie hoffnungslos verlor. Zuerst spielte er ein Kreuz-Ass aus, also habe ich zugesehen, dass er nicht die Oberhand in diesem Spiel gewinnt. Ich habe mein Karo-Ass abgeworfen und den Stich gewonnen. Als ich dann sah, dass er versuchte, seine Pik-Dame loszuwerden, wusste ich, dass sich das Blatt gegen ihn gewendet hatte.«

Brodacki, den diese Einzelheiten langweilten, richtete seinen Blick wieder auf Lena.

»Alfons Sawicki hat schlicht die Tatsache nicht berücksichtigt, dass ich bei Milton Work in die Lehre gegangen war und das Spiel aus dem Effeff beherrschte. Ich hatte ihn gewarnt – während er in Gargano den Italienerinnen nachstellte, habe ich mir in Prag und Wien die Ellenbogen am Spieltisch abgewetzt. Er hat nicht auf mich gehört, und die Karten waren ihm nicht mehr gewogen.«

»Mit einem Wort, Sie haben Ihren Freund ausgetrickst?«, warf Brodacki rasch ein, ohne seinen Blick von Lena zu lösen.

»Ach, nennen Sie es, wie Sie wollen!«, schnauzte Kłoński, plötzlich verärgert. »Ich habe in diesem Spiel lediglich assistiert.«

»Wiktor, *skaschi im, kak bylo djestwitjelno*, sag ihnen, wie wirklich war«, meldete sich die Frau unverhofft zu Wort. »Sie werden es letztendlich doch von irgendjemand erfahren.«

»Mein Gott, was bist du bloß für eine Schwatzbase! Na schön! Tatsächlich verhielt es sich so«, er rieb sich nervös die Nasenspitze, »dass mein Partner der Pfarrer war, der beste Spieler im ganzen Umkreis.«

»Glauben Sie etwa, ich kaufe Ihnen das ab?« Stern trank einen großen Schluck Wein und wischte sich mit dem Handrücken einen Tropfen aus dem Mundwinkel.

»Der kleine Pfaffe?« Brodacki blinzelte belustigt. »Der Bratapfelliebhaber?«

»Also, *djestwitjelno u njewo byli*, waren Sie schon bei ihm?« Lena sah die beiden voller Anerkennung an.

»Ich habe mit dem Pfarrer zusammen gegen den hitzigen Alfons und den Lehrer gespielt«, unterbrach sie Kłoński. »Alfons hat diesen tüchtigen Erzieher aus Lemberg geholt. Er nennt sich Murof. Ein unberechenbarer Mensch. Als mein Pferd in den Brunnen gefallen ist, hat Murof als Einziger im ganzen Dorf reagiert, ist hinuntergestiegen und hat ihm einen Lederriemen um den Bauch geschnallt. Einfach so, als freundschaftliche Geste, als würde er einer Dame den Handschuh aufheben. Unter uns gesagt, er ist, genau wie seine Adoptivtochter, nicht ganz richtig im Kopf. Im Frühjahr ist er im Wald von einer Zecke gebissen worden und ins Koma gefallen. Zwei Tage hat er bewusstlos gelegen, aber er hat sich wieder erholt. Er spielt nicht nur Karten, sondern er malt auch phantastisch. Sawicki, der sich als Künstler zu ihm hingezogen fühlte, hat ihm hier den Posten als Lehrer in der Volksschule verschafft. Eine kleine Erpressung, und Murof hat sich das Findelkind aus Italien aus dem Palast geholt.«

»Unmöglich.«

»Hier in Rowy ist sogar das Unmögliche möglich! Insbesondere dann, wenn man die Pik-Dame abwirft, wenn gerade Kreuz ausgespielt wurde.«

Stern spießte einen mit Paprika bestreuten Käsewürfel auf einen Zahnstocher. Er führte ihn zum Mund und schnupperte genüsslich daran.

»Außerdem interessiert es mich schon«, er zog mit den Zähnen den Appetithappen herunter, »was Sawicki jetzt tut.«

»*Moschet schpi*, schläft vielleicht«, antwortete Lena Alexandrowna, »*a moschet basgroli kistom*, vielleicht kleckst er mit Pinsel?«

»Besuchen Sie ihn nur, und grüßen Sie ihn von mir. Er wohnt im Turm«, sagte der Hausherr.

»Der Herr Graf ist also gar nicht verreist?« Brodacki sah Kłoński misstrauisch an.

»Wohin denn? Zum Papa in die Unterwelt? Außerdem, was den alten Grafen betrifft, so hat Alfons ihn ja in Reichweite. Er hat ihn in einer tönernen Urne mit nach Hause gebracht. Was allerdings die Mama des gnädigen Herrn betrifft, so …«

»*Maltschi!* Schweig!«, fiel ihm Lena ins Wort.

»Sawicki verlässt den Turm nicht, weil er sich schämt. Scham ist eine tödliche Waffe für einen sentimentalen Idioten. Er spielt anderen gern etwas vor. Er hat noch einen

Bruder in Argentinien, aber das ist schon wieder ein anderes Paar Stiefel. Alfons ist, wie alle Sawickis, sehr ehrpusselig.«

»Weil er dageblieben ist?«

»Weil er mir dafür zahlt. Zwar nicht viel, aber immerhin.«

»Er zahlt Ihnen für das Zimmer in seinem ...«, begann der Praktikant.

»In meinem«, unterbrach ihn Kłoński streng.

»In Ihrem Palast«, verbesserte sich Brodacki sofort.

»Bleibt ihm denn etwas anderes übrig?«, konterte der Hausherr und blies erneut den Rauch zu dem Teakholzleuchter empor. »Er hat doch sein Leben lang nichts anderes getan. Seine Arbeit bestand doch einzig und allein darin, mit Geld um sich zu werfen, verdammt noch mal! Wenn er mal ein Problem hatte, verschloss er einfach die Augen davor, und die ganze böse Welt verschwand. Ein Träumer.«

Für eine Weile herrschte Stille im Salon. Sterns Blick verharrte auf halbem Wege zwischen Wein und Käse.

»Na, was denn? Warum fragen Sie denn nicht geradeheraus?« Kłoński stand nervös auf und trat ans Fenster, um die Vorhänge weiter aufzuziehen. Ein warmer Windstoß blies ihm die Asche auf die Hose, und er schnippte leise fluchend die Zigarette auf den Rasen. Als er verärgert umherblickte, gewahrte er durch die Stäbe der Balustrade den buckligen Gärtner, der den Kiesweg harkte. Der Alte tat dies immer noch aus Gewohnheit, obwohl er ihn schon längst nicht mehr dafür bezahlte.

»Ich soll Sawicki fragen? Aber wonach?«, entfuhr es Brodacki.

»Sie sind doch der Journalist, nicht ich«, entgegnete Kłoński arrogant. »Bitte schön, besuchen Sie ihn nur. Lena wird Sie gerne hinführen. Stimmt's, Lenotschka?«

»Lass mich endlich zufrieden!«

»Ich mag es, wenn sie wütend wird. Sie ist dann so ungestüm.« Pro forma reichte er sein Zigarettenetui herum. »Fragen Sie ihn nur nach allem. Er weiß sehr viel. Er wird ganz sicher entzückt sein, Sie zu sehen«, bemerkte er mit unverhohlener Häme.

»Oh ja. Werden wir ihn *wmjestje* zusammen füttern und Hintern abwischen!«, erklärte Lena nicht minder gehässig. »Wiktor, bringen wir ihm Wein und *kuschanje*, Essen. Denkst du, diese eingebildete Kanaille rührt etwas an?«

Wiktor Kłoński lächelte, die Zigarette zwischen die Zähne geklemmt, erwiderte jedoch nichts.

Das Geheimnis, das sich ihm da offenbart hatte, setzte Stern unter Strom. Ihm war, als hätte man ihn plötzlich hinter die Kulissen blicken lassen, wo der Geruch nach altem Parfum, die Gegenwart der Requisiten und ein umherhuschender Lichtkegel, der bis in die hintersten Ecken vordrang, ihm gestatteten, den Sinn dieser Inszenierung zu verstehen. Der Hausherr zündete sich seine Zigarette an und blinzelte, weil ihn der Rauch in den Augen biss, als er Jakub ein Körbchen mit Käse, Baguette und einer Flasche Rotwein reichte.

»Er ist störrisch wie ein Esel, aber vielleicht nimmt er von Ihnen etwas an. Sie brauchen aber keine Rührung zu zeigen!«, rief er den Hinausgehenden hinterher. »Und falls es Sie doch übermannt, können Sie sich Ihre Nase ja an den Vorhängen putzen.«

Der Turm, den Alfons Sawicki bewohnte, befand sich auf der rechten Seite des Palastes. Um dorthin zu gelangen, mussten Lena, Stern und Brodacki durch die Halle zum anderen Flügel des Gebäudes gehen. Der von rötlichem Abendschein durchflutete Korridor wirkte wie die Galerie eines Museums. Etliche Dutzend vom Herrn des Hauses gemalte Landschaften stellten einen dunklen Wald, das Meer mit einer Felsküste und den Palast in einer Winterszenerie dar. Die starke Sonneneinstrahlung bewirkte, dass die Bilder einen intensiven Geruch nach Öl und Firnis verströmten, so, als seien sie erst am Vortag von der Staffelei genommen worden. Von der duftgeschwängerten Galerie gelangten die drei durch einen mit Schuhen vollgestellten, muffigen Gang an das untere Ende einer Holztreppe, die direkt in den viereckigen Turm hinaufführte. Es war derselbe seltsame Turm, den Stern und Brodacki vom Auto aus bestaunt hatten.

Der Aufstieg kostete sie mehrere Minuten, doch schließlich verhielten sie vor einer blauen Tür. Lena legte bedeutungsvoll den Finger an die Lippen und klopfte zweimal in der verabredeten Weise. Obwohl keine Antwort erfolgte, drückte sie die Klinke herunter und trat ein.

Das Turmzimmer erwies sich als Atelier. Entlang den bekleckstesten Wänden stapelten sich alte Ausgaben der avantgardistischen Zeitschrift ›Zwrotnica‹ sowie Exemplare der ›Illustrierten Woche‹ und des ›Weltblick‹ auf dem Fußboden. Dazwischen standen, an einen Klappstuhl aus Teakholz gelehnt, saubere Blendrahmen, auf der Kommode barg ein Krug einen ganzen Strauß aus unterschiedlichsten Pinseln. Die malerische Unordnung wurde noch durch ein paar dekorative Kleinigkeiten abgerundet: eine leere Keramikschüssel für Obst, einen Vogelkäfig mit offener Tür und einen Kleiderständer aus Rattan, an dem ein Strohhut hing. Auf dem Marmorsims des mit einer schmiedeeisernen Balustrade aus Akanthusblättern geschmückten Kamins lag eine Hundeschnauze aus Alabaster, die an den Vogelschnabel einer venezianischen Maske aus Papiermaschee erinnerte. Die Schnauze hielt einen aufgeschlagenen Band der ›Encyclopedia Americana‹, in dem das Wort *Trampoline* unterstrichen war. In diesem dunklen Raum voller Gerümpel verbarg sich, für die Besucher unsichtbar, der freiwillige Gefangene.

Lena zog ohne große Umstände die Vorhänge beiseite

und öffnete die Balkontür. Und schon drangen leuchtende Sonnenstrahlen ins Innere und tauchten die in der Luft herumwirbelnden Staubpartikel in einen warmen Schein. Nun erst konnten die Besucher auch die restliche Einrichtung in Augenschein nehmen, einen Paravent, einen Schaukelstuhl und ein eisernes Bettgestell, auf dem ein abgemagerter, unrasierter Mann lag.

»Fort! Raus hier!«, plärrte er weinerlich.

»Sieh mal einer an! Das ist ja nett, wie Sie Ihre Gäste *prinmajetje*, empfangen, Herr Alfons«, bemerkte Lena und warf Sawicki einen Hausrock zu.

»Sie brauche ich auch nicht. Raus hier!«

»Dabei *taskuju*, schleppe ich und *prinjesla*, bringe ich leckere *kuschanje*, Essen.«

»Wenn das doch bloß wahr wäre«, seufzte der Abgemagerte sehnsüchtig.

»*Prawda*, reine Wahrheit, wie nur was. Wiktor schickt Ihnen Wein.«

»Eine Perfidie«, knurrte Sawicki kaum hörbar. »Welch eine Perfidie! Anstatt sich selbst herzubemühen, schickt mir Kłoński Lena Alexandrowna.«

»Höchste Zeit, lieber Herr Alfons, ins Leben zurückzukehren, *nje dumajtje li wy*, finden Sie nicht?«

»Wozu sollte ich, zum Henker?«

»Weil *mir tschudesny*, Welt so schön ist. Da genügt *posmotrijt tscheres okno*, aus dem Fenster sehen.«

»Sie belieben wohl zu scherzen, Fräulein Lena! Für mich ist die Welt am Ende.«

»Na, *usche dawno po mirje*, Welt ist wohl schon lange am Ende«, erwiderte Lena und hielt einen Kristallteller mit einem hart gekochten Hühnerei hoch, auf das der Graf ein galoppierendes Pferd gemalt hatte. »Was ist denn das? *Njedolgo wy pomjerotje ot goloda*, Sie sterben bald vor Hunger. Nur noch Haut und Knochen.«

»Hühnereiweiß. Ich hasse gekochte Eier. Sie stinken bestialisch.«

»Na, dafür haben Sie hier anderes duftendes Schmuckstück.« Sie hob einen bis zum Rand gefüllten Porzellannachttopf an. »Mit bisschen gutem Willen kann man den *tscheres okno*, aus Fenster leeren.« Lena kippte den Inhalt des Nachttopfes mit Schwung über die Balustrade in den Hof.

»Pfui Teufel!«, entrüstete sich Sawicki und hielt sich die Nase zu. »Pfui Teufel!« Er wechselte das Thema. »Wen haben Sie mir denn da angeschleppt?«

»Das sind Journalisten vom ›Kurier‹, unsere Gäste.«

»Irgendwelche miesen Schreiberlinge haben mir hier gerade noch gefehlt.«

»Wir sind Gäste von Herrn Kłoński«, verteidigte sich Brodacki, zutiefst gekränkt.

»Erzählen Sie keinen Schwachsinn!«, brüllte Sawicki. »Sind Sie gekommen, um einen Artikel über meine dreckigen Unterhosen zu schreiben? Will man im Wald einen Unhold dingfest machen, strömen alle zu Sawicki!«, erklärte er in sarkastischem Ton.

»Wir haben ein kleines Problem«, begann der Praktikant höflich. »Wir würden gern unserer Verpflichtung nachkommen, die Öffentlichkeit über die wahren Hintergründe zu informieren ...«

»Junge, wo bist du denn ausgekrochen?!« Sawicki, der den Hausrock überzog, ließ ihn nicht einmal ausreden. »Der gesellschaftlichen Verpflichtung, andere höflichst anzuschwärzen, ja? Ihr Zuträger von Gottes Gnaden!«

Lena goss Wein in ein Glas und reichte es dem von einer Wand zur anderen wandernden Grafen.

»Bitte, trinken Sie auf meine Gesundheit und Baguette mit Käse *skuschatj*, essen, ich flehe Sie an.«

Sawicki zeigte sich weiterhin feindselig. Er verschmähte nicht nur den Wein, sondern schien auch nicht die geringste Absicht zu haben, das Essen zu kosten. Dafür öffnete er eine kleine Holzkiste, die zwischen den Farben gelegen hatte, und entnahm ihr die letzte, bereits halb aufgerauchte Zigarre. Er klopfte seine Taschen auf der Suche nach Streichhölzern ab, und wären da nicht Stern und sein unfehlbares Ronson-Feuerzeug gewesen, so wäre der Stummel in seinem Mund kalt geblieben. Sawicki bedankte sich mit einem kaum merklichen Kopfnicken für das Feuer und sog genüsslich den Rauch ein. Die Freude, die ihm dies bereitete, erheiterte Jakub. Es sah aus, als habe der Graf seine verlorene Welt mit in den Turm genommen. Seinen gräflichen Stolz, die Zigarre und die Gegenstände, ohne die er nicht leben konnte: eine Holztruhe mit Eisenbeschlägen, ein Waldhorn und einen ägyptischen Sattel samt Reitgerte.

»Haben Sie schon mal irgendwo den Namen Foresta Umbra gehört?«, erkundigte sich Stern, bereit, sofort die Antwort in sein offenes Notizbuch zu schreiben.

»Was bedeutet dieser Name, Herr Graf?«, ergänzte Brodacki.

»Die Herren Dilettanten! Ich habe ihn gehört, ich habe ihn gesehen, und ich habe ihn sogar geschmeckt. **Fore**sta **Um**bra«, sagte er unter Betonung der ersten Silben, »das heißt auf Italienisch ›Wald der Schatten‹. Als Maler muss ich Sie warnen, es gibt unterschiedliche Schatten: feucht wie Wasser, schlüpfrig wie Froschlaich, scharf wie Pfeffer, ja sogar doppelte und dreifache.«

»Warum haben Sie ihn so genannt?«

»So nannten ihn die alten Römer, weil er es absolut verdiente.« Sawicki nagte an seiner Lippe und drehte mit der Hand den Globus neben dem Schaukelstuhl. »Seht her, ihr Ignoranten! Dieser Armeestiefel hier ist mein geliebtes Italien, und dieser Sporn hier, zu klein, als dass eine Fliege darauf scheißen könnte, ist die Halbinsel Gargano mit ihrem Schattenwald.«

»Ich verstehe …«, begann Stern.

»Nichts verstehen Sie! Absolut nichts! Nicht einmal, dass ich Sie gerade manipuliere. Sie gehen wieder dorthin, wo Sie hergekommen sind, und wundern sich, dass das alles Hokuspokus ist. Ich kann Ihnen nicht mehr helfen, denn ich bin in Ihrem Traum, den Sie jetzt …«

»Gerade träumen?«, fragte Jakub auf eine Weise, auf die ein Psychiater in einer Irrenanstalt zu fragen pflegt.

»Wenn du denkst, dass du geriebener bist als ich, dann irrst du dich gewaltig«, entgegnete der Graf, der jetzt Stern Auge in Auge gegenüberstand.

»Und wenn nicht?«, presste Brodacki zwischen den zusammengebissenen Zähnen hindurch. »Sollen wir dich dann in eine Zwangsjacke stecken?«

Sawicki ging nicht weiter. Er ließ die Zigarre ins Weinglas fallen, warf sich in seinen Sessel und begann, wie ein Kind zu schluchzen.

»Der Schattenwald auf Gargano hat seinen Namen verdient, und jetzt kommst du alter Esel«, er wies mit dem Finger auf Stern, »und verspottest mich? Fräulein Lena, so tun Sie doch was!«, flehte er und weinte noch lauter.

Dieses leidvolle Schluchzen bedeutete das Ende ihres Besuches. Die drei flohen unter Entschuldigungen aus dem Atelier und kehrten in den Salon zurück.

Kłoński hatte auf ihre Rückkehr gewartet. Er hatte es sich auf dem Sofa bequem gemacht und die Füße auf den Tisch zwischen das Geschirr gelegt.

»Also habt ihr die tragische Geschichte unseres Hamlet schon erfahren, ihr Lieben«, rief er den Eintretenden entgegen. »Der arme, vom Schicksal gebeutelte Alfons!«

»Du solltest besser Frieden geben, *pokoj!*«, erklärte Lena und schob unsanft seine Füße vom Tisch. »Er kann sich kaum auf den Beinen halten.«

»Na und?«, knurrte Kłoński. »Hat er euch auch seine Phantasiegeschichte von der Foresta Umbra erzählt? Hunderte sirrender Flatterwesen, tödliche Fallen ...«

»Ist seine Erzählung Ihrer Ansicht nach aus der Luft gegriffen?«, fragte Brodacki und versuchte sich zu entsinnen, aus welchem Glas auf dem Tisch er getrunken hatte.

»Völlig aus der Luft gegriffen«, entgegnete Kłoński und schob dem Praktikanten ein sauberes Glas hin. »Gebrüll, Gewimmer, das irre Zirpen allgegenwärtiger Zikaden ... Das kann man noch durchgehen lassen, aber zu glauben, dass Alfons' Mutter sich in einer Spalte verirrt hat, ist wirklich der Gipfel der Absurdität.«

»Was wollen Sie damit sagen?«, fragte Brodacki, indem er das Glas gegen das Licht hielt.

»Was wollen Sie hören? Vielleicht ein weiteres Märchen darüber, wie geschickt Alfons' Vater sie losgeworden ist? Hat unsere kleine Heulsuse erwähnt, dass ein hervorragender Bergführer die Gruppe leitete?«

»Er hat so was erwähnt.«

»Wie also soll es dann geschehen sein, dass vor den Augen des Sohnes und des Vaters die Mutter und der Führer in einem unterirdischen Gang verschwunden sind, den es in Wirklichkeit gar nicht gibt? In diesem Hause geistern schon viel zu viele unvollendete Geschichten herum.«

»Dann bringen Sie sie doch bitte zu Ende«, sagte Jakub.

»Ich fühle mich nicht dazu ermächtigt.«

»Sie versuchen auszuweichen.« Brodacki warf Stern einen komplizenhaften Blick zu.

»Meine Herren, Sie schreiben Ihren Text. Strengen Sie mal Ihren eigenen Grips an, schließlich werden Sie dafür bezahlt!«

Der Ausflug der Reporter zum Palast endete also in einem Fiasko. Die Geschichte des Geschlechts der Sawicki mit ihrem tragischen Finale auf dem Monte Gargano würde die Lemberger Leser so nicht zufriedenstellen, vom anspruchsvollen Krösus ganz zu schweigen. Als sie in den Wagen stiegen, wand sich Lena mit einer geschmeidigen Bewegung aus Wiktors Armen. Sie lief mit operettenhaft-tänzerischen Schritten (nur diese Bezeichnung fiel Brodacki dazu ein) die Treppe hinunter und bat Stern wie ein kleines, verwöhntes Kind um eine kurze Fahrt. Während Kłoński eifersüchtig verfolgte, wie sie auf dem Rücksitz Platz nahm, ahnten Stern und Brodacki nicht einmal, welchen Preis sie für diese unverhoffte weibliche Caprice zahlen würden.

»*Ja dolschna wam skasatj*, ich muss Ihnen sagen«, brach es unvermittelt aus ihr heraus, als habe sie schon lange darauf gewartet. »*Praschu tolko nje dumatj, schto odurjela*, bitte nicht denken, ich sei verrückt geworden. *Oni wsje*, sie alle sind gleich. *Nje ostanu sdjes*, ich bleibe hier keine Minute länger.«

Den beiden Redakteuren verschlug es die Sprache.

»Wir müssen hier weg, *tjepjer*, jetzt!«, schrie Lena, und das Auto, das einen Bogen fuhr, hätte fast den Gärtner gestreift, bevor es mit Vollgas durch das offene Tor davonpreschte.

Kłoński begann zu toben. Wie ein Irrer rannte er hinter dem Tatra her und schwor unter Flüchen, dass er sie finden würde. Seine Reaktion rief bei den drei Flüchtlingen eine Lachsalve hervor. Sie johlten vor Vergnügen und hüpften auf ihren Sitzen.

Auf ihrer bravourösen Flucht nach P. lernten Stern und Brodacki die Regeln des Spiels kennen, das das Schicksal von Rowy brutal verändert hatte. Lena hatte es aus dem wodkaumnebelten Alfons herausgekitzelt. Graf Sawicki hatte ihr ausgeplaudert, dass die Regeln Mitte Juli nach ununterbrochenem, eine Woche lang dauerndem und mit reichlich Alkohol begossenem Spiel akzeptiert worden waren, als Tag und Nacht, Wahrheit und Fiktion für die Teilnehmer eins geworden waren. Als das Geld für sie jeglichen Wert verloren hatte, begann sich das Spiel um einen völlig anderen Einsatz zu drehen. Die übermüdete und vom Kater geplagte Gesellschaft schrieb ihre schockierenden Regeln auf ein aus einem Notizbuch herausgerissenes Blatt, das später unter allgemeinem Beifall im glimmenden Kamin landete. Es ging um eine ultimative Mutprobe. Wer verlor, musste sich ihr bedingungslos unterwerfen. Die Aufgaben wurden vor Beginn der Partie ersonnen. Auf vier Kärtchen, die in einer Vase landeten, fanden sich raffinierte Beschreibungen von Qualen, Anschlägen, Brandstiftung, Raub und Mord. Der Verlierer zog ein Los aus der Vase, das nach leisem Lesen öffentlich verbrannt wurde. Auf diese Weise konnte der Pechvogel zum Henker werden, während der eigentliche Anstifter gleichsam das anonyme Hirn hinter dem Verbrechen blieb.

Einer – Lena hatte nicht in Erfahrung bringen können, wer – hatte sich ausgedacht, dass man zum Zeitvertreib eine Sommerfrischlerin umbringen musste. Keiner wollte sich zu diesem Einfall bekennen, aber ein paar Tage später, als man die absurde Wette schon vergessen hatte, war die Idee in die Tat umgesetzt worden.

Lenas Aussage war derart schockierend, dass Stern beschloss, sie an einen sicheren Ort, in das kleine Hotel in P., zu bringen, in dem er einmal gewohnt hatte. Brodacki behagte dieser Vorschlag überhaupt nicht. Das judenverseuchte P. erinnerte ihn seit Kurzem an den widerlichen Kurojad und die entsetzliche Erniedrigung, die er über sich hatte ergehen lassen müssen. Trotzdem erklärte er sich einverstanden, um die Frau zu retten. Bevor sie das kleine Hotel Zum Birnbaum erreichten, hatten sie ihre Rollen verteilt. Der Praktikant sollte bei Lena bleiben und so lange auf sie aufpassen, bis Stern von seiner zweiten riskanten Fahrt nach Rowy zurück war. Anschließend wollte sich das Trio heimlich im Schutz der Nacht nach Lemberg begeben.

Stern wurde von journalistischer Imponiersucht getrieben. Von seinem unerschütterlichen Glauben daran, besser zu sein als die anderen. In Wirklichkeit lag ihm die Rolle des Aasgeiers, der von einem Stückchen Aas aufs nächste springt, von einer Sensation zur nächsten, um so über frische Leichen bis auf den Gipfel zu gelangen. Bei dieser Jagd nach widerwärtigen Abenteuern vergaß Stern seine Familie. Anna gab es nicht. Auch sein geliebtes Lemberg existierte nicht mehr – es war, wie sein Haus am Stadtrand, im Nichts versunken. Stattdessen tauchte das einstöckige Schulgebäude mit seinem unberechenbaren Bewohner jetzt vor ihm auf. Dazu Reihen von Malven in voller Blüte, das verwahrloste Grab des Froschfressers und die lahmende Hündin, die gerade an den von gelben Flechten überwucherten Zaun pisste.

Hineingehen, wie Krösus es wünschte, oder die frevlerischen, in seinem Geist aufkeimenden Gedanken weiterverfolgen? Während er darauf wartete, dass Murof auf der Schwelle erschien, schaltete Stern den Motor aus.

Es war absurd, aber das Bild des Dorfköters, der das Bein hob, wenn er sich erschreckte, rief ihm das Bild seiner geliebten Kasia ins Gedächtnis. Er hatte ihr ja versprochen, dass sie endlich in den Zirkus gehen würden. Und er würde Wort halten! In seiner Tasche hatte er die Eintrittskarten (dieser Schlaufuchs von Hillel hatte sie absichtlich für die letzte Vorstellung gekauft). Doch nun schwirrten in seinem Kopf zahllose weitere Versprechen umher, unter anderem, dass er seiner Tochter bei seiner Rückkehr so viel Schokonüsse kaufen würde, wie sie nur wollte. In dieser gottverlassenen Gegend jagte eine Idee die andere. Sie flogen ihm nur so zu, als wolle sein überdrehtes Hirn ihm neue Wege eingeben. Eine Idee zu Anna, zu einem endgültigen Gespräch. Ihre Ehe hing nur noch an einem seidenen Faden. Dies war ihm schon lange klar geworden. Vielleicht sollte er sie, obwohl sie es nicht verdient hatte, zu einem romantischen Abendessen einladen? Die spanische Ausstattung des Sevilla hatte ihn schließlich einst animiert. Dort waren sie sich nähergekommen. Dort hatte er ihr bei einer Flasche Rotwein den Verlobungsring angesteckt. In seiner leicht umnebelten Verfassung ging er sogar noch weiter – sie würden einen Sonntagsspaziergang im Stryjski-Park unternehmen, in dem sie seit über einem Jahr nicht mehr zusammen gewesen waren. Kasia würde das ›Panorama von Racławice‹ sehen und auf einer Papierschnur aufgereihte Brezeln essen.

Mit diesen wunderbaren Plänen im Kopf und mit erleichtertem Gewissen schlug Stern die Autotür zu. Der Mann, den er erwartet hatte, erschien. Ein rascher Händedruck, eine knappe Begrüßung vor den Augen eventueller Zeugen aus dem Dorf. Und so viele beunruhigende Erwartungen, während Stern wie ein Eroberer vor Murof ins Lehrerzimmer trat.

Der kleine Raum war an diesem Tage unaufgeräumt. Vollgestopft mit zusammengerollten Landkarten, hölzernen Geodreiecken und Büchern, schirmte er sie vor der aufdringlichen Außenwelt ab. Abermals siegte die Neugier. Stern wollte der Erste sein. Er wollte noch vor seinen neugierigen Lesern den Mechanismus dieses Verbrechens aufdecken. Den erhöhten Pulsschlag, das seltsame Kribbeln unter der Haut und die sadistische Erregung beschreiben. Aber diese einfache Aufgabe war ihm nicht genug. Er musste mehr wissen. Nach Lenas Enthüllungen befand er sich an vorderster Front. Mit seiner leger über die Schultern geworfenen Jacke, dem weißen Hemd und der dunkelblauen Hose kam er sich wie ein Schüler vor, der voll Ungeduld seiner ersten Schulstunde entgegensieht.

»Sie wissen gar nicht, wie viel mir dieses Gespräch bedeutet«, begann der Lehrer. »Noch vor ein paar Minuten hatte ich Zweifel, ob Sie meine Einladung überhaupt annehmen würden.«

»Einladung? Ich hatte gedacht, aus dem Munde meines Chefs sei das eher ein Befehl!«

»Aber, lieber Herr Jakub! Um Gottes willen!«, entgegnete Murof entsetzt. »Hier in Rowy sind Sie doch unser Held. Kłoński, Sawicki und auch der Pfarrer werden das jederzeit bezeugen.«

»Sie überschütten mich also schon zur Begrüßung mit Komplimenten?«

»Aber das ist doch Tatsache!«, sagte Murof und kratzte sich seinen Dreitagebart. »Ich spreche sehr gern mit Ihnen, weil Sie mich als Einziger verstehen. Und deshalb wollte ich Ihnen etwas erklären.«

Stern sah dem Lehrer in die Augen.

»Wollen Sie das wirklich tun?«, fragte er und spürte einen Luftzug im Rücken, so, als habe jemand im benachbarten Zimmer die Tür oder ein Fenster geöffnet.

Murof lachte gezwungen. Ungekämmt und nach Schweiß riechend, schien er geradezu ein Beispiel für moralischen Verfall und Schlamperei. Das zerknitterte Hemd klebte ihm am Rücken. Die Hände in den Hosentaschen vergraben, wanderte er im Lehrerzimmer auf und ab, als wolle er eine Unterrichtsstunde erteilen.

»Wir müssen einander nichts vormachen«, senkte er seine Stimme zu einem Flüstern.

»Also dann«, Jakub schickte sich in die ihm zugeteilte Rolle des Beichtvaters.

»Ich möchte Ihnen versichern, dass ich auch weiterhin ein anständiger Mensch bin. Ich ziehe Bella groß, ich kümmere mich um meinen Garten, esse, schlafe und habe letztens sogar etwas Zeit gefunden, mich wieder mit Berkeleys Ideen zu befassen. Es überrascht mich, dass …«

»Sie können also mit Ihrer Philosophie schlafen, so, als sei nichts gewesen«, fiel ihm Stern ins Wort.

»Sie dürfen mich nicht mit gewöhnlichen Maßen messen.«

Murof zog ein schmutziges Taschentuch hervor und wischte sich über die schweißbenetzte Stirn. »Sie müssen verstehen, dass ...«

»Es gibt nur ein Maß!«

»Ich habe mich für Bella geopfert«, der Hausherr steckte sein Taschentuch wieder weg, »weil sie es so wollte.«

Diese Bemerkung war eine blanke Provokation. Stern trieb Murof wie ein Voodoozauberer seiner Stoffpuppe die Nadel direkt in den Kopf.

»Meinen Glückwunsch! Die Kleine hat einen Wunsch, und Sie erfüllen ihn, ohne zu zögern.«

»Bella ist kein normales Kind.«

»Das habe ich, verdammt noch mal, bereits mitbekommen!« Um sich für die unmittelbare Konfrontation zu rüsten, öffnete der Journalist noch einen Knopf an seinem Kragen.

»Verzeihen Sie. Ich habe den Ausdruck ›normal‹ in einem ganz anderen Sinne gemeint.« Er beugte sich über Stern, der auf einem Hocker Platz genommen hatte, und flüsterte: »Sie hat mich geheißen, dieses Ritual zu vollziehen.«

Jakub zuckte zurück, als habe er sich verbrannt. Die Nadel hatte Murof zu schnell direkt ins Herz getroffen, ohne ihm Genugtuung zu verschaffen. Er hatte das aufregende Geheimnis selbst herausfinden wollen, und nun hatte Murof ihm alles verdorben. Trostlos starrte er den Lehrer an, aber nichts konnte dessen fatale Worte mehr rückgängig machen.

»Sind Sie verrückt geworden? Bella hat Sie geheißen, Hufeisen und Nägel zu nehmen und damit im Wald hinter einem Busch zu lauern?« Er spielte weiterhin va banque.

Der Hausherr trat an das Fenster mit den geschlossenen Läden. Mit einer ungestümen Geste zerquetschte er eine fette Fliege, die ihn im Gespräch störte, auf der Scheibe. Angeekelt wischte er seine beschmutzten Finger am Fensterbrett ab und fuhr mit den Fingernägeln über sein Hemd. Anschließend presste er den Kopf an die Scheibe und spähte nach draußen. Durch einen schmalen Spalt gewahrte er einen schmutzigen Jungen, der wie ein Pferd in Richtung Damm davongaloppierte.

»Genau das hat sie mir befohlen«, antwortete er nach einer Weile. »In einer grässlichen Szenerie bei Lampenschein, vor Zeugen.«

»Verehrtester, Sie schmücken die Geschichte unnötig aus.«

Murof ignorierte die spöttische Bemerkung. Er schob seine Hand in den Kragen, um bestürzt festzustellen, dass er völlig durchgeschwitzt war.

»Mitte Juli habe ich sie nach P. zum Einkaufen mitgenommen. Es hatte sich eine Gelegenheit ergeben. Kłoński fuhr mit seinem Kabrio, um ein neues Kartenset zu kaufen. Immer wenn ich Bella erwähnte, schüttelte es ihn. Diesmal erklärte er sich großmütig einverstanden, als ich ihm versicherte, die Kleine werde artig sein.«

»Sparen Sie sich die Einleitung. Was geschah weiter?«

»Nichts Besonderes. Wir drehten unsere Runden durch die Stadt. Ein schäbiger Marktplatz, ein paar Fuhrwerke und ein Dutzend aufdringlicher Weiber. Himbeeren, magere Gänse und Heidelbeeren. Ich habe Bella einen Pullover, ein Kleidchen und Schuhe gekauft. Wir machten uns schon zur Abfahrt bereit, da gebärdete sich die Kleine auf einmal, als hätte sie jemand verzaubert. Sie warf sich bäuchlings auf den Boden. Heulte und wühlte die Erde auf. Es gelang mir nicht, sie aufzuheben. Kłoński wurde wütend. Er schrie, er wäre niemandes Kindermädchen, schließlich ließ er uns stehen und fuhr davon. Bella schmiegte sich an mich. Sie schnurrte wie ein Kätzchen und wollte mich augenscheinlich irgendwohin führen. Von ein paar Judenkindern erfuhr ich, dass hinter dem Graben ein italienischer Zirkus seine Zelte aufgeschlagen habe. Irgendetwas sagte mir, dass dieser Zirkus ihre Wandlung ausgelöst hatte. Ich änderte meine Pläne und beschloss, mir eine Vorstellung anzusehen, in dem kleinen

Hotel am Ort zu übernachten und am nächsten Morgen eine Kutsche zu mieten, um nach Hause zu fahren.«

»Natürlich alles Bellas wegen?«

Murof schluckte auch diese bissige Bemerkung schweigend.

»Und dann gab es ein Problem. Der Neger, der an der Kasse saß, wollte uns keine Eintrittskarten verkaufen. Er lispelte, wir würden ›dasss Publikum ersssrecken‹ und ich sollte besser ›mein kleinesss Ungeheuer an die Leine nehmen‹. Ich wurde wütend. Ich begann, sein Kassenhäuschen zu demolieren. Es kam zu einer Riesenszene. Direktor Rossi kam herbeigelaufen. Er klärte die Sache und befahl dem Neger, sich bei uns zu entschuldigen. Ich hatte mich also durchgesetzt, aber, wie sich später zeigen sollte, um einen gewaltigen Preis.

Der Direktor wies uns einen stählernen Hundekäfig direkt beim Orchester zu. Er erklärte es damit, dass wilde Tiere auftreten würden, dass es in der Stadt unberechenbare Menschen gäbe und überhaupt, wozu sollten wir etwas riskieren. Er hatte sich nicht geirrt. Wir sahen uns die Auftritte wie wütende Hunde hinter Gittern an, und wir konnten nicht verstehen, warum man uns so behandelte. Die Nummer endete unter lautem Beifall, und als die Artisten die Arena verlassen hatten, stießen uns der Zwerg und der Neger hinein. Da fing das Publikum an zu toben. Wir waren zur Hauptattraktion des Programms geworden. Man zeigte mit Fingern auf uns und lachte uns aus! Verfolgt von Pfiffen und Flüchen, ergriff ich mit Bella die Flucht. Wir entkamen durch den vergitterten Auslauf der Tiere hinter das Zelt. Und dort, stellen Sie sich mal vor ...«

»Noch eine weitere Geschichte?«

»Machen Sie sich nur lustig!«, knurrte er gereizt. »Ich wollte es ihnen heimzahlen. Die Löwen loslassen oder das Zelt anzünden. Ich wollte Vergeltung, aber da tauchte plötzlich ein mageres Balg auf einem Strauß vor uns auf. Sie rief etwas auf Italienisch, und mit meinen Racheplänen war es vorbei. Schlimmer noch, ich wurde als Geisel genommen, denn der Kraftprotz, der Hufeisen verbiegt, kam herbeigestürmt.

»Der Eiserne Max?«

»Ja, Max Cianti. Dieses Tier stellte sich uns in den Weg, verdrehte mir die Arme und brachte uns zum Wagen des Direktors.«

»So, nun sind Sie also im Wagen des Direktors«, versuchte Stern, die Erzählung abzukürzen, »und dann ...«

»Da blieb mir endgültig die Spucke weg! Direktor Rossi brüllte Bella an. Er machte ihr in seiner Sprache Vorwürfe, als wäre die Kleine an allem schuld. Ich konnte das nicht mitansehen und begann zu protestieren. Der Eiserne Max hatte nur darauf gewartet. Ein schneller Griff, und im Bruchteil einer Sekunde lag ich am Boden. Ihrem Geschrei entnahm ich, dass sie seit zwei Jahren landauf, landab nach Bella fahndeten. Dass die alte Ariel, die immer über alles im Bilde ist, ihnen aufgetragen hatte, das Mädchen in der Umgebung des zurückgekehrten Zirkus zu suchen. Ein Anagramm, verstehen Sie, angeblich sei mein Name ein versteckter Hinweis gewesen. Sie kündigten an, wenn sie ihren Auftritt in Lemberg beendet hätten, würden sie zu mir kommen und sie abholen. Zuvor aber ...«

»Was?«

»Befahlen sie mir, auf die Kleine aufzupassen und alles zu tun, was sie mir aufträgt.«

»Ich verstehe. Und wozu nun dieses lange Märchen?«

»Sie verstehen überhaupt nichts! Sie haben mich die Treppe hinuntergeworfen und mich gedemütigt. Sie haben über meinen Namen gelacht, ihn verballhornt und gespottet: *Grazie, Muroforum! Grazie dell'aiuto!* Da habe ich meinen Racheplan ersonnen, und Gott hat mir dabei geholfen. Ich habe mich hinter der Einzäunung für die Ponys versteckt, und dort habe ich eine Eisenkassette gefunden, die jemand verloren haben musste. Ich war mir sicher, dass sie die Tageseinnahmen enthielt. Ich war es zufrieden, versteckte meinen Fund unter dem Mantel und brachte Bella nach Hause. Als die Kleine eingeschlafen war, nahm ich Hammer und Meißel. Ich brach das Schloss auf, aber statt Geld lagen auf dem Boden ...«

»Kleine stählerne Hufeisen?«

Der Lehrer blickte Stern völlig perplex an.

»Sie haben sie Bella zum Spielen gegeben.«

»Ja. Sie hat sich gefreut. Sie hat daraus stählerne Brücken und einen Zug gebaut. Ich kann es nicht erklären, aber eines Tages hat sie mir vor dem Einschlafen lange in die Augen geschaut.«

»Ein faszinierender Dialog.«

»Allerdings«, bekräftigte er, ohne die Ironie wahrzunehmen. »Da habe ich gespürt, dass sie mir mit ihrem sanften Blick befahl, ›das‹ zu tun.«

»Verstehe. Und Sie haben ihr ohne jeden Widerstand ihren Wunsch erfüllt, weil Sie Ihr angenommenes Töchterchen so heiß und innig lieben.«

»Natürlich.« Er trat vom Fenster zurück und fuhr sich mit der Hand über die Stirn. »Aber das hat nichts mit Liebe zu tun. Es geht einzig und allein um die innere Überzeugung. Entweder, man hat sie, oder ...«

Stern nahm eine Zigarette aus seinem Etui und drehte sie zwischen seinen Fingern. Nun war er am Zuge und hatte das Recht, Fragen zu stellen.

»Überzeugung? Wovon?«

»Sie sind überzeugt von Ihrer journalistischen Mission, ich dagegen ... Wissen Sie, dass dieses erste Mal mich erschreckt hat? Mich ekelte vor mir selbst, denn ich war es, der, von Bella instruiert, im Palast die Spielregeln aufgeschrieben und schließlich absichtlich das Spiel verloren hat. Ich wollte mich schon umbringen. Es war ein furchtbarer Schock. Ich sah plötzlich wieder alles ganz nüchtern, aber dann ist unverhofft etwas geschehen, das mich von meinem Selbstmord abgehalten hat.«

»Und was war das?«

»Ich habe Ihren Text im ›Kurier‹ gelesen. Sie haben mir als Einziger Hoffnung gemacht.«

»Sind Sie verrückt geworden?«

»Keineswegs! Sie haben mich zu einem neuen Szenario inspiriert. Sie haben meine eigenen Worte verwendet: ›Das ist ein außergewöhnlich sinnloser Tod. Es wäre ein Fehler, einfache Leute dafür verantwortlich zu machen.‹ Da ergab sich eine großartige Gelegenheit: Während eines Nachmittagsspaziergangs stieß ich im Walde auf den schlafenden entflohenen Sträfling. Jung, behaart und schmutzig lag er da unter einem Wacholderbusch, als schiene er auf etwas zu warten. Was hätten Sie an meiner Stelle getan?«

Sterns Zigarette erglühte von der Flamme des Feuerzeugs.

»Ich suche nach den passenden Worten ... Verstehen Sie, was ich meine?«

»Erklären Sie es«, verlangte Stern.

»Genau das kann ich nicht«, seufzte der Lehrer und wandte sich zum Schrank.

»So, so. Und dabei heißt es im Dorf, dass Sie auch noch dem dümmsten Schüler etwas beibringen können.« Jakub sog den Rauch ein.

»Sie sind aber kein dummer Schüler«, konterte Murof. Er wandte Stern den Rücken zu, nahm eine Karaffe und zwei Gläser aus dem Schrank und stellte sie auf den Tisch. »Ich habe auch frische Brombeeren. Probieren Sie mal, sie sind wirklich außergewöhnlich.«

»Wie alles in diesem Wald.« Der Journalist stand auf, um sich den tönernen Aschenbecher vom Schreibtisch zu holen.

»Richtig. Unser Wald ist zweifellos eine Foresta Umbra,

und das bedeutet, dass sein Schatten von mir so in Ehren gehalten wird, wie Bella es verlangt hat, als ...«

»Nun machen Sie aber einen Punkt! Ihre rhetorischen Künste ziehen bei mir nicht.«

Stern ging nervös im Zimmer auf und ab und stieß dabei den Karton mit Landkarten um, die sich mit Getöse über den Boden verteilten.

Murof sprang eilfertig herbei, um sie wieder einzusammeln.

»Ist nicht schlimm, das haben wir gleich wieder.«

Nachdem er sie pedantisch wieder einsortiert hatte, kehrte er zum Tisch zurück und schenkte den Wodka ein. Dann leerte er sein Glas auf einen Zug und füllte es erneut, ohne auf seinen Gast zu warten.

Stern streckte schon die Hand aus, hielt dann jedoch inne. Genauso verzichtete er darauf, Brombeeren vom Dessertteller zu nehmen. Er hatte wieder die dichten grünen Büsche vor Augen, die zwischen den hoch aufragenden Kiefern ein schattiges Spalier bildeten. Darin lag, mit dem Gesicht auf dem Boden, der Leichnam von Olga Kurzęcka. Bei diesem Anblick hatte sich Brodacki, der eine wahre Mimose war, übergeben müssen. Während Stern seinen Fotoapparat auf dem Stativ befestigt hatte, hatte sich der Praktikant mit dem Handrücken die Reste seines Frühstücks aus den Mundwinkeln gewischt. Bei der Gelegenheit hatte Jakub bemerkt, es sei das letzte Mal, dass er einen Minderjährigen zu einem Tatort mitnähme.

»Sie wissen sehr wohl, Herr Redakteur«, riss der Lehrer den Journalisten aus seinen Gedanken, »dass die Leute hier in der Gegend noch nie eine Lokomotive gesehen haben. Ganz zu schweigen von einem Flugzeug oder einer elektrischen Leitung. In dieser mittelalterlichen Enklave inmitten des modernen Europa bin ich mit meinem Kurbeltelefon und meinem Röhrenradio mit Kopfhörern, mit Verlaub gesagt, ein Gott. Auch Sie selbst tauchen in unserem finsteren Kaff mit Ihrem schnellen Auto wie ein Gott auf. Um die Wahrheit zu sagen, ich hätte nicht gedacht, dass in Ihnen echtes journalistisches Talent schlummert.« Ehrerbietend deutete er auf das Exemplar des ›Kurier‹, das er aus dem Schreibtisch genommen hatte. »Das hier ist wahrlich ein Text voller Finessen. Es fehlt nur noch Ihr Bild. Wir beide ...«

»Wir beide?«

»Schaffen unabhängig voneinander einen Mythos. Wir sind seine begnadeten Schöpfer. Ehrlich gesagt, ich kann es Ihnen nicht verübeln, dass es Sie anwidert, mit mir zu trinken. Sie überlegen, warum ich immer noch herumphantasiere?«

»Sie lügen ganz einfach.«

»Vielleicht suche ich aber auch, genau wie Sie, nach einer Erklärung? Lässt sich die Grausamkeit dieser Welt überhaupt erklären?«

»Moment mal, nach Berkeleys Theorie müssten Sie doch die Tatsache, dass ich hier mit Ihnen sitze, in Zweifel ziehen!«, wandte Stern amüsiert ein.

»Unterstellen Sie mir bitte nicht, dass ich halluziniere. Ich bin nüchtern. Meine grauen Zellen arbeiten zuverlässig. Ihre reizende Frau könnte das bestätigen.«

Jakub sah den Lehrer wütend an.

»Kommentare zu meinem Privatleben sparen Sie sich doch bitte ...«

»Für später, nicht wahr, Herr Redakteur?« Murof wurde unverschämt distanzlos. »Sie haben recht. Ihre Angelegenheiten müssen Sie selbst regeln. Apropos, ich hatte mich noch gar nicht erkundigt, ob Sie und Ihre Frau eigentlich glücklich sind.«

»Sie haben gut daran getan.«

»Oh, das nächste Fettnäpfchen?«

Stern bedauerte, während seines vorigen Besuchs so viel

von sich selbst preisgegeben zu haben. Er hatte sich mit Anna hervorgetan und damit dem Lehrer die Chance eröffnet, das jetzt für sich auszunutzen. Die Leichtigkeit, mit der Murof seine Gedanken las, ließ ihm das Blut in den Adern gefrieren. Ob er wohl auch wusste, dass Anna damit gedroht hatte, zu ihrer Mutter zu ziehen?

»Verzeihen Sie, dass ich Sie beim Nachdenken störe«, sagte der Hausherr, »aber nach dem, was ich für Bella getan habe, ist mir der Wald vertrauter geworden. Wie ein vollkommenes Denkmal aus Granit habe ich mich für immer in seine Geschichte eingeschrieben. Die schändliche *magistra vitae* dieses gottverlassenen Dorfes wird sich mir dankbar erweisen. Ich habe dieser alten Hure ...«

»Ein makabres Exempel geliefert!«, sagte Stern und erhob sich vom Tisch.

»Ja, auch ein makabres.« Murof blies seinem Gegenüber seinen heißen, alkoholgeschwängerten Atem ins Gesicht. »Um eine Tragödie wahrhaft auszukosten, bedarf es der Distanz. Einer Kenntnis der Schrittfolgen, wie beim Contredanse. Wenn Sie erlauben, werde ich Ihnen ...«

»Ich bin nicht neugierig, nehmen Sie's mir nicht übel!«

Er log. Er spürte, dass dieses Gespräch ihn in seinen Bann zog, dass die abstoßende Figur, die er seit einem Monat im ›Kurier‹ beschrieb, ihn geradezu wahnsinnig machte vor Neugier, und dass es ihn große Kraft kosten würde, diese Neugier zu verbergen. Sie waren einander ähnlich. Ewig unersättlich. Wie Schauspieler, die sich gegenseitig den Ruhm streitig machten und voreinander eine Privatvorstellung gaben.

»Wenn Sie mir einen kleinen Exkurs gestatten, möchte ich Sie an das Finale der Wahl unseres ersten Präsidenten erinnern. Was war das doch für ein Dezember!«, fuhr er fort, ohne auf Stern zu achten. »Ich entsinne mich noch gut, obschon, wie der Dichter sagen würde, seither vierzehn lange Lenze verflossen sind. Acht Tage vor Heiligabend hat sich Gabriel Narutowicz, der Präsident der Republik, in die Zachęta begeben, um dort feierlich eine Vernissage zu eröffnen.«

»Fassen Sie sich kurz!«

»Keine Sorge. In Anwesenheit seiner Adjutanten und der Minister ging Präsident Narutowicz durch den ersten Saal der Ausstellung, als plötzlich ...«

»Der Mörder war ein ganz gewöhnlicher Feigling, er hat ihn in den Rücken geschossen.«

»Oh nein! Ich war ja dabei! Einen Feigling zu spielen, das ist Kunst. War dieser Tod nicht berauschend? Ich war entzückt davon. Ich habe Eligiusz Niewiadomski bewundert, aber nicht für das, was dieses Nationalistenpack von ihm erwartete. Das war meiner Ansicht nach niederträchtig. Ich habe gespürt, dass dieser zufällige Tod unser gequältes Land um eine neue, hervorragend inszenierte Tragödie bereichert. Nicht Mickiewicz' ›Dziady‹ und nicht Słowackis ›Lilla Weneda‹. Akteur und Regisseur blieb keine Zeit zu einer Probe. Davon wird man noch reden, das wird die Jugend übermittelt bekommen wie die skandinavischen Sagen.«

»Wollen Sie etwa ein von einem Menschen begangenes Verbrechen mythologisieren?«

»Was ist denn daran so schlecht? Trotz seiner abscheulichen Brutalität war der Tod des Präsidenten doch faszinierend. Der englische Abgeordnete Max Miller bemüht sich, dem polnischen Staatsoberhaupt zu gefallen. Er bittet, seine Glückwünsche aussprechen zu dürfen, worauf er von Narutowicz den prophetischen Scherz zu hören bekommt: ›Wohl eher Ihre Kondolenz ...‹ Das Weitere wissen Sie ja. Drei Schüsse aus einem Browning: Paff, paff, paff, und die Antwort darauf in der Zitadelle im Morgengrauen: Rattattat-tatta! Bis heute schmückt dieser Tod unsere Geschichte wie ein kostbarer Brillant. Weil ihn ein Künstler ersonnen hat.«

»Ein Künstler von Gottes Gnaden!«

»Ein Professor und Maler! Dafür bewundere ich ihn. Wir haben beide eine Welt der Träume aus einer illusorischen, undankbaren Materie erschaffen. Sie haben doch übrigens von Kusocińskis Sieg damals in Los Angeles gehört. Was hat dieser ›Iron Man‹ wohl gesehen, als ihn nur noch ein Atemzug vom Ziel trennte? Ihm verschwamm bereits alles vor Erschöpfung! Um zu siegen, stürzte sich unser Held blindlings in den Nebel.«

»Ein einmaliger Akt der Verzweiflung.«

»Ein Akt der Stärke und des Willens.«

»Von Verblendung und purem Wahnsinn.« Stern hörte nicht auf, während er Murof darum beneidete, dass er ihm bei dieser Diskussion stets um eine Nasenlänge voraus war.

»Eine kühne, klare und freie Vorstellungskraft, und dadurch mit Haut und Haar der Idee verschrieben«, konterte der Lehrer. »Verdammt noch mal! Attackieren Sie mich nur, die Diskussion mit Ihnen befeuert mich.«

»Dazu habe ich keine Lust. Irgendjemand wird Ihr Geständnis aufnehmen. All Ihre Taten werden gezählt und gewogen. Dann fällt ein strenges Urteil.«

»*Mene tekel upharsim*. Also doch, so wie beim Festmahl des Belsazar siegt die Poesie, die Kunst. Ich möchte noch auf den Zeigefinger des Künstlers zurückkommen, der den Abzug betätigt hat. Warschau war bereit, diesen Finger zu küssen. Das neidische Warschau reagierte mit lauten Vivat-Rufen. Ich ebenfalls, berauscht von seiner Idee …«

Jakub hörte nicht mehr weiter zu. Er griff nach der Karaffe und goss sich Wodka ein. Als er ihn schluckte und das brennende Feuer im Mund verspürte, fragte er leise, ganz nebenbei:

»Das Verbrechen erregt Sie?«

»Prüfen Sie es doch an sich selbst nach!«, gab der Hausherr zurück. Ein Weilchen suchte er nach den richtigen Worten, danach flüsterte er ihm langsam, als wolle er es ihm diktieren, ins Ohr: »Wissen Sie, dass die Guten in Vergessenheit geraten?«

Der überraschte Stern hatte einer solchen Argumentation nichts entgegenzusetzen. Murofs heißer Atem brannte an seinem Ohr wie ein Geschwür. »Und wenn ich nun wirklich auf Sie gewartet habe? Auf einen Zuhörer wie Sie?« Der Lehrer rückte von ihm ab und strich sich mit den Fingern durch sein fettiges Haar. »Was für eine günstige Gelegenheit wäre das doch für Sie, habe ich bei mir gedacht, einem Ungeheuer auf dem Höhepunkt seines Ruhms zu begegnen.«

»Überschätzen Sie sich nicht. Nicht Sie interessieren die Leute, sondern der Tod dieser unschuldigen Frauen.«

Stern drückte seine Zigarette im Aschenbecher aus. Eine beißende Rauchschwade stieg ihm in die Augen. Unwillkürlich schloss er die Lider und wartete auf eine Antwort. Die Sekunden zogen sich in die Länge. In dieser Grabesstille hörte er sein eigenes Herz pochen, so heftig wie früher, als er noch mit Hillel beim Ausdauertraining den Schulsportplatz umrundete. Er hatte immer gewonnen. Während die anderen zurückfielen, trieb ihn sein Ehrgeiz dazu an, immer weiterzulaufen.

»Um die Wahrheit zu sagen«, fuhr der Lehrer nach einer ausgiebigen Denkpause fort, »habe ich schon beim ersten Mal mit Verwunderung festgestellt, dass meine Bella geradezu wartet auf das Wimmern dieser unschuldigen Wesen. Als wolle sie mir damit etwas sagen. Glauben Sie mir, Herr Redakteur, ich musste einfach dahinterkommen, was das für ein Geheimnis ist, das sie malt.«

»Und, sind Sie dahintergekommen?« Stern trank einen weiteren Schluck von dem scharfen Selbstgebrannten.

»Ich nicht, aber Bella wohl. Sie hat mir erzählt, dass unser Wald und die Foresta Umbra auf dem Monte Gargano Relikte eines Urwalds sind, der …«

»Wie der Regenwald des Amazonas Opfer verlangt?«

»Ja. Dank dieser Opfer lebt die Foresta Umbra. Dieser Wald ist unter Hunderten in Europa auserkoren. Er verlangt nach Opfern, die wir ihm nacheinander dargebracht haben.«

»Wir?«

»Ja, wir.«

»Eine Sache verstehe ich nicht«, sagte Jakub.

»Ihnen fehlt es an Geduld. Diese delikaten Dinge kann man nicht alle auf einmal beschreiben. Erlauben Sie, dass ich Ihnen die Fortsetzung meiner Geschichte übermorgen erzähle, natürlich nur, wenn Sie möchten.«

Stern öffnete seine Brieftasche und zeigte die drei Eintrittskarten für die letzte Vorstellung.

»Für übermorgen habe ich meiner Tochter den Zirkusbesuch versprochen. Ein Verdienst meines Freundes.«

»Auch ich bereite den Leuten gern Überraschungen.«

»Am liebsten im Wald!«, setzte Stern hinzu.

Murof reagierte nicht auf diese Bosheit. Mit dem Blick des Opfers, nicht des Henkers, starrte er geistesabwesend vor sich hin, so, als riefe er sich einen Ausschnitt des Verbrechens erneut vor Augen. Gedankenverloren griff er sich eine Handvoll Brombeeren und stopfte sie in den Mund. Ihr violetter Saft rann ihm übers Kinn.

»Bitte, erzählen Sie mir den Rest der Geschichte jetzt«, forderte Stern. »Ich verspreche Ihnen, wenn etwas passieren sollte, werde ich mich um Ihre Adoptivtochter kümmern.«

»Das ist rührend. Also haben Sie auch Blut geleckt?«, fragte Murof höhnisch.

»Wie meinen Sie das?«

»Ach, nur so«, entgegnete der Lehrer. »Vor mir haben sich bereits der Graf, Kłoński und der Pfarrer als Eintagsphilanthropen versucht.«

Diese Worte erschütterten Stern. Immerhin gebildete Leute hatten sie nacheinander wie ein Stück fauliges Obst weitergereicht. Am liebsten hätten sie sie wohl wie ein Tier im Wald ausgesetzt. Jakub begann seine Idee zu gefallen. Sie schien ihm die beispielhafte Haltung widerzuspiegeln, die er selbst so gern öffentlich proklamierte. Er war neugierig, wie Kasia und Anna reagieren würden, wenn er Bella mit nach Hause brachte!

»Bitte, erzählen Sie mir jetzt den Rest«, sagte er.

»Sie können sich scheint's nicht von mir trennen«, bemerkte der Lehrer zynisch. Eine Weile schien er über etwas nachzudenken, anschließend, nachdem er ein Brombeerkernchen aus seinen Zähnen herausgepult hatte, versetzte er Stern noch stärker in Erstaunen: »Am liebsten hätte man sie wie ein Tier im Wald ausgesetzt. Aber Bella weiß sich im Leben zu helfen, Sie werden es schon noch selbst sehen. Apropos, ich wollte sie morgen zu den Karmeliterinnen nach Marzepno bringen. Ich gebe sie im Waisenhaus ab. Ich habe alles genau bedacht«, erklärte er mit eigenartig besorgter Stimme. »Bitte vertrauen Sie mir, nur einen Tag lang. Anschließend ...«

»Ich werde nicht mehr über Sie schreiben, und Sie stellen sich der Polizei«, sagte Stern und schickte sich an zu gehen.

Der Lehrer lächelte bitter.

»Sie suchen in mir eine Bestätigung, aber sie ist nicht Teil der Untersuchungen, die Sie im Namen der Presse führen. Es ist Ihre persönliche Neugier, Ihr Maß, mit dem Sie mich, den ›Schmied vom Wald‹, angesichts Ihres eigenen Unglücks messen. Ich habe Mitleid mit Ihnen, obwohl Sie mir keine Unannehmlichkeiten ersparen wollen. Ich möchte, im Grunde genommen, nicht in Ihrer Haut stecken.«

Die Lektion war beendet. Stern haschte wie ein ungeduldiger Schüler nach der Klinke, da überreichte ihm Murof zum Abschied ein Leinensäckchen.

»Was ist denn das?«, fragte Jakub ohne große Begeisterung.

»Ich bin sicher, dass Sie es noch gebrauchen können«, erklärte sein Gastgeber. »Bitte machen Sie es vorläufig noch nicht auf.«

Der Abend nahte, und eine rubinrote Sonnenscheibe versank wie eine glühende Münze hinter dem Horizont. Das teuflische Rot färbte alles ein und verwandelte Rowy in einen Vorhof der Hölle. Stern warf das Leinensäckchen unter den Rücksitz. Inmitten dieser dantischen Landschaft konnte er sich nicht mehr entsinnen, ob er dem Lehrer zum Abschied die Hand gereicht hatte. Dieser Zweifel lähmte ihn förmlich. Er hatte wieder Murofs flinke Finger vor Augen, beschmutzt von der am Fenster zerquetschten Fliege.

Die widerwärtige Exekution des Insekts rief ihm eine mehr als zehn Jahre zurückliegende Szene ins Gedächtnis. Damals war Stern ein Praktikant, der wie Brodacki an die vorderste journalistische Front geschickt wurde. Er schrieb Sensationstexte, für die er in das Milieu der Lemberger Huren und Diebe eintauchte. Seine Leser waren geradezu heiß auf diesen Beigeschmack nach Kloake. Geschichten um Sex und Blutvergießen goutierten sie wie eine Hostie, und Jakub bemühte sich, ihre Erwartungen zu erfüllen. Er lernte schnell – manchmal dachte er sich etwas aus, im Laufe der Zeit aber verblüffte er durch seine bis an die Schmerzgrenze gehende Ehrlichkeit, mit der er sie ihrer Illusion beraubte, man könne als Einzelner die Welt retten. Einmal hatte er nach einem Interview einem pockennarbigen Zuhälter in einem illegalen Bordell in der Strzelecka-Straße zufrieden die Hand gedrückt. Er war furchtbar stolz auf sich gewesen, also hatte er sich am Namenstag seines Vaters mit seinem Mut gebrüstet. Aber statt Worte der Bewunderung musste er sich einen schmerzlichen Verweis anhören:

»Hast du schon vergessen, dass du meinen Namen trägst? Ich hatte dich für klüger gehalten, mein Sohn, wenigstens bis heute.«

»Aber Papa, ich habe doch ...«

»Du bist keine Rotznase mehr, also nenn mich nicht Papa«, hatte ihn der Vater aufgebracht unterbrochen. »Edek und du, ihr seid beide die letzten Taugenichtse!«

Diese Erinnerung beschämte ihn, und während er noch daran dachte, wie seine Mutter dem Vater beigesprungen war, ließ er den Motor an. Er drehte sich absichtlich nicht noch einmal um. Er war sicher, dass Murof noch immer in der Tür der ins Abendrot getauchten Schule stand, um ihm zum Abschied zu winken.

Vor sich gewahrte er ein rotes Huhn, das in dem mitten auf der Straße liegenden Mist scharrte. Er betätigte die Kupplung und legte den Gang ein. Dann trat er aufs Gas und fuhr so ungestüm an, dass er um ein Haar den aufgeschreckten Vogel überfahren hätte.

Auf dem von den Bauern aufgeschütteten Damm hinter dem morastigen Bach geriet der staubige Tatra in dichten Nebel, und Stern schaltete das Licht ein. In diesem milchigen Dunst ohne Orientierungspunkte hatte er plötzlich den Weg verloren, und die Zeit schien sich im Himmel aufzulösen. Er blickte um sich, und als sich seine Augen an das Watteweiß gewöhnt hatten, gewahrte er zwischen goldfarbenen Ginsterbüschen einen einsamen Reiher. Der Vogel wirkte wie ein geheimnisvoller Engel. Kopf und Rumpf schienen auf dem Nebel zu schwimmen, als hätte er keine Beine. Für eine Sekunde erglühten die Vogelaugen im Licht der Scheinwerfer, dann erloschen sie wie eine Kerze, die der Wind ausbläst.

Stern legte den Leerlauf ein. Der Wagen wurde immer langsamer, bis er schließlich zum Stehen kam. Der Journalist blieb hinter dem Steuer sitzen. Er suchte in Gedanken nach dem passenden Wort. Wüstenei, Wildnis, Einöde? Bei diesem letzten Begriff stieg er aus, ohne den Motor abzuschalten. Er war also in der Einöde. Von der Welt vergessen. Er ging aufs Geratewohl los und geriet in ein klebriges, feuchtes Spinnennetz. Fluchend riss er es sich vom Gesicht herunter und wischte sich Mund und Nase ab. In dieser nebligen, unwirklichen Szenerie öffnete er seinen Hosenstall. Er urinierte rasch irgendwo am Waldrand. Als er fertig war, knöpfte er seine Hose wieder zu und spuckte zufrieden aus. In der Ferne sah er wie in seinem Schattentheater zu Hause eine durch die Scheinwerfer vervielfachte Gestalt. Sie sah wie ein böser Geist aus, der hier, in dieser Einöde, seine eigenen Spielregeln durchsetzte.

Rein aus Spaß hob er die Arme. Beschrieb Kreise damit. Wie ein Reiher wiegte er sich, bewegte seine Füße vor und zurück, so, als parodiere er Qigong, jene geheimnisvollen chinesischen Körperübungen. Er wollte schon etwas rufen, aber da schoss es ihm plötzlich durch den Kopf, dass Bella für Murof möglicherweise schlicht eine bequeme Ausrede war. Daraufhin erforschte er wie ein eifriger Wissenschaftler im Dickicht des Waldes sein eigenes Gewissen. Er sondierte dessen dunkle Ecken, um das raffinierte Spiel zu Ende zu führen, das er hinter dem Rücken des experimentierfreudigen Quartetts in der Dorfkneipe spielte.

»Die Guten geraten in Vergessenheit.« Dieser Satz, den Murof ihm ins Ohr geflüstert hatte, kam ihm wieder in den Sinn. An wen hatte der Lehrer dabei gedacht? An sich selbst oder an andere im Dickicht der Geschichte herumstreunende Bestien? War es Zufall, dass er seinen Opfern auf dieselbe Weise Schmerz zufügte, wie seine Frau ihn vor ihrem Tode infolge des rostigen Nagels empfunden hatte? Mit Sicherheit war er ein Schurke, der – wie der Marquis de Sade – Geschmack am Verbrechen gefunden hatte, indem er es in den Rang eines Kunstwerks erhob. Doch seine letzte Bemerkung entsetzte Stern. Er wollte kein Mitwisser sein. Er wollte auch jener zynischen Bemerkung nicht auf den Grund gehen, die gefallen war, als er den Lehrer nach Bella gefragt hatte.

»Ich habe sie in einer Kiste auf dem Dachboden eingeschlossen«, hatte Murof gegrinst.

Nach dieser Antwort hatte Stern ihm keine weiteren Fragen mehr gestellt, um sich nicht vollends lächerlich zu machen, zumal er den Eindruck hatte, jemand belausche ihr Gespräch.

Es ging schon auf zwölf zu, als er sich erschöpft vor dem Hotel wiederfand. Er wusste nicht, wie und wann, aber er hatte ganze drei Stunden verloren. Er hatte geschlafen, war umhergeirrt, vielleicht hatte er sogar tatsächlich im Nebel jenen Reihertanz vollführt?

Es war eine warme Augustnacht, und über ihm blinkten Millionen von Sternen. Die hell leuchtenden Himmelsbilder lockten ihn mit ihrem ewigen Geheimnis. Gleich nebenan grub sich der alte, gebeugte Birnbaum im bleichen Mondlicht wie eine Titanenaxt ins Dach des Hauses.

Jakub Stern schloss den Wagen ab und ging, den auf dem Fußweg zermatschten Birnen ausweichend, ins Hotel. Dessen Besitzer, der hochgewachsene Armenier Zefir, schwarz wie der Teufel, war noch auf. Er sah hinter der Rezeption hervor und gähnte herzhaft. Er entschuldigte sich und schlug sich an die Brust, dass er dem »Herrn Redakteur« versehentlich das hinterste Zimmer reserviert habe, das allerdings immerhin über elektrisches Licht verfüge.

»Mit Ausblick auf die Sodafabrik und den Holzschuppen«, sagte er in leicht bedauerndem Ton. »Eine Nacht kann man's wohl aushalten, aber ... Sie machen sich gar keine Vorstellung, was hier los war.« Er redete wie ein Wasserfall. »Nachdem Sie weg waren, sind jede Menge Gäste einschließlich des reichen Jehuda Grinbaum hier eingetroffen, der jedes Jahr zum Zaddik nach Biłgoraj fährt. Alle wollten sie zu Kurojad! Pilgern zu diesem Dreckskerl wie zu einem Heiligen!« Gleich darauf besann er sich jedoch wieder und wechselte das Thema: »So ein Schnösel aus dem Palast hat Sie gesucht. Er hat behauptet, er sei Ihr Freund.«

»Haben Sie ihm etwa verraten, wo er mich finden kann?«

»Habe ich etwas falsch gemacht? Sie haben doch selbst gesagt, wenn etwas ist, soll ich sagen, Sie seien zur Schule in Rowy gefahren.«

Stern wollte schon weitergehen, aber Zefir hielt ihn an der Schulter zurück.

»Dieser Kerl ist nach oben gegangen, zu Fräulein Lena.«

»Das haben Sie also auch ausgeplaudert?«

»Er ist von alleine hochgegangen, aber der andere Herr, der dageblieben ist, um auf sie achtzugeben, hat ihn verprügelt. Vor meinen Augen haben sie angefangen, sich zu … Ich hab sie nicht gefragt, worum es ging. Ein Geschrei war das, heilige Gottesmutter, und Tränen. Ich wollte schon die Polizei holen, aber dieser Schuft ist auf sein Motorrad gesprungen und hat Fersengeld gegeben. Jetzt sind sie still und schlafen wie die Schäfchen. Glauben Sie, dass der …«

Jakub hörte ihm nicht mehr zu. Beunruhigt spähte er in das Zimmer hinein, in dem er Lena unter der Obhut des Praktikanten zurückgelassen hatte. Zefir hatte nicht gelogen. Hinter der dünnen Bretterwand lag Lena und atmete schwer im Schlaf. Brodacki dagegen wiegte sich auf einem Hocker hin und her, hielt ein nasses Handtuch an die verletzte Stirn gepresst und wollte niemanden sehen.

Stern trat wieder auf den Korridor hinaus. Ihm schien, als höre er in Nummer sechs ein im Chor gesprochenes Gebet. Nächtliche Sühne, dachte er, vielleicht auch der Rosenkranz? Leise schlich er zu seiner Tür, drehte den Schlüssel um und schlüpfte ins Zimmer.

Er machte kein Licht. Tastend hängte er das Jackett über die Stuhllehne, zog die Schuhe aus und trat ans Fenster. Durch die spitzenbesetzte Scheibengardine erblickte er den vollgestellten Hof. Im Schein des Mondes, der gerade wieder hinter den Wolken hervorkam, wirkte die gemauerte Müllgrube neben dem Holzschuppen wie der Eingang zur Hölle. Hölle, Himmel, Hölle, Himmel – seit einigen Stunden schon beschäftigte ihn dies seltsame Spiel, dem sich auch Kłoński angeschlossen hatte. Stern überkam, ähnlich wie Brodacki, große Lust, in dieses überhebliche Gesicht zu schlagen. Mit diesem Wunsch im Herzen warf er sich auf sein Bett und war im Handumdrehen eingeschlafen.

Furchtbares Getöse weckte ihn. Jemand hämmerte an die Tür. Stern tastete nach dem Schalter der Nachttischlampe. In ihrem hellen Licht entdeckte er eine Schar Küchenschaben, die die gebackene Pastete benagte, die jemand auf einem Tellerchen dort hingestellt hatte. Irgendeiner klopfte stürmisch, aber wer? Brodacki, oder Lena vielleicht?

Als er aus dem Bett aufsprang, stob die gefräßige Schar auseinander, und eine Männerstimme war zu vernehmen. Er wäre jede Wette eingegangen, dass er diese raue Stimme schon irgendwo gehört hatte. Als er öffnete, quetschte sich ein schwabbelnder Leib in den Spalt. Kommandant Szumiłło bat ihn um Hilfe. Er sah genauso aus, wie Krösus ihn beschrieben hatte – ein Fettkloß, der gerade mal zum Eintüten von Leichen zu gebrauchen war. Dieses Dickwanstes wegen konnte sich Stern also nun um vier Uhr früh endgültig von dem Gedanken an Schlaf verabschieden. Er weckte auch Lena und Brodacki und bat die beiden, sich sofort anzuziehen.

Es dämmerte bereits. Im Osten verfärbte sich ein schmaler Himmelsstreifen in der heraufziehenden Morgenröte. In die frische Luft mischte sich ein diskreter Duft nach gerösteter Zichorie, da offensichtlich einer in der Straße früh aufgestanden war und sich seinen Muckefuck braute. Berauscht von diesem Duft, steckte sich Stern eine Zigarette zwischen die Lippen und sah sich um. Die erste Etage der Sodawasserfabrik wurde von einem orangefarbenen Lichtschein erhellt.

Ein flackernder Schatten glitt an der Wand entlang und verharrte. Jakub tat einen Schritt in Richtung der Fabrik, als eine geschwätzige Elster von der Spitze des Birnbaums den Beginn des neuen Tages verkündete.

Der Journalist zog sein Feuerzeug hervor, und als er sich vom Wind abwandte, fand er sich Auge in Auge mit Kurojad wieder. Er konnte keinen Schritt rückwärts machen. Der zahnlose Kurojad mit seinem Kapuzineräffchen auf der Schulter blickte ihm in die Augen, dass Jakub ein kalter Schauer den Rücken hinunterlief.

»Du muscht es tun! Du muscht es tun und muscht lernen zu schweigen!«, nuschelte sein Gegenüber gedehnt, als das graue Äffchen seinen Kopf erklommen hatte.

Kurojad verschwand genauso schnell wieder, wie er gekommen war, und ließ Stern völlig verwirrt zurück. Das, was ihm seit ein paar Tagen widerfuhr, erinnerte ihn an einen verrückten Film der Marx Brothers: eine endlose Folge grotesker, ja geradezu surrealer Szenen. Eine Sache in seinem eigenen Film war jedoch eindeutig real – er fuhr abermals mit dem Tatra der Redaktion nach Rowy. Und dafür gab es einen Grund. Eine halbe Stunde zuvor hatte Szumiłło auf der Wache einen Anruf erhalten. Murof hatte ihn um Hilfe gebeten. Als der Dickwanst nach Einzelheiten verlangte, vernahm er nur noch ein Tuten, und das Fräulein vom Amt erklärte, der Anschluss der Schule melde sich nicht mehr.

Die unvorhergesehene Fahrt zog sich in die Länge. Szumiłło fühlte sich als Eindringling. Er wand sich auf seinem Sitz wie eine fette Made und beklagte die hoffnungslose Situation: »Ein klappriger Fiat und drei Fahrräder, das ist doch wohl zu wenig für eine Bezirkshauptstadt, was? Der Wagen hat gestern zu allem Übel seinen Geist aufgegeben, und diese alten Mühlen mit ihrer unmöglichen Übersetzung taugen allenfalls noch für einen Angelausflug ... Dazu kommt noch, dass die von der Woiwodschaft sich selbst die

Fahrzeuge zuteilen. Das ist ein Skandal! Wozu brauchen die fürs Stadtpflaster Kurbelwellen aus Armeebeständen? Konferenzen abhalten vor der Presse, verdammt noch mal, das können sie großartig!«

Brodacki schwieg, Lena dagegen strich ihrem Beschützer sanft über den schmerzenden Kopf. Kein schlechter Anblick, dachte Jakub und versuchte, die trübsinnige Gesellschaft ein bisschen aufzuheitern. Kurojads Kapuzineräffchen erschien ihm da gerade recht, und er fragte, was man wohl im Städtchen um vier Uhr morgens Ungewöhnliches ausführen könnte. Wie aus der Pistole geschossen erwiderte Lena, zum Beispiel einen neuen Mantel. Ihre spontane Antwort raubte ihm die Lust zu weiteren Gesprächen. Er war betroffen und hatte nicht die Absicht, jemanden von seiner Begegnung mit Kurojad zu überzeugen.

In seinem Himmel-und-Hölle-Spiel war Stern wieder in eine Hölle gelangt, in der sich ein Sommergewitter zusammenbraute. Der Wind peitschte Staubwolken durch Rowy, die den Blick auf den schmalen sandigen Fahrweg verhüllten. Aus solch einer dicken Staubwolke tauchte der Tatra nun auf. Er fuhr an dem kleinen, gemauerten Kirchlein vorbei, beschrieb einen weiten Bogen und hielt dann mitten im Dorf auf dem kleinen Platz vor dem hölzernen Schulgebäude, demselben, das Stern erst ein paar Tage zuvor im ›Kurier‹ beschrieben hatte.

Als der Staub sich gelegt hatte, stieg Lena, die hinten saß, als Erste aus, um frische Luft zu schöpfen. Sie machte drei Schritte und zog sich gleich darauf weinend in den Wagen zurück, wo sie sich auf dem Sitz zusammenkrümmte. Stern öffnete bedächtig die Wagentür. Hinter ihm stiegen der zerraufte Brodacki aus und Szumiłło, der schwankend auf seinen kurzen Beinchen stand.

Jakub konnte nicht glauben, was er sah. Er hätte einen

Traum hundertmal vorgezogen, aber das war kein Trugbild. Die jahrhundertealte Eiche war an ihrer Basis etwas breiter, so, als sei ein riesiger Feuerschwamm aus ihrer geborstenen Rinde gewachsen. Stern tat einen weiteren Schritt darauf zu, nur um festzustellen, dass an dem Baum eine menschliche Lumpenpuppe hing – Murof. Sein Körper war mit einer Unzahl riesiger Nägel, wie sie die Zimmerleute zum Verbinden der Dachbalken verwenden, an den Baum geschlagen worden. Unweit von ihrem Adoptivvater spielte die schwachsinnige Bella und zeichnete etwas mit einem Stöckchen in den Sand. Dicht neben ihr kauerte der betrunkene Kłoński. Er schnitt dümmliche Grimassen und wackelte mit seinen Fingern am Kopf wie mit Hasenohren, um das kleine Mädchen dazu zu bewegen, den Kopf zu Brodackis Objektiv hinzudrehen. Aber die Kleine blieb gleichgültig.

Details, Details Details. Selbst jetzt musste Stern daran denken. Er musste sie auch weiterhin mit Krösus' gierigen Augen sehen, sie hegen und hätscheln. Er nahm auch wahr, wie das blendende Blitzlicht den bewölkten Morgen erhellte. Als Szumiłło sich fürsorglich um den Leichnam des Lehrers kümmerte und dem Schulzen befahl, eine Zange zu bringen, ging Jakub zu Bella hinüber und nahm sie bei der Hand. Während sie sich vom Baum entfernten, flammte das Blitzlicht wieder auf. Genau dieses Bild, auf dem sich hinter seinem Rücken Murofs Umrisse abzeichneten, sollte später im ›Kurier‹ erscheinen und durchs ganze Land gehen.

Ohne den Pöbel, der ihn umringte, auch nur eines Blickes zu würdigen, trug Stern Bella zur Schule hinüber. Er hörte weder die Schreie der Frauen, noch die Verwünschungen und Pfiffe der Männer. Ein paar Sekunden später gesellte sich Lena zu ihm, und alle drei verschwanden, von hasserfüllten Blicken verfolgt, in dem hölzernen Gebäude.

Als sie das Unterrichtszimmer der Dorfschule betraten, war es still geworden. Bella drehte sich im Gang im Kreise. Sie sah aus wie ein verschrecktes kleines Tier, das den Ausgang aus seinem Käfig nicht finden kann. Endlich schaffte sie es über die Schwelle. Sie stieß mit dem Kopf die Tür auf und schlüpfte in die verwüstete Küche. Dort lag zwischen zerschlagenem Geschirr und zertrampelten Tomaten und Bohnen das zerstörte Telefon auf dem Fußboden. Neben der Kredenz fanden sie ein von einem hölzernen Geodreieck eingeklemmtes, ledergebundenes Album und verstreute Buntstifte. Bella quiekte schrill und begann wie in Trance, sie aufzusammeln. Als sie keine weiteren Stifte mehr greifen konnte, riss sie sich das Kleid auf und schob sie hinein, ja, sie steckte sie sich sogar in den Mund, als wolle sie sie verschlingen.

Lena kniete neben ihr nieder, streichelte sie wie ein Kätzchen und versuchte, sie zu beruhigen. Sie sagte etwas zu ihr, aber ein ums andere Mal liefen Schauer über Bellas Rücken. Misstrauisch und rasch atmend betrachtete sie den Fremden, der sich nach dem Album bückte. Sie beobachtete, wie dieser Mann, den sie schon einmal gesehen hatte, ans Fenster trat. Er hielt ihren Schatz in den Händen, um ihn bei Tageslicht anzuschauen.

Instinktiv hob Stern das Album an seine Nase. Es war überraschend, dass er, genau wie in der Kindheit, die Lektüre von Büchern auch heute noch damit begann, ihren Geruch in sich aufzunehmen. Jetzt erschien ihm der Duft des Albums süß, als befände sich eine Vanilleschote zwischen seinen Seiten. Bevor er aber den ledernen Einband umdrehte, blickte er wieder auf den Dorfplatz hinaus. Er sah einen Dorfbewohner, der, außer sich über das, was geschehen war, Brodacki ein Interview gab. Der Praktikant machte sich aufgeregt Notizen und brauchte keinen der Rettungsringe mehr, die Krösus erwähnt hatte. Unter Lenas Einfluss hatte er sich in einen echten Mann verwandelt. Was dieser gestandene Kerl wohl schrieb? Vielleicht, dass man nicht vor dem Ende des Spiels vom Tisch aufstand, und dass man, um das Ergebnis zu erfahren, das Spiel zu Ende spielen musste? Aber vielleicht ging er auch einen Schritt zu weit und wollte die Wahrheit schreiben? Stern war schließlich der Letzte gewesen, der Murof lebend gesehen hatte, und der Erste, den Szumiłło sprechen wollte. Worüber würde dieser karrieregeile Jungredakteur wohl noch berichten? Über die Ratlosigkeit seines Chefs? Darüber, dass er sich im Alleingang daran gemacht hatte, das Rätsel zu lösen, und dass diese Wilden von Rowy zusammen mit dem völlig besoffenen Kłoński im Morgengrauen an seiner Stelle die Pointe geschrieben hatten? Wenn er sein Reporterhandwerk verstand, musste er auch erwähnen, dass dieser zweite Tod am Baum weder originell noch erheiternd war. Jawohl!

Als Stern einen Schritt auf Bella zu machte, stolperte er über den hölzernen Kopf des Schaukelpferdes. Er stieß es mit dem Fuß beiseite und öffnete, zerfressen vor Neugier, das Album. Auf der Titelseite über den Knäueln wirrer Linien, die Bella gemalt hatte, stand in schwarzer Tinte, mit einer Redisfeder säuberlich in Großbuchstaben kalligraphiert, FORESTA UMBRA.

Jakub warf einen Blick auf das Mädchen, das Bohnen von einer Hand in die andere rieseln ließ, und wusste bereits, wie es weitergehen würde. Er wusste, dass er die Kleine nicht in Rowy lassen, sondern sie, so, wie Murof geplant hatte, zu den Karmeliterinnen nach Marzepno bringen würde. Und er spürte noch etwas. Etwas, das Murof in seinen Augen gelesen hatte, als sie allein im Lehrerzimmer miteinander gesprochen hatten.

Ich schaue wie irr auf den tiefschwarzen Schal,
Mein Herz ist zerrissen in eisiger Qual.
Als ich noch geglaubt und noch jung war und gut,
Liebt ich eine Griechin in trunkener Glut.

Bella schlief. Das gleichmäßige Brummen des Motors und Lenas wunderbarer Gesang hatten sie als Erste von ihnen in den Schlaf gewiegt. Auf der Rückbank ausgestreckt, den Kopf auf dem Schoß ihrer Beschützerin, lag sie in süßem Schlummer. Sie sah drollig aus. Ihre Pausbacken waren von einem rosa Schimmer überzogen, und aus dem leicht geöffneten Mund spitzte die Zunge hervor. Stern gewahrte im Rückspiegel noch ein anderes Detail: eine Haarsträhne, die an ihrer Stirn klebte. Man hätte meinen können, sie sei gerade in den Regen geraten. Neben Jakub döste Brodacki. Sein Kopf schwankte zur Seite, sank dann auf die Brust, um schließlich mit einem dumpfen Geräusch an der Scheibe zu landen. Hinter ihm schlief, in den Sitz geschmiegt, Lena. Sterns Blick kam immer wieder auf ihrem üppigen Dekolleté zu ruhen.

Ihre Abfahrt zu den Karmeliterinnen in Marzepno lag jetzt eine halbe Stunde zurück. Kurojads kleines Städtchen verschwand hinter dem Horizont wie eine gezinkte Karte im Blatt eines Falschspielers. Stern gefiel dieser plastische Vergleich. Er war wieder einmal stolz auf sich. Er versuchte, sich spontan weitere Vergleiche auszudenken, aber die »gezinkte Karte im Blatt eines Falschspielers« kehrte immer wieder zurück, wie ein schauerlicher kleiner Refrain.

Er spielte mit den Worten. Veränderte ihre Reihenfolge, zupfte die Buchstaben auseinander und überließ sich diesem betörenden Spiel, bis er schließlich beunruhigt einen Blick auf seine Uhr warf. Fast sechzehn Uhr. Der lindgrüne Zeiger seiner Roamer erinnerte ihn an das Begräbnis der Gräfin Solowjowa. Daraufhin musste er unwillkürlich wieder an seinen Besuch bei Hillel denken, an die Kabbala und den Gehenkten, der vor seinen Füßen gelandet war. War Samuel dieser gewiefte Falschspieler? Hatte er ihm absichtlich diesen Gedanken eingegeben? Absurd! Unnötige Gewissensbisse! Um diese Stunde sollte sein alter Freund eigentlich auf dem Friedhof an der Piaseczna-Straße sein. Am Sarg der Gräfin stehen, den Batjuschka und die Trauergäste bezahlen. Wie viele es wohl waren? Drei, vielleicht auch nur zwei zufällige Passanten? Beschämend kümmerlich nach so einem langen Leben.

Stern kannte Hillel genau und wusste, dass diesen allmählich die Ungeduld packte. Der Rand seines Filzhutes wurde zum Halt für seine Finger. Enttäuscht wandte er den Kopf zum Friedhofstor, nach Jakub Ausschau haltend. Er wollte es nicht glauben, aber das Tor und die Allee waren leer. Der Batjuschka schaute an sich herunter, rückte seinen Ornat zurecht und strich sich salbungsvoll seinen wallenden Bart. Er wartete auf ein Zeichen. Resigniert nickte Hillel mit dem Kopf, und die traurige Zeremonie nahm ohne Störung ihren Lauf.

Stern verscheuchte die Gedanken an Samuel und ließ noch einmal die Ereignisse des Morgens Revue passieren. Sogleich drängten sich ihm zahllose Fragen auf. Wer lieferte die Idee zu diesem Lynchmord? War das wirklich Kłoński gewesen? Dieser talentierte Kartenspieler und Zyniker? Er hatte extrem viel zu verlieren! Hatte er sich bewusst der Gefahr aussetzen wollen? Und selbst wenn er es geplant hätte, wäre er in der Lage gewesen, die Menge mit sich zu reißen? Wen vor allem? Korejwo, Woźnica und Burek, die mit ihren Leuten im Anbau hausten und ihn hassten? Blödsinn! Wo also versteckte sich der Anstifter dieses jüngsten Mordes, und wer war es wirklich? Bisher kannten Stern und Brodacki auf keine dieser Fragen eine Antwort.

Sie hatten Hals über Kopf das Weite gesucht und Bella, so, wie sie war, mitgenommen, in ihrem violetten Baumwollkleidchen und den alten Schuhen mit den abgestoßenen Kappen. Im letzten Moment hatte Lena noch den Schrank des kleinen Mädchens durchwühlt und Unterwäsche, zwei

Kleider und einen Pullover in einen Pappkoffer geworfen. Fürsorglich hatte sie auch im Hinblick auf den nahenden Herbst einen Mantel, eine Mütze und Stiefel eingepackt. An der Seite hatte sie noch ein Stückchen grauer Olimp-Seife, ein Handtuch, einen Becher und Besteck in den Koffer gestopft. Obendrauf hatte Stern das Album mit den Skizzen und die Buntstifte gepackt.

Kurz nachdem Szumiłło den Leichnam auf einem beim Schulzen ausgeliehenen Wagen abtransportiert hatte, war der Mob wieder zum Schulhaus gekommen. Stern war es gerade noch gelungen, das Küchenfenster zu öffnen, und alle vier waren zum Auto geflüchtet. Dann hatte die Dorfgemeinschaft von Rowy sie mit einem Steinhagel verabschiedet.

Die durchwachte Nacht machte Stern zu schaffen. Die violette Unendlichkeit zu beiden Seiten des Weges schien auch ihn einzuschläfern. Nicht einmal die einsame Eberesche, die glücklos einen japanischen Bonsai nachzuahmen suchte, vermochte ihn aufzumuntern. Daneben wurde sonnengebleichtes Gras von scharfen Windstößen durchkämmt. Auf offener Flur, wo die Straße eine Erhebung hinaufführte, drosselte Stern die Geschwindigkeit. Neugierig beobachtete er eine Biene, die an der Frontscheibe klebte. Er bedauerte, dass er kein Vergrößerungsglas bei sich hatte. Er wusste, dass das Insekt alt war, nur alte Bienen hatten so einen dunklen, abgewetzten Hinterleib. Ihm fiel ein, wie er früher mit Hillel draußen in Lonszanówka mit Insekten experimentiert und grausam Gott gespielt hatte. Fliegen und Käfer hatten diese bestialischen Versuche über sich ergehen lassen müssen. In Schraubgläser eingesperrt, hatten sie ihr nervenaufreibendes Gesumm hören lassen.

Nein, diesmal war Stern nicht an ausgerissenen Gliedmaßen oder Summtönen interessiert. Einer spontanen Anwandlung folgend, beschloss er, die Biene aus ihrer tödlichen Falle zu befreien. Er überlegte auch, dass ihr Instinkt sie zu ihrem Schwarm führen würde, aber die jungen Bienen hatten wohl schon längst ihr Urteil über sie gefällt. Einstweilen klebte sie, nichts ahnend von ihrem Schicksal, am Scheibenwischer und kämpfte tapfer um ihr Leben.

Jakub hielt an und stieg aus dem Wagen. Nicht weit von der hinteren Stoßstange wuchs neben einem Büschel Lieschgras verblühter Sauerampfer. Er riss einen großen Stängel ab und ging damit zur Frontscheibe. Doch plötzlich besann er sich eines Besseren. Ihm war der Gehenkte wieder eingefallen, also warf er die Pflanze fort. Er zog die Karte aus seiner Tasche. Präzise wie ein Chirurg schob er den Gegenstand an den Scheibenwischer heran. Er löste die Biene mit dem Kartenrand, und als sie auf den am Ast hängenden Leichnam geklettert war, half er ihr davonzufliegen.

Er war stolz auf sich, und dieser Stolz hatte ihn nicht viel gekostet. Doch während er sich noch über seine Findigkeit freute, spürte er plötzlich einen Blick auf sich ruhen. Er wandte den Kopf und sah durch das Seitenfenster die kleine Bella. Sie fixierte ihn eindringlich. Mit ihrem an der Scheibe plattgedrückten Näschen hatte sie etwas von einem rosigen Ferkel. Es war seltsam, aber er hatte Angst vor ihrem Blick. Er hatte dies schon bei seinem ersten Besuch bei Murof festgestellt, aber da war Bella auf der Jagd nach dem Huhn über die Schwelle nach draußen verschwunden. Jetzt versuchte Stern vergebens, den erschreckenden Gedanken abzuschütteln, sie könne auch ihm befehlen, »es« zu tun. Das abscheuliche Gefühl, dass sie womöglich die Herrschaft über seinen Geist übernahm, verstärkte seine Unruhe und erlaubte ihm nicht, sich zu konzentrieren. Hastig wandte er seinen Blick vom Wagen ab und ließ ihn über den endlosen Teppich aus Heidekraut schweifen.

Der Schlaf an Annas Seite. Die ersehnte Ruhe. Aber außer einer knappen Zusammenfassung der Ereignisse und einsilbigem Ja-Sagen hatte er noch immer nichts über die Lippen gebracht, da er sich nicht aus dem verteufelten Bannkreis seiner Erinnerungen zu befreien vermochte. Sie waren zu frisch, zu schmerzlich. Sollte er vor ihr zugeben, dass er ein Feigling war? Dass er sich nicht an Bellas Grimasse erinnern wollte, als sie auf allen vieren vor der hochgewachsenen, dürren Priorin Reißaus nahm? Verflixte Welt!

Als Bella für einen Moment in die Betrachtung des glänzenden Rosenkranzes aus Korallen vertieft gewesen war, hatte er auf dem Absatz kehrtgemacht und war flink wie ein Wiesel hinausgehuscht. Er war durch das leere Refektorium gerannt, durch einen feuchten Gang und hatte sich schließlich in einem Garten voller Blumen und stachliger Kräuter wiedergefunden. Er stand wie erstarrt. Die Welt der Karmeliterinnen glich einem farbenprächtigen Zauberreich und lockte ihn wie eine Insel der Seligen in eine Zeit, die es gar nicht gab. Der unverhoffte Duft nach Lavendel, Veilchen und Hopfen betörte ihn, als röche er den Vorhof zum Himmel. Und dann die Rosen. Hunderte Rosen, von denen Anna immer geträumt hatte, hellrote, schneeweiße, lachsfarbene ... Darunter identifizierte er mühelos die für ihre einzigartige Tönung berühmte Bouvet, eine ganz alte Sorte, und die um einen Ton hellere, blassrosa Polly. Eine unglaublich sinnliche Harmonie. Er, der Laie, erwies sich als gelehriger Schüler seiner Frau, der binnen weniger Sekunden die beherrschende Farbe in dieser Komposition ausmachte, über ihre Variationen nachdachte, indem er Farben, Formen und Düfte zusammenfügte. Anna, die ständig ihr ›Rosenlexikon‹ studierte, wäre stolz auf ihn gewesen.

Der ohrenbetäubende Klang der Glocke, die zur Vesper rief, riss ihn aus seinen Gedanken. Er schob den rostigen Riegel zurück, stieß das Türchen auf und ging durch den sorgsam angelegten Gemüsegarten. Er war frei, es genügte, ins Auto zu steigen. Im Tatra machten Lena und Brodacki einander schöne Augen, während er unentschlossen ein paar Meter entfernt stand und an das ausgeblichene Habit der Priorin dachte, die pergamentene Haut ihrer Hände und die alten, abgetragenen Schuhe.

Vielleicht war aber auch alles ganz anders? Vielleicht stand er genauso ratlos da wie Bella und konnte die unsichtbare Nabelschnur nicht durchtrennen, die ihn mit ihr verband. Er zögerte, murmelte verwirrt etwas vor sich hin, tröstete sich ohne Überzeugung und rechtfertigte sich.

»Wir wissen uns schon zu helfen, bitte, gehen Sie jetzt!«, flüsterte die Schwester. »Herr Murof hat uns einen Brief und Geld geschickt. Ich verspreche Ihnen, dass Bella hier sicher ist. Nun also, gehen Sie schon. Jetzt gleich!«

Der Ton der Priorin, der keinen Widerspruch duldete. Er erinnerte sich an diese seltsame Stimme, die nicht aus der Kehle, sondern aus einem Brunnen zu kommen schien. Und ebenso kategorisch der Blick dieser Person, die es besser weiß, weil sie Gott näher ist.

Jetzt, nach diesen unwahrscheinlichen Erlebnissen, stellte er sich an Annas Seite den Beginn des kommenden Tages vor. Seinen gewöhnlichen Alltag, bevor er in die Redaktion ging. Die Morgentoilette im Bad, das Waschen, die andächtige Rasur mit dem Messer, das Zähneputzen mit dem Zahnpulver und immer noch die panische Angst davor, sich selbst in die Augen zu schauen. Nach allem, was er getan hatte, verspürte er ein seltsames Würgen im Hals. Am liebsten hätte er einem anderen die Schuld gegeben.

Ein grässlicher Kopfschmerz hinderte ihn am Einschlafen. In einem fort grübelte und analysierte er, analysierte und grübelte, während er sein mit Entendaunen gefülltes Kopfkissen zurechtklopfte. Endlich, als er sich schon in sein Schicksal fügen wollte, wurde ihm der wahre Grund klar. Er musste blind gewesen sein bis zu diesem Moment. Die alte, verblichene Karte. Ihretwegen fand er keine Ruhe. Er hätte sie schon längst fortwerfen sollen, aber das hätte natürlich die Kapitulation bedeutet.

Hunderte Male hatte er das Bild betrachtet. Er kannte jedes Detail des verzerrten Gesichts. Die schreckgeweiteten Augen, die gebogene Nase und die fleischigen, klebrigfeuchten Lippen. Ein anderes Detail war die spöttisch zwischen den Lippen hervorspitzende, rote Zunge. Derjenige, der diese Karte gemalt hatte, musste vor einem Spiegel gestanden haben. Einen dünnen Pinsel haltend und – wie er – nach einer Antwort suchend. Hatte die Person Fratzen geschnitten? Oder wollte sie einfach eine wichtige Nachricht für ihn hinterlassen.

Noch bis vor Kurzem war ihm das Antlitz des Gehenkten abstoßend erschienen. Nun entdeckte er, dass sich eine selige Heiterkeit darauf abzeichnete, als wäre dem Tod eine unbegreifliche Annehmlichkeit vorausgegangen.

Stern hatte über Zięba von einer in Warschau aktiven, geheimen Gruppe von Perversen gehört. Man war ihnen nach einer Serie geheimnisvoller Selbstmorde aufgrund von Notizen auf die Schliche gekommen, die sich bei einem der Gehenkten gefunden hatten. »Sie« waren anders als andere, wenn diese neutrale Bezeichnung überhaupt zulässig war. Weder entblößten sie sich in Parks, noch peitschten sie sich bis aufs Blut, sie spähten auch nicht irgendwo durchs Schlüsselloch. Sie schöpften Lust aus der echten Begegnung mit dem Tod – durch Würgen oder Erhängen. Zięba hatte allerdings keine Einzelheiten preisgeben wollen. Er hatte lediglich angedeutet, dass sich in diesem geheimen Zirkel ehrenwerte Politiker, bedeutende Unternehmer, aber auch todesverliebte Schauspieler befanden. Zum elitären Kreis hatte auch ein Oberst der Feste Modlin gehört, der als Opfer seiner persönlichen Neigungen so weit ging, dass er die

Ösen am Stehkragen seiner Uniform immer enger nähte. Auf diese unheimliche Selbstkasteiung hin waren ihm angeblich die Augen aus den Höhlen getreten, und der raue Stoff seiner Uniform hatte ihm die Haut am Hals blutig gescheuert.

Stern hatte nicht die Absicht, diesen Spleen zu verteidigen. Dennoch holte er, Annas Wärme neben sich spürend, ganz tief Atem, wie Taucher es im Wasser tun. Er hielt versuchsweise die Luft an und berührte mit der Zunge den Gaumen. Den Kopf auf dem Kissen, seine Hüfte nah an Annas Hüfte, beschwor er den Schlaf herauf. Er sah sich selbst mit dem Rücken zum Spiegel stehen, der in seinem Traum immer deutlichere Konturen gewann, sah, wie er langsam seinen Gürtel aus der Hose zog und mit seinem eigenen Experiment begann. Er war allein im Badezimmer, konzentriert und ernst. Er führte das Ende des Gürtels durch die harte Metallschließe, sodass eine lose Schlinge entstand. Wie der Gehenkte auf Hillels Spielkarte legte er sich die Schlinge um den Hals und zog sanft zu. Nun nahm er sich wahrlich wie eine Karikatur der Spielkarte aus.

Erregt stellte er die Blechschüssel mit der Wäschestärke vom Hocker auf den Boden. Er sah sich um. Über der gusseisernen Wanne entdeckte er einen soliden stählernen Haken, an dem ein nasser Bademantel hing. Er stieg auf den Hocker und befestigte, ohne zu zögern, das Ende des Gürtels am Haken. Er blickte jetzt auf den Spiegel und schloss die Augen. Unfähig, seinen vorschnell gefassten Entschluss rückgängig zu machen, tat er, sein groteskes Konterfei vor Augen, in seinem Traum einen Schritt nach vorn.

Er war in das lederne Gewand eines Hirten gekleidet, der über die Nordflanke des Gebirgszugs nach San Giovanni Rotondo abstieg und eine Herde geschedter Ziegen vor sich hertrieb. Wenige Sekunden zuvor hatte er von seinem Hirtenstab eine ermüdete wilde Biene weggeblasen, die Blütenstaub für ihr Volk gesammelt hatte.

Es war Mittag. Unerträgliche Hitze. In der Ferne, auf dem Gipfel der Berge, die den Blick auf den Golf von Manfredonia verwehrten, lag Monte Sant'Angelo. In der brennend heißen Luft schien die von Kreuzrittern erbaute weiße Burg zu flimmern, und das schmale Band des Weges umschloss die Hänge wie ein Riemen und führte nach Westen, in die Stadt, in der der Mönch lebte, der seine Stigmata bandagierte.

Stern stand in der heißen Sonne und hielt Ausschau nach einem schattigen Plätzchen, an das er sich zurückziehen konnte. Er liebte den Schatten, war dessen stiller Verehrer. Der Schatten überwand alle Hindernisse und verwandelte sich am Ende eines jeden Tages in die Erleichterung bringende Nacht. Als er einmal im Morgengrauen aus seinem Zelt herausgetreten war, hatte er gesehen, wie der monströse Schatten einer freistehenden Pinie gleich einer dieser spitzen Pfähle, auf die früher die Verurteilten gespießt wurden, das Felsplateau durchschnitt und sich unheilvoll bis hinter den Horizont erstreckte. Entzückt hatte er einen Fuß darauf gestellt, dann den ganzen Körper und hatte das kühle Luftbad in vollen Zügen genossen. Als sich die Sonne hinter einer Wolke verbarg, verschwand der Henkerspfahl plötzlich, und er hatte sein Zelt abgebrochen und seine Sachen zusammengesucht, um sich wieder auf den Weg zu machen. Er behielt dieses Geheimnis für sich. Er wusste, der Schatten überstieg alles. Er pirschte sich unauffällig an wie ein Kundschafter, um dann plötzlich, wie ein überschäumender Fluss, das ganze Tal zu überfluten und es wie eine wertvolle Beute unter sich festzuhalten.

Jetzt lief er am Rande der Foresta Umbra entlang, der Warnung seines Vaters eingedenk, sich nicht auf der Suche nach einem Versteck dorthinein zu verirren. Eben hier sollte tief unter der Erde die Höhle verborgen liegen, in der man früher Opfer dargebracht hatte. »Erdmenschen« lebten darin, die nur des Nachts an die Oberfläche kamen. Dank ihrer magischen Fähigkeiten war es ihnen ein Leichtes, die Zeit anzuhalten oder gar zurückzudrehen, in wenigen Augenblicken zu altern oder sich ebenso rasch in ein Kind zu ver-

wandeln. Sie hatten Felszeichnungen hinterlassen, seltsame Symbole auf Knochen und Tongefäßen. Niemand wusste, woher sie gekommen waren, obwohl der alte Fischer aus Vieste, der die Küste von Bari bis zu den Tremiti-Inseln kannte, damit prahlte, er habe in einer der unterirdischen Höhlen ein antikes Boot gefunden, das mit ähnlichen Zeichen bedeckt gewesen sei.

Er blickte sich furchtsam um. Das dichte Spalier aus Baumstämmen versprach belebende Kühle, frei von Sonne. Nachdem er vorsichtig eine Waldzunge umgangen hatte, wandte er sich nach Norden und gelangte zu einer verlassenen Behausung, von der nur noch ein Fundament aus flachen, aufeinandergeschichteten Kalksteinen übrig war. Es war bereits mit Moos bewachsen, und dünnes Efeu hatte sich zaghaft auf den rissigen Spalten ausgebreitet. Er war schon fast daran vorüber, als ihm eine dieser Felsspalten anders erschien als die restlichen. Neugierig blieb er stehen, um dann, nach einem prüfenden Blick auf die Ziegen, umzukehren. Er trat zu der Stelle, um verwundert festzustellen, dass hier kein Stein, sondern ein von der Sonne gebleichter Büffelschädel lag. Er war imposant. Anstelle der Nase öffnete sich eine tiefe Spalte, die ihm durch ihre Ähnlichkeit mit einer venezianischen Maske einen Schauder über den Rücken jagte. Seltsam, aber es schien ihm, als sehe ihn der tote Büffel düster an. Die Augenhöhlen wirkten gespenstisch leer, doch einst hatten sich wohl in den Augen des Tieres grüne Grasbüschel, das Blau des Himmels und von lärmenden Zikaden bevölkerte Olivenbäume, die Schutz vor der Sonne spendeten, gespiegelt. Neugierig hob er den Schädel auf, worauf eine aufgescheuchte Eidechse davonhuschte. Er hielt ihn sich vor den Kopf und tat, als sei er ein Büffel. Er beugte den Rumpf. Nun sah er bedrohlich aus, wie Minotaurus, der sich anschickt, jemanden anzugreifen. Des Spieles überdrüssig ließ er den Schädel vor sich zu Boden fallen und brach mit einem einzigen Fußtritt eines der krummen Hörner ab. Das Horn war großartig. An seinem Ende war ein Zeichen eingeritzt, das an den Schatten einer hohen, schlanken Pinie erinnerte. Neugierig bückte er sich und streckte die Hand danach aus. Schon wollte er es in den Leinensack stecken, besann sich aber noch rechtzeitig. Voll Abscheu starrte er auf die sich in der Mitte windende fette Larve. Mit dem Bild der gelben Larve vor Augen, die er unabsichtlich aufgestöbert hatte, versetzte er dem Schädel aus Wut einen Tritt und katapultierte ihn in die Nähe eines Zwergolivenbaumes.

Außer Atem hob er den Blick, um nach Wolken Ausschau zu halten. Statt ihrer gewahrte er am strahlend blauen Firmament den Falken. Der Vogel segelte schläfrig durch die reglose Luft, als sei die glühende Hitze sein Verbündeter. Gerade da, als er ihm nachsah, tat er einen unbedachten Schritt. Geblendet stolperte er über einen aufragenden Stein und rollte sich instinktiv zusammen. Er fiel wie der weiße Büffelschädel in einen feuchten Abgrund voller Schatten und ließ oben die störrischen Ziegen, den Falken und die ihn krampfhaft anstarrende Bella zurück. Stern stürzte in die Tiefe.

Wenn sie dieses eine provozierende Wort nicht gesagt hätte, hätte alles anders kommen können. Außer sich vor Wut, die Maske vor dem Gesicht, versperrte er ihr den Weg, als sie an ihm vorbeiwollte. Die Verwunderung in ihrem Blick machte ihn rasend. Dann packte er sie bei den Haaren und schlug ihr brutal mit der Faust gegen die Schläfe. Sie wankte und stürzte hin wie eine Lumpenpuppe. Als sie um Hilfe zu rufen begann, trat er ihr, überrascht über seine eigene Reaktion, in den Bauch, worauf die Schreie in stoßweises Wimmern übergingen. Malträtiert, mit verletzter Stirn, lag Anna auf dem Teppich und war auf das Schlimmste gefasst. Sie schwieg, also gab sie ihre Schuld zu und war bereit, dafür zu büßen.

Hatte sie sich etwa mit dem Gedanken vertraut gemacht, überlegte Stern, dass der makabre Akt, der im ›Kurier‹ in allen Einzelheiten beschrieben worden war, sich gleich wiederholen würde? Sein Gesicht unter der Maske wurde für eine Sekunde von einem zufriedenen Lächeln erhellt. Nun konnte ihm nichts mehr in die Quere kommen. Magda hatte Kasia auf seine Veranlassung hin ins Kino mitgenommen, und selbst wenn jemand an die Tür klopfte, würde er so tun, als sei keiner zu Hause, und nicht öffnen.

Nun wartete Arbeit auf ihn. Er stellte sich vor, dass die neuerlichen Qualen, die er seiner Frau gleich bereiten würde, ihm das eigentliche Motiv offenbaren würden, das den Lehrer zu seiner Tat veranlasst hatte. Diese Assoziation bewirkte, dass er Sympathie für ihn empfand. Dies schien ihm völlig natürlich und unglaublich zugleich. Wenn er in diesem Moment im Korridor sein Gesicht im Spiegel betrachtet hätte, hätte er die Maske des gehörnten Damhirschs gesehen, die Murof ihm geschenkt hatte. Samt einem wichtigen Detail: den hellen Tüpfeln zu beiden Seiten der weit geöffneten Nüstern. Nein, er hatte nicht die Absicht, seine Zeit mit irgendwelchen Sentimentalitäten zu vergeuden. Unwillkürlich schob er die rechte Hand in seine Jackentasche. In aller Ruhe holte er fünf Nägel heraus und legte sie auf dem Teppich zu einem Miniaturzaun zusammen. Er nahm den kleinen Hammer von der Schreibtischplatte. »Hammer – Jammer«, wiederholte er wie ein Kind den banalen Reim.

Noch immer mit seinem Reim beschäftigt, trieb er ihr den ersten Nagel in die Ferse. So, wie er angenommen hatte, erwachte sie für einen Moment, dann driftete sie wieder weg. Das war kein Film im Kino Uciecha, das war kein bizarrer Traum, der verblasste, wenn man die Augen auftat. Anna verlor erneut das Bewusstsein und ergab sich in den ungleichen Kampf.

Als die Uhr in der Küche achtzehn Uhr schlug, wurde Stern klar, dass »seine Anna« – was für eine absurde Bezeichnung! – seit einer Viertelstunde ohnmächtig in seinem Zimmer lag.

Ihm fiel wieder ein, dass in Kürze der Schritt der Bonne im Korridor zu hören sein würde, begleitet von Kasias fröhlichem Geschnatter. Es war also Eile geboten. Er überwand sich und ging zum Waschbecken. Drehte den Hahn auf und ließ Wasser in eine Schüssel laufen. Über die Schale gebeugt, betrachtete er das Blut, das von seinen Fingernägeln troff und auf der weißen Emaille ein verschlungenes Muster bildete. Mit dem Bild eines roten Seesterns vor Augen, der auf seinem Finger saß, trat er hinter den Paravent. Hinter diesem Vorhang, da war er sicher, zogen sich Annas »Patienten« aus: der elegante Leutnant Wahl; der grau melierte, wortgewandte Advokat, dem er angekündigt hatte, ihm die Zähne auszuschlagen, und auch der schwitzende Gärtner mit nacktem Unterleib, der abends zu ihr kam, das Blumenbeet umzugraben. Dieser junge Tunichtgut. Er hatte ihn in Angst und Schrecken versetzt, als er seine Pistole entsichert und ihm befohlen hatte, sich mit erhobenen Händen an die Wand zu stellen. Erniedrigende Phantasien jagten binnen einer Sekunde durch seinen Kopf. Wenn er sie nicht in den Armen der anderen gesehen hätte, wenn er ihr nicht endlich zeigen wollte, dass er ein Mann war (denn darauf wartete sie doch!) – alles hätte ganz anders kommen können.

Über ihren verschnürten Körper gebeugt, goss er ihr einen dünnen Strahl kaltes Wasser in den Mund, das seitlich wieder herausrann und in den Teppich sickerte. Anna reagierte nicht, sie täuschte klugerweise eine Ohnmacht vor. Er beugte sich tiefer hinunter und berührte mit den Fingern ihren Hals. Nichts. Er spürte keinen Puls. Zur Sicherheit hob er mit dem Finger ihre Lider an. Er wollte nicht glauben, dass es schon vorbei war. Er rüttelte sie am Arm und versuchte noch einmal, den Puls zu fühlen. Er war enttäuscht. So also sah der Tod aus, der ihn verhöhnte? Er hatte nicht den Mut, Annas geschundenen Fuß zu betrachten, den er in eine blutige Masse verwandelt hatte. Murofs Worte kamen ihm wieder in den Sinn, ausgesprochen mit der Überzeugung eines Wahnsinnigen: »Schon beim ersten Mal habe ich zu meiner

Verwunderung herausgefunden, Herr Redakteur, dass der schrille Schrei dieser unschuldigen Frauen, ihr unmenschliches Wimmern, mich an den Tod meiner Frau auf dem Operationstisch erinnert. So, als wolle sie, und nicht diese zufällig ausgewählten Frauen, die sich vor Schmerzen winden, mir etwas mitteilen. Glauben Sie mir, Herr Redakteur, ich musste ganz einfach dahinterkommen, was das für ein Geheimnis war ...«

Stern erhob sich und ging zu der Liege, auf der Anna ihr Mittagsschläfchen zu halten pflegte. Mit einem Ruck riss er das Laken herunter und warf es über den leblosen Körper seiner Frau. Dann trat er in den Korridor hinaus. Mit geschlossenen Augen an die Holzverkleidung gelehnt, versuchte er, sich an die Ziffernkombination zu erinnern, die er kannte. Schließlich nahm er den Hörer ab und wählte die Nummer der Redaktion.

»Halloooo! Sekretariat des ›Kurier‹«, war Kazias aufreizende Stimme zu vernehmen. »Mit wem habe ich das Vergnügen?«

»Spar dir dein albernes Gerede, und gib mir Krösus!«

»Ach, Sie sind es, Herr Jakub. Na, haben Sie's so eilig?« Sie hatte ihn erkannt. »Ich bin ganz erschrocken, Sie haben eine völlig veränderte Stimme.«

»Verbinde mich und quatsch kein dummes Zeug!«, bellte Stern wütend. Als er im Hörer das vertraute Räuspern vernahm, erklärte er, ohne zu zögern: »Ich habe eine Neuigkeit für Sie, Chef.«

»Das ist ja hochinteressant, Herr Stern. Denn hier erzählt man sich, Sie hätten Ihren Job hingeschmissen. Ich glaube ja nicht an solchen Unsinn, aber ... Hallo?«

»Ich habe Ihnen etwas mitzuteilen«, sagte Jakub mit veränderter Stimme.

»Das haben Sie gerade schon angekündigt«, erwiderte Krösus herrisch.

»Ich habe die Frau umgebracht«, erklärte Stern, und diese Worte klangen für ihn selbst wie ein schlechter Scherz.

»Keine schlechte Nummer! Ihre eigene oder die eines anderen?«, fragte der Chef spöttisch. »Denn das ist ein gewaltiger Unterschied.«

»Meine eigene«, sagte Stern ruhig.

»Das würde bedeuten, dass Sie jetzt komplett verrückt geworden sind.«

»Ja, ich bin verrückt geworden!«, schrie Jakub. »Sie können Ihren Namen auf der ersten Seite bringen!«

Er warf den Hörer hin, dann riss er sich mit einem Ruck die Damhirschmaske vom Kopf und warf sie vor seine Füße. Vor Kurzem noch war er durch den Wald gelaufen und dabei über niedrige Stämme und Büsche gesprungen. Eine uneingestandene Wut auf sich selbst hatte ihn getrieben, sodass er immer schneller und schneller rannte. Er fiel hin und stand, sich am Gras festkrallend, wieder auf. Er barg sein Gesicht vor den Zweigen, die ihm entgegenpeitschten. Der Wald hatte ihn unbemerkt eingesogen und breitete sein grünes Dach über ihn, dessen Gebälk sich im dichten Abendnebel verlor. Die geblähten Nüstern und die hellen Flecken zu beiden Seiten des Mauls machten ihn einem echten Damhirsch ähnlich. Ihm schien, das glatte Fell bewegte sich wie das Gras unter den Windstößen. Seine feuchten Nüstern begannen zu zucken. Und dann wurde alles dunkel, nur so konnte Jakub die Zeit beschreiben. Als er aber erneut zum Leben erwachte, nun schon an einem anderen Ort, bemerkte er, dass er auf frischen Sägespänen lief, und dass die Zuschauer, die er bereits vergessen hatte, darauf warteten, dass er sich verneigte. Tausend Augenpaare des Lemberger Publikums blickten ihn gebannt an nach seinem Auftritt. Das Orchester spielt einen Tusch, und auf seine Verbeugung wartet Gisella, die Kunstreiterin im Schlangenkostüm, der Eiserne Max, der Hufeisen verbiegt, ja selbst der verstörte australische Strauß Paola, der auf seinem Rücken den gelbschnäbeligen Pierre trägt – mit einem Wort, sie alle sind begeistert über seine unverhoffte Rückkehr.

Da ist er, aber er war doch verschwunden. Ein paar Tage, Stunden, Minuten lang – wer weiß das schon –, und schuld war die alte Ariel, die seit Jahrhunderten dieselbe Nummer wiederholt, die einem das Blut in den Adern gefrieren lässt. Er war irgendwo, er tat etwas, aber was? Sein plötzliches Auftauchen veranlasst das Publikum, das das Ganze gesehen hat und glauben muss, dass Ariel die Zeit wie einen dünnen seidenen Faden zerreißen kann, zu frenetischem Beifall.

»Da capo! Noch einmal!«, skandierten die Zuschauer. »Bravo!« – Und Gewehrsalven gleich hallt der tosende Applaus von der hohen Zeltkuppel wider.

Stern ist wieder da. Er hört Hillels Bassstimme. »Hod, hod!«, was »Ruhm, Ruhm!« bedeutet. Er hebt die Damhirschmaske vor seinen Füßen auf und klopft das Sägemehl ab. Triumphierend (was bedeutet dieses Wort eigentlich?) verbeugt er sich vor den Zirkusbesuchern und erkennt Daniluk, der neben dem Wieselchen sitzt. Er sucht Samuel, aber der ist in der Menge untergetaucht. Er hält die Spielkarte mit dem Gehenkten in der Hand, er möchte sie ihm gern zurückgeben. »Die Karte aus dem Blatt des Falschspielers«, schießt es ihm wieder durch den Kopf.

Die Vorstellung geht weiter. Jakub tritt an den Rand, denn in die Arena wird bereits der stählerne Käfig auf Rädern mit der von Gisella angekündigten Löwin hereingerollt. Stern sieht in den Augen der Wildkatze ein warnendes Aufblitzen. Er ist bereit zu schwören, dass Andas wütendes Brüllen sich mit Schritten auf der Treppe vermischt, die er kennt. Jemand schlägt laut auf die Trommel, als wolle er eine Tür einschlagen, dann gibt eine fröhliche Trompete das Signal, und das ganze Ensemble kommt noch einmal in die Arena gelaufen. Ariel, Max, Oryl und die kleine Gisella bilden einen Halbkreis, um sich zu verbeugen. »Olé!«, rufen sie laut. »Olé!«

Stern wirft die hässliche Karte weg. Er ist wieder er selbst. Er kann wieder an seinen Platz zurückkehren. Der Hermaphrodit Oryl nimmt ihn bei der Hand und führt ihn zu einem hölzernen Podest. Er beeilt sich, denn in die Arena stürmt ein mit einem roten Hemd bekleideter Kirgise auf einem schwarzen Hengst. Der Reiter beschreibt einen Kreis. Er verschwindet unter dem Bauch des Pferdes, ohne dabei den blitzenden Säbel loszulassen, den er zwischen die Zähne geklemmt hat. Das Publikum hält den Atem an. Das Ross stürmt ohne Reiter weiter. Der taucht plötzlich hinter Sterns Rücken auf und reibt seine schwitzende Seite an ihm. Dann packt der Kirgise sein Reittier an der Mähne, springt darüber, und das laute, ohrenbetäubende »Olé« begleitet ihn hinaus.

»Das ist dein Vati, stimmt's? Ich gebe ihn dir wohlbehalten zurück!«, ruft Oryl, ohne dabei den Mund aufzumachen (seine alte Nummer).

Kasia streckt ihre Hand nach dem Vater aus und macht ihm auf der Bank Platz.

»Du warst fort, Papa!«, ruft sie. »Du warst wirklich verschwunden, stimmt's? Mama, sag mal, wo war denn der Papa?«

Anna schweigt. Sie sieht Jakub, dem Tränen in den Augen stehen, erschrocken an. Stern weint tatsächlich. Er gewahrt vage irgendwas. Aber was?

»Das ist nur ein böser Traum«, hört er.

»Papa, wach endlich auf!«

Anna nimmt seine Hand, und zusammen mit Kasia lachen sie laut vor Glück.

EPILOG

Als der Zirkus Forum Ende August Lemberg verließ, kam es in der Stadt und in der Umgebung zu ungewöhnlichen Vorfällen. Diese bekam nicht nur Jakub Stern am eigenen Leibe zu spüren, der sich zum Besseren bekehrte, als Anna ihm gestand, dass sie einen Nachkommen haben würden. Sie betrafen auch Brodacki, der nach Ablauf seines Praktikums Lena einen Heiratsantrag machte und sie mit sich nach Krakau nahm. Die beiden heirateten in einem ähnlich verrückten Tempo und waren noch schneller wieder geschieden, weil der gut aussehende Adam sich eine neue Freundin suchte.

Auch Samuel war darin verwickelt, der, wie versprochen, zu seiner Frau nach Haifa fuhr, um gemeinsam mit ihr einen der Kibbuze zu gründen, die zu der Zeit wie Pilze aus dem Boden schossen. Ihr Sohn Isaak schloss nach zweieinhalb Jahren sein Medizinstudium ab. Im Frühjahr 1939 zog er in einer selbstmörderischen Anwandlung wieder in sein geliebtes Polen zurück. Er sollte erst zwanzig Jahre später seine Heimat wiedersehen, nachdem er Sibirien gründlich kennengelernt hatte.

Auch in der Redaktion des ›Kurier‹ ging es nicht ohne größere Erschütterungen ab. Krösus hatte sich in seine Idée fixe verrannt. Er verkaufte seinen Palast, ließ die Redaktion unter Mańkiewicz' Leitung zurück und ging auf Weltreisen. In gewissen Zeitabständen ließ er von sich hören und schickte Grüße. Aus Bolivien meldete er auf einem Bananenblatt, die riesige Erde schrumpfe, was in der Redaktion als blanker Hohn empfunden wurde.

Der Kartenspieler und Lebemann Kłoński wurde endgültig ein reicher Mann. Er warf den alten Gärtner hinaus, fällte die Bäume im Park, verkaufte die Gemäldesammlung und … spendierte dem Pfarrer einen nagelneuen Altar. Letzteres brachte jedoch nicht viel. Die Leute in Rowy waren vom Glauben abgefallen. Der Priester zelebrierte immer häufiger die Messe ganz allein, bis ihn schließlich der Bischof aus der Gemeinde abberief.

Der junge Graf Sawicki wurde völlig wunderlich. Um im Palast bleiben zu können, bot er sich seinem früheren Freund als Diener an, was Kłoński weidlich ausnutzte.

Was nun die anderen Helden anbelangt, so ist der allwissende Kurojad nach wie vor in der Weidengasse in P. zu finden. Angeblich ist die Warteschlange auf seiner Treppe inzwischen doppelt so lang. Es geht das Gerücht, dies habe er den Goldzähnen zu verdanken, die er sich auf Betreiben der Huzulin einsetzen ließ. Semena Kurojad, denn so heißt sie jetzt, kocht ihrem Ehemann jeden Sonntag Pflaumenknödel, die ihm das hinterhältige Kapuzineräffchen ohne Vorankündigung vom Teller stibitzt.

Bleibt noch die kleine Heldin Bella, die alle vergessen haben. Ehrlich gesagt, hatte von Anfang an keiner die Absicht, sie in Marzepno zu besuchen – auch Stern nicht. Nach dem Brand des Klosters verlor sich jede Spur von ihr. Die Ruinen dort haben noch heute etwas Schauriges. Das Gerede, die Kleine ziehe mit einem berühmten Zirkus durch die Welt, darf man wohl getrost zu den Märchen rechnen.